Die Reise ins Glück

Ich widme dieses Buch jedem Paar auf der Welt, das sich an einem Ferienort, auf einer Reise, außerhalb der Heimat des einen oder des anderen trifft, sich verliebt, sich Vorstellungen über ein gemeinsames Leben macht, sich zusammentut in der Hoffnung und der Absicht, das ganze Leben zusammen zu verbringen.

Amor Ben Hamida

Die Reise ins Glück

Eine deutsch-arabische Liebesgeschichte

Bibliografische Information der Deutschen Nationalbibliothek:
Die Deutsche Nationalbibliothek verzeichnet diese Publikation in der Deutschen Nationalbibliografie; detaillierte bibliografische Daten sind im Internet über < http://dnb.d-nb.de > abrufbar.

Layout, Satz, Herstellung und Verlag:
Books on Demand GmbH, Norderstedt
Covergestaltung: Khadija Illustrationen, Teufen / Schweiz
ISBN: 978-3-8334-8613-5

Inhalt

Zum Inhalt

Elke ist eine 45-jährige Frau, die sich nach einer 20-jährigen Ehe mit zwei Kindern die Frage stellt: War's das?

In der tiefsten Krise ihrer Beziehung beschließt sie auf Drängen einer Freundin, nach Djerba zu reisen, für zwei Wochen Erholung und Ablenkung.

Beim ersten Frühstück schon fällt ihr der junge Kellner Ali auf, der sich besonders aufmerksam um sie bemüht. Sie kommen ins Gespräch, sie gehen aus, sie kommen sich näher.

Zurück in Deutschland, eröffnet Elke ihrem Mann, dass sie in wenigen Wochen wieder nach Djerba gehen will. Die Trennung ist vorprogrammiert. Trotz Abratens von allen Seiten geht sie nach Djerba zurück und vereinbart, ihren Geliebten bald nach Deutschland zu holen.

Und so kommt Ali nach Augsburg, heiratet Elke und erhält eine Aufenthaltsgenehmigung. Doch schon nach wenigen Monaten hat Ali in seiner neuen Umgebung Probleme: Arbeitslosigkeit, kaum Geld für die Unterstützung seiner Familie, Sprachprobleme, Einsamkeit, Alkohol. Und Elke vermisst in Ali den fröhlichen, charmanten jungen Liebhaber, der sie auf Djerba so intensiv geliebt hatte.

Doch dann begegnet Ali einem Landsmann, der es in Deutschland geschafft zu haben scheint, denn er arbeitet, verdient sein Geld und ist glücklich. Ali will sein Geheimnis erfahren …

Elke und Petra

Vor Kurzem hatte Elke Sebastian kennen gelernt und zum ersten Mal in ihrem Leben richtig geküsst.

Sie war die mürrische, aufständische, pubertierende Tochter einer Arbeiterfamilie und wohnte am Stadtrand von Augsburg. Sie war soeben 15 geworden und hasste die ganze Welt, insbesondere ihre Eltern. Sie sah gut aus – und sie wusste es. Sie war intelligent und eine gute Schülerin – und sie wusste es. Sie war aber sehr sentimental, romantisch und empfindlich – das hingegen wusste sie nicht.

Heute Abend wollte sie mit ihrer Freundin Petra in die Disco gehen. Sie freute sich auf ein tolles Abenteuer, denn Sebastian hatte versprochen, sie abzuholen. Gemeinsam würden sie dann Petra abholen. Obwohl Petra näher bei Sebastian wohnte, bestand Elke darauf, dass er zuerst sie abholte. Entweder wollte sie nicht, dass die zwei alleine unterwegs waren, oder sie selbst wollte alleine mit ihm sein und ihre Freundin abholen. Sozusagen als Pärchen würden sie dann bei Petra auftauchen.

Elke schlug ihre Zimmertür mit einem lauten Knall zu, nachdem sie mit ihrer Mutter einen Streit hatte. Elke wollte nicht anziehen, was ihre Mutter ihr aufs Bett legte. Denn die Mutter war schockiert, als sie ihre Tochter die Treppe herunterkommen sah: Den kürzesten Rock, das engste T-Shirt und die längsten Stiefel hatte sie an. Sie sah aus, als würde sie auf den Strich gehen, fand ihre Mutter.

Elke wollte sich auch intensiver schminken, als es ihre Mutter gern sah, und schließlich war sie mit dem Zeitlimit nicht einverstanden, das ihr die Mutter für den Abend vorschrieb. Sie wusste, dass alle ihre Freunde und Freundinnen bis tief in die Nacht feiern durften. Alle würden da sein – Petra, ihre beste Freundin, mit Arno, ihrem angeblichen Schatz, zumindest waren sie oft zusammen, sowie auch Klaus und Heike. Und Elke würde sich als Erste verabschieden müssen …

Und so war es dann auch.

Elke konnte den ganzen Abend nicht genießen, denn sie dachte ständig über eine Ausrede nach, warum sie Punkt 23 Uhr verschwinden musste. Sie konnte unter keinen Umständen zugeben, dass ihre Eltern es ihr vorgeschrieben hatten. Sie wäre ausgelacht, gedemütigt worden.

Sie tanzte unkonzentriert, sie redete unkonzentriert und merkte nicht einmal, dass Sebastian ihr die schönsten Komplimente machte. Er war ständig um sie besorgt, holte ihr Cola, fragte sie, ob sie rauchen wolle, was sie verneinte, versuchte sie hinauszulocken in diesen lauen Abend, um mit ihr allein zu sein.

Das alles bekam Elke nicht mit, denn ständig schaute sie auf ihre Uhr. Auf die Frage Sebastians »Hast du denn noch eine Verabredung? Warum schaust du ständig auf die Uhr?« antwortete sie: »Tut mir leid, aber ich habe meiner Mutter versprochen, ihr beim Backen zu helfen. Morgen kommen unsere Verwandten zu Besuch. Und ich halte meine Versprechungen.«

Bevor sie einschlief, dachte sie: *Scheiße, Scheiße, Scheiße! Warum hat man eigentlich Eltern? Warum kann man nicht einfach auf die Welt kommen, aufwachsen und frei sein? Meine Mutter hat mir den Abend verdorben! Gerade als Sebastian so weit war, mich zu küssen, musste ich nach Hause, aus Angst, ich dürfte die nächsten zwei Wochen nicht in die Disco. Ich finde es gemein, so tyrannisch behandelt zu werden! Wann werde ich endlich 18 und kann nach Hause kommen, wann ich will und nicht, wann meine Eltern es vorschreiben?! War das schön! Ich tanzte mit Sebastian. Mein Gott! Er hat mich an der Hand auf die Tanzfläche geführt und ich dumme Kuh nahm schnell meine Hand aus seiner. Wie gerne hätte ich ihn geküsst … Aber nächsten Freitag gehen wir wieder tanzen. Ich werde mich nächsten Freitag bestimmt küssen lassen. Aber zuerst soll er noch ein bisschen schmachten. Und vor allem sollen alle sehen, dass ich ihm nicht so verfallen bin wie alle anderen Mädchen.*

Am nächsten Morgen traf sich Elke mit ihrer Freundin Petra in der Stadt. Sie tranken eine Cola in einem kleinen netten Café, das sie soeben entdeckt hatten. Es lag exakt in der Mitte zwischen Petras und Elkes Elternhäusern und ganz nah bei der Schule. Die Mädchen erzählten sich vom Vorabend.

Ihrer Freundin gegenüber gestand Elke, dass ihre Mutter ihr verboten hatte, länger als bis 23 Uhr in der Disco zu bleiben. Und Petra gestand Elke, dass ihre Eltern sich nicht besonders dafür interessierten, wie lange sie wegblieb. Sie hätten eine Ehekrise. Der Vater sei abends viel unterwegs, mit Freunden, Geschäftspartnern oder Arbeitskollegen. Ihre Mutter sitze einfach nur da und warte.

»Wer war denn der hübsche Bursche am Schluss gestern Abend?«, fragte Elke.

Petra wurde leicht rot im Gesicht. »Weißt du, ich stehe nicht so auf unsere Jungs. Ich habe ihn erst gestern kennen gelernt. Er heißt Ismail und ist Türke, aber ein ganz netter. Ich liebe seine dunklen Augen und seinen leichten Dialekt.«

In der Tat, seit sie Kinder waren – schon im Kindergarten – hatte Petra sich den dunkelhäutigen, dunkelhaarigen, dunkeläugigen Jungen näher gefühlt als ihren blonden, blauäugigen, hellhäutigen Kameraden. Sie wollte schon als Kind wissen, woher diese Kinder kamen, wie ihre Eltern aussahen und sprachen. Sie wurde daher auch oft eingeladen zu türkischen, albanischen, spanischen und arabischen Freundinnen und Freunden.

Elke hingegen stand mehr auf hiesige Kinder. Ihr Vater war blond, ihre Mutter auch. Ihre Geschwister hatten hellbraune Haare. Sie interessierte sich kaum für ausländische oder anderssprachige Mitmenschen. Im Gegenteil, zu Hause hieß es oft: »Wie heißt denn die Kleine, mit der du heute Nachmittag spielen gehen willst?«

Und wenn sie antwortete »Jamila« oder »Aicha« oder auch »Giovanna«, was selten vorkam, dann wollten die Eltern Näheres wissen, wo sie denn wohnte, wie sie denn spräche und wie denn ihre Eltern aussähen. Sagte Elke hingegen, sie ginge zu »Ulrike« oder auch zu »Lukas«, so ließen sie sie wortlos gehen.

Und so saßen die zwei Jugendlichen mit ihren Pickeln, die sie mit allen Mitteln zu verstecken versuchten, und ihren zwei Colas an einem Tisch im Café und redeten über ihren Liebeskummer. Sie gaben sich gegenseitig das Versprechen, immer offen zueinander zu sein, sich immer ihre Liebesgeschichten zu erzählen und auch wenn sie alt und verheiratet wären, würden sie einander immer noch alles anvertrauen und sich gegenseitig helfen.

Ali

Jahre später, während Elke ihren 20. Geburtstag im *Café Jeannette* feierte, ereignete sich auf der Insel Djerba auch etwas Erfreuliches: In einem kleinen Haus am Rande von Houmt Souk erblickte Ali das Licht der Welt.

Das kleine Zimmer seiner Mutter war von fünf Frauen geradezu ausgefüllt. Eine Hebamme schnitt die Nabelschnur durch und übergab Ali seiner Mutter. Routiniert und fast wortlos verabschiedete sich die Hebamme mit: »Mabrouk!« (Glückwunsch!) Dann hörte man die anderen Frauen singen und trillern. Danach weitete sich dieser Freudengesang aus – zuerst auf die Nachbarsfrauen, die schon auf die freudige Nachricht warteten, dann auf das ganze Quartier. Von allen Seiten kamen diese Freudenbekundungen.

Der Vater, die Onkel und die erwachsenen männlichen Verwandten waren nicht dabei, weder bei der Geburt von Ali – dort hatte eine Frau die einzige Aufgabe, darauf zu achten, dass ja kein erwachsener Mann hereinkam – noch im Hospital, wo neuerdings auch Kinder geboren wurden. Wenn ein Vater eines neuen Weltbürgers vor dem Kreißsaal auf und ab ging und bei jedem Schrei seiner Frau hineinstürmen wollte, wurde er immer von einer Krankenschwester mit einem einzigen klaren Blick zurückgewiesen, mit dem unausgesprochenen Kommentar: »Beherrschen Sie sich! Hier hat kein Mann etwas zu suchen! Wir haben noch jede Frau entbunden. Hören Sie auf, sich Sorgen zu machen, und seien Sie froh, dass die Geburt Sache der Frau ist!« Es soll schon vorgekommen sein, dass mehrere Frauen einen ungeduldigen Mann – obwohl er der Vater des Neugeborenen war – regelrecht in die Flucht geschlagen haben, um das ungeschriebene Gesetz durchzusetzen.

Tag und Nacht wachten in Alis Geburtszimmer Schwestern, Cousinen oder Nachbarinnen der Mutter. In Alis neuer Heimat erklangen Koran-Rezitationen und traditioneller mystischer Gesang.

Alis Vater Abdallah war ein gläubiger Mann. Er besaß einen kleinen Lebensmittelladen, mit dem er seine Familie – eine Frau und einen zweijährigen Sohn – knapp durchbrachte. Erst abends durfte der Vater endlich seinen Neugeborenen sehen. Abdallah küsste seinen Sohn auf die Stirn und gab seiner Frau die Hand. Er sprach ein kurzes Gebet aus.

Alis Eltern und sein Bruder wohnten in einem winzigen Häuschen abseits der Straße mit lediglich drei kleinen Zimmern, einer ebenso winzigen Küche und einem Raum zum Baden. Rund um das Häuschen stand eine Mauer, durch die im Sommer Hitze und Sand drangen und im Winter der bissige kalte Wind pfiff. Im Innenhof hatten sie noch etwas Platz für eine Ziege und ein paar Hühner. Sie besaßen weder Elektroherd noch Gas, so kochte die Mutter meistens auf offenem Holzfeuer und gelegentlich auf einem kleinen Gaskocher. Sie hatten kein fließend Wasser, sondern mussten es – vielmehr die Mutter tat es – an einem nahe gelegenen öffentlichen Wasserhahn holen. Die Beleuchtung bestand aus einer einzigen Lampe, die den Hof beleuchtete. In den Zimmern wurde mit je einer Öllampe Licht gemacht.

Alis Eltern kamen erst vor ein paar Jahren nach Djerba, vielmehr Alis Mutter. Sie hatte ihren Mann nach der Heirat vom Festland nach Djerba begleitet, wo er einen winzigen Lebensmittelladen von seinem verstorbenen Vater übernommen hatte. Täglich, noch bevor die Sonne aufging, öffnete er den Laden und wartete auf Stammkunden und Passanten.

Die Kunden kauften dann auch nicht für viel Geld. Manche kamen wegen 200 Gramm Zucker, andere für ein halbes, sogar ein Viertelbrot. Abends ging er nach Hause, um das einfache Abendessen einzunehmen, dann machte er den Laden wieder auf für die nächtlichen Käufer. Die kauften dann vor allem Wasser, Tee und wieder Zucker. Einige Jugendliche kamen regelmäßig vorbei und kauften sich für ein paar Millimes geröstete Sonnenblumenkerne für ihre Spaziergänge. Gelegentlich kaufte der eine oder andere eine ganze Schachtel Zigaretten, meistens aber verkaufte Abdallah *Cristal*, *Mars* und andere Marken offen. Er hatte immer einen Kugelschreiber hinter sein rechtes Ohr geklemmt und schrieb die Preise eines größeren Einkaufs auf einen grauen Halbkarton, dann zählte er zusammen. Obwohl er Analphabet war, die Zahlen und das Rechnen hatte er bei seinem Vater gelernt. Nur das Kreditgeschäft, das machte ihm Sorgen, denn kaum jemand bezahlte bar. Für die meisten Kunden hatte er ein Büchlein, in das ihm ein Nachbar die Namen geschrieben hatte. Er merkte sich die Namen lediglich mit einer Art fotografischem Gedächtnis. Es geschah gelegentlich, dass ein neuer Kunde seinen eigenen Namen auf eine neue Seite schreiben musste. Nun sollten ihn die Kunden monatlich bezahlen, bevor sie den Einkauf für den nächsten Monat tätigten, was die meisten auch taten. Er hatte aber auch schon Verluste von 50 Dinar, da ein Kunde wegzog, ohne seine neue Adresse zu hinterlassen. Das war für ihn fast ein halber Monatsgewinn.

Und wenn er jeden Abend die Einnahmen zählte, sagte er stets – auch wenn die Kasse fast leer war: »El hämdu lilläh!« (Gott sei gepriesen!)

Ali war ein schwaches, aber schönes Baby. Er wurde nach seinem Großvater benannt, der im Ersten Weltkrieg für Frankreich in den Krieg zog. Alis Großvater war ein kräftiger, aufbrausender, manchmal gefürchteter Mann, der niemals von seiner Meinung abwich. Er gehörte noch zur alten Garde der Araber, die sich nichts sagen ließen, die den Tod verachteten und zu jedem Abenteuer bereit waren. Er wurde eines Tages als Freiwilliger eingezogen. Der regionale Kommandant kam aus Medenine und hielt in Houmt Souk eine regelrechte Werberede. Dieser französische Colonel versprach den jungen Männern einen heiteren und einfachen Krieg. Wer sich für Frankreich und seine Freiheit, seinen Sieg über die Deutschen entscheide, der entscheide sich für Ruhm und Ehre. Abgesehen davon gäbe es einen nicht zu verachtenden Sold, Kleidung und gute Verpflegung.

Alle Freiwilligen schrieben ihren Namen auf einen Zettel und warfen ihn in eine Urne. Jeder zehnte Zettel wurde dann laut vorgelesen. Zu den glücklichen Teilnehmern an diesem vermeintlich spaziergangähnlichen Zug gegen die Deutschen gehörte Ali Ben Abdallah Ben Mosbah El Gasmi.

Im Sommer des Jahres 1916 wurden sie mit Lastwagen nach Tunis gefahren, von wo sie dann nach Marseille verschifft und von dort per Bahn an die Front geschickt wurden.

Er stellte bald fest, dass die Verpflegung alles andere war als die versprochene Kost. Und dass der Sommer nur in seiner Heimat heiß sein konnte, musste er auch widerlegt sehen, denn dieser Sommer war der heißeste, den er je erlebt hatte. In einem seiner Briefe, die er durch einen Leidensgenossen schreiben ließ, hieß es: »Gott hat die Hitze der Sonne über uns gelegt und die Deutschen heizen Tag und Nacht mit ihrem Feuer die ganze Front ein. Seit Wochen hören wir ununterbrochen Gefechtsfeuer aus Kanonen, Haubitzen, Granaten und Gewehren. Die Leichen sind zahlreicher als die stehenden Männer, das Feld ist getränkt mit dem Blut meiner Landsleute und dem der Christen. Ich bete zu Allah dem Allmächtigen, dass er uns aus dieser Hölle auf Erden erretten möge.«

Er wurde verletzt und auf einen langen Heimtransport gebracht. Er schwor, niemals mehr ein Wort auf Französisch auszusprechen, das man ihn mit Gewalt lehrte unterwegs nach Tunis, auf dem Mittelmeer und in diesen Bahnwagen in Richtung Verdun. Als er später erfuhr, dass die Schlacht vom Februar bis zum Dezember des Jahres 1916 dauerte, mehr als eine halbe Million Männer das Leben kostete, darunter viele seiner mitgereisten Landsleute und andere Glaubensgenossen aus Nordafrika, und den Deutschen nach all diesen beidseitigen Verlusten gerade einmal 200 Meter Frontverschiebung einbrachte, war er dem jungen deutschen Soldaten fast dankbar, der ihn verletzt hatte. Dieser hatte ihm das Bajonett in den Bauch gerammt, weil keiner der Soldaten mehr eine Kugel hatte. Glücklicherweise hatte er keine lebenswichtigen Organe getroffen und Alis Großvater erholte sich schon auf dem Heimweg von seinen Verletzungen. Nach dieser Erfahrung war Alis Großvater der fleißigste Moscheebesucher von ganz Djerba und blieb es auch bis zu seinem Tod.

Zwei Jahre nach der Geburt von Ali kam Nour zur Welt, seine Schwester. Als Nour vier Jahre alt war, wurde sie im Schlaf von einem Skorpion gestochen. Der Vater hatte Steine für die Reparatur der Mauer gekauft und sie vor dem Haus gelagert. Die Kleine schrie nur ein Mal leise, niemand hörte sie. Als ihr Vater sehr früh zum Gebet aufstand, sah er den Skorpion davonrennen, erschlug ihn und begann sein Gebet. Es wurde das erste und einzige Mal in seinem Leben, dass er ein Gebet unterbrach, weil er das Bild nicht mehr verdrängen konnte. Wenn der Skorpion aus Richtung seiner kleinen schlafenden Tochter kam … Es war sehr knapp, aber Nour überlebte.

Als Ali zum ersten Mal in die Schule ging, lief er in der Pause nach Hause und weinte. Er wollte nicht allein dorthin. Also brachte ihn seine Mutter bis zur Tür und wollte wieder gehen. Ali weinte aber die ganze Zeit und so saß sie wochenlang vor der Schule, so dass er sie aus dem Fenster sehen konnte, und wartete auf ihn.

Mit der Zeit gewöhnte er sich daran, dass sie gelegentlich für ein paar Minuten verschwand. Sie hatte ihm erklärt, dass sie kurz nach Hause ginge und ihn dann wieder abholen würde. Dabei versteckte sie sich für zehn Minuten außer Sichtweite ihres Sohnes.

Er hing dermaßen an seiner Mutter, dass er noch im zweiten und dritten Schuljahr während der ersten paar Tage nicht ohne sie in die Schule gehen wollte. Irgendwann jedoch legte sich diese Angst vor der Abwesenheit seiner Mutter.

Ali wuchs in enger Obhut seiner Mutter auf, er ging niemals alleine weiter als bis zum Laden seines Vaters. Wenn er – noch im Alter von zehn Jahren – zu Freunden spielen gehen wollte, die ein Quartier weiter wohnten, nahm er seinen großen Bruder mit, der zwei Jahre älter war als er. Sein Bruder war von Anfang an anders. Alis Eltern verglichen ihn oft mit seinem Großvater, dem Helden des Ersten Weltkriegs. Er konnte, so, wie sein Großvater, gehen, wohin er wollte, wann er wollte und so weit er wollte. Die Eltern lachten gelegentlich darüber: »Wenn es wieder einen Krieg zwischen Deutschen und Franzosen geben würde, dann würde dieser Bengel sich freiwillig melden, wie sein Großvater.«

Alis älterer Bruder Rafik war ein selbstständiger Junge. Wenn ihn die Eltern nicht vom Spielplatz riefen, blieb er, bis es dunkel war und alle Nachbarskinder nach Hause gingen. Er war gern alleine, aber mischte sich problemlos unter jede Kindergruppe und auch zu Erwachsenen. Er diskutierte gern, war wissensdurstig und stellte ständig Fragen. Er ließ sich nicht mit irgendeiner Antwort abspeisen, sondern bestand auf Wahrheit und Ehrlichkeit. In der Schule hatte Rafik sehr gute Noten, wonach seine Eltern sich schon früh überlegten, wie sie es mit ihm und seiner schulischen Zukunft halten wollten. Einerseits waren die Ratschläge seiner Lehrer schmeichelnd, die ihn für einen äußerst intelligenten Jungen hielten, dessen Zukunft nur in Tunis liegen konnte, an der Universität. Andererseits fragten sie sich schon, als er noch in die Primarschule ging, wie sie denn so ein Studium finanzieren könnten, mit ihrem geringen und unregelmäßigen Einkommen. Die Lehrer vertrösteten sie nach dem Motto: »Kommt Zeit, kommt Rat!« Es gäbe ja Stipendien und sie würden sich bestimmt für ihn einsetzen.

Die Heirat

In der St. Peter-Kirche zu Augsburg war der Pfarrer etwas nervös. Elke und Sebastian wollten sich heute das Ja-Wort geben. Pfarrer Matzinger kannte beide nur zu gut. Er erinnerte sich noch an die Zeiten, wo er abends mit Elke und ihren Freunden im *Café Jeannette* lange Gespräche über Gott und die Welt führte. Besonders über Gott redeten sie viel. Die Welt war Elke nicht fremd, aber sie wollte Gott etwas besser verstehen und dachte, sie bekäme Antworten von ihrem Pfarrer.

Elke wurde trotz dieser vielen langen Gespräche nie eine richtige Gläubige. Gott, Religion und Glaube waren für sie in dieser Zeit eher ein philosophisches Thema, ein Grund, Abende lang in einer Kneipe oder bei einer Freundin zu Hause zu diskutieren. Trotzdem fand sie in Pfarrer Matzinger einen guten Freund, eine Vaterfigur. Ihr eigener Vater sprach nie mit ihr über Gott. Ihre Eltern gingen zwar regelmäßig in die Kirche, aber sie hatten ihren persönlichen Glauben, den sie nicht mitteilen konnten.

Sebastian und seine Freunde hatten zu dieser Zeit andere Sorgen. Er kam nie mit, wenn Pfarrer Matzinger im *Café Jeannette* seine kleinen privaten Predigten hielt. Er war stets mit seinen Freunden in einer anderen Kneipe, dem *Lady Hamilton Pub*, wo sie englisches Bier und Rockmusik genossen.

Sebastian war ein Mensch mit zwei Seelen. Er war einerseits ein ruhiger, eher konservativer Mann mit Dreitagebart, einer feinen Brille und einem scharfen Verstand, andererseits war er ein Romantiker, ein hoffnungsloser Optimist. Trotz seines Berufes als Informatiker las er gerne Krimis und Liebesromane zugleich. Er verbrachte Stunden in seiner Stammkneipe und sprach jeden Arbeiter an, wollte sein Leben, seine Sorgen mit ihm teilen. So hatte er Elke auch seinen Antrag in einer Kneipe gemacht. Er war so verliebt in sie, dass er schon nach einem Bier den Mut hatte, sie zu fragen: »Elke, Schatz, willst du meine Frau werden?«

Als sie »Jaaaaa!« rief, schrie er in die Runde der Arbeiter und anderen Gäste: »Sie will mich heiraten! Eine Runde für alle!«

Alle freuten sich für ihn und natürlich auch über die Runde Freibier. Sie küssten sich, sie waren alleine, keine Freunde um sie herum. Elke hätte sich gewünscht, dass zumindest Petra dabei gewesen wäre. Aber sie würde es ihr in einigen Minuten telefonisch sagen.

Und nun saßen sie alle da, diese Freunde, um Elke und Sebastian in den Hafen der Ehe zu verabschieden – nachdenklich die einen, erfreut und glücklich die anderen. Diejenigen, die glücklich aussahen, waren der Meinung, dass diese zwei Menschen zueinander passten. Sie, die energische, aktive Frau, er, der ruhige, sensible Pol. Die Nachdenklichen dachten, es wäre eine schwierige Zeit für eine Partnerschaft, dieses moderne, individuelle Gehabe der jungen Menschen, die Statistiken, die für sich sprachen.

Ralph, Sebastians bester Freund, war sein Trauzeuge und Elkes Trauzeugin war natürlich Petra.

Petra und Ralph hatten fast mal was miteinander, aber das war vergessen. Sie hatten lediglich einmal in einer Diskussion festgestellt, dass sie beide eigentlich auch zusammen passen würden. Es war, als sie sich mal alleine an einem frühen Abend trafen, um über die Hochzeit ihrer Freunde zu reden und die Details zu besprechen. Sie trafen sich im *Café Jeannette* und bestellten sich jeder ein Bier.

Nach dem zweiten Bier sagte Ralph nachdenklich: »Weißt du, Petra, ich werde nie heiraten. Ich würde lieber viele verschiedene Frauen kennen lernen, mit ihnen mein Leben genießen, ihnen geben, was ich kann, nehmen, was ich kann, und dann tschüss!«

»Weißt du was, Ralph? Ich werde es genau so machen wie du!«

Sie lachten dabei laut. Das zweite Bier hatte bei ihr mehr gewirkt. Petra war ziemlich schlank und zierlich, Ralph war da schon etwas kräftiger und konnte auch nach zwei Bier noch ernsthaft reden. Er fasste das, was Petra soeben gesagt hatte, als Witz auf oder zumindest als Spaß, als Antwort auf seine männliche Einstellung.

Als sie bemerkte, dass er sie nicht ernst nahm, wiederholte sie aber: »Das ist kein Witz. Ich meine es ernst. Wieso soll eine Frau nicht dieselbe Einstellung haben wie du? Was bringt ein Mann einer Frau heute? Er muss sie nicht mehr wie früher ernähren, sie kommt auch ohne einen Mann an ihrer Seite zurecht, der ihr mehr Arbeit als Freude bereitet.«

»Moment mal! Du willst mir doch nicht sagen, dass du so gestrickt bist wie ich?« Sie lachten wieder. »Es heißt doch immer, wir Männer seien die unsentimentalen Geschöpfe. Es heißt, so lange wir eine Frau im Bett hätten, bräuchten wir nichts anderes.«

»Mein lieber Ralph, das ist inzwischen auch bei uns Frauen der Fall – zumindest bei den Cleveren. Du hast etwas verpasst, weißt du? Wir können uns heute auch bloß auf die eine Sache konzentrieren.«

»Und?«, fragte Ralph. »Bist du etwa glücklicher?«

Petras Antwort war klar, sicher und blitzschnell: »Klar! Ich darf selber bestimmen, mit wem ich ins Bett gehe, und glücklicherweise darf ich auch bestimmen, von wem ich ein Kind haben will. Ist es nicht komisch, dass die Pille von einem Mann erfunden wurde? Ich meine, warum war ein Mann daran interessiert, Schwangerschaften zu verhindern? Er, der sowieso nicht schwanger werden kann? Wen wollte dieser Mann schützen? Die Schwangeren oder die Schwängernden?«

Ralph fragte Petra, ob er nochmals etwas bestellen sollte, Petra verneinte jedoch freundlich.

»Jetzt, wo wir so gemütlich hier sitzen und uns etwas unterhalten könnten, da kneifst du? Schade!«

Das wollte Petra nun nicht auf sich sitzen lassen und willigte ein: »Noch einen Drink. Aber das ist der letzte, okay?«

»Schön. Und keine Angst, ich werde dich nicht betrunken machen und dich vernaschen. Glaub mir, du bist nicht mein Typ!«

»Du bist auch nicht gerade mein Typ, also riskieren wir nichts«, antwortete Petra, aber innerlich dachte sie sich: ‚Wie kann dieser Kerl bloß so hochnäsig sein und mich als *nicht sein Typ* bezeichnen? Ich bin der Typ jedes Mannes. Dir zeige ich's noch, du eingebildeter Kerl! Du wirst heute Nacht noch die Worte aussprechen, die ich will! Du wirst mich bitten, dich in meine Wohnung reinzulassen! Warte nur!«

Als sie mit dem dritten Bier anstießen, lächelte sie merkwürdig, denn sie führte etwas im Schilde, aber Ralph war zu beschwipst, um es zu bemerken. Die weibliche List entging ihm …

Als die Braut am Arm ihres Vaters in die Kirche eintrat und alle aufstanden, wurde Ralph von seinen Gedanken abgelenkt. Die Orgelmusik, der traurige Anblick des Vaters, der so aussah, als ob er wirklich seine Tochter verlieren würde, die Mutter der Braut, die bereits die Tränen wegwischte und die vielen Frauen, die schlucken mussten. Angesichts dieses rührenden Moments musste auch Petra ihre Erinnerungen an den Abend mit Ralph beiseite legen.

Und nun wurde Elke von ihrem Vater zu eben diesem Sebastian geführt. Sie war überglücklich, dass ihr Traum genau so in Erfüllung ging, wie sie ihn geträumt hatte. Sebastian war lieb, vergötterte sie, lachte immer, hatte keine Sorgen, einen guten Beruf und vor allem schaute er keine andere Frau auf dieser Welt an als sie.

Ihre Mutter saß in der vordersten Reihe und wischte sich ihre Tränen mit einem weißen Taschentuch ab. Sie musste unweigerlich an ihre eigene Beziehung denken. Wie viele Jahre schon lebten sie einfach so nebeneinander her, weil sie ohne einander nicht konnten. Sie redeten kaum. Seit ihr Mann in Rente ging, wurde es noch schlimmer. Täglich frühstückten sie wortlos, aßen wortlos zu Mittag und zu Abend und gingen wortlos ins Bett. Außer einem »Gute Nacht, ich geh' dann mal schlafen!« verloren sie kaum Worte.

Als die Orgelmusik einsetzte, gingen Ralphs Gedanken an jenen Abend mit Petra weiter. Er erinnerte sich, wie sie nach drei Stunden das Programm für die Hochzeitsfeier besprochen und fein säuberlich aufgeschrieben hatten. Die ersten zwei Seiten waren sauber strukturiert, die Unterstreichungen waren gerade und regelmäßig. Mit zunehmendem Bierkonsum jedoch wurden die Striche schräger, teilweise strichen sie die Worte durch anstatt sie zu unterstreichen. Sie lachten darüber und falteten die Blätter zusammen. Petra steckte sie in ihre Handtasche. Sie bezahlten und gingen hinaus.

Als die frische Luft sie traf, torkelte Petra leicht, worauf Ralph sie sofort stützte und sie umarmte, jedoch nicht ohne zu erwähnen: »Bild' dir nichts ein! Ich helfe dir nur, du beschwipste Zicke!«

Und wieder lachten sie.

»Und wenn ich stockbesoffen wäre, was ich keineswegs bin, würde ich bei dir nicht schwach werden. Du reizt mich nicht im Geringsten, mein Lieber!«

Sie gingen Arm in Arm in Richtung Petras Wohnung. Die Sterne am Himmel fielen ihnen auf.

»Weißt du, dass es noch hell war, als wir in die Kneipe gingen?«, sagte Petra.

Sie streckten ihre Köpfe zum Himmel empor und mussten sofort wieder auf den Boden schauen. Laut lachend mussten sie feststellen, dass sie recht betrunken waren. Als Petra leicht zur Seite torkelte, ergriff Ralph ihre Hand. Als sie wieder gerade lief, ließ er sie ohne Worte los. Beide schwiegen kurz, die Situation schien ihnen unangenehm zu sein. Aber dann nahm Petra seine Hand wieder und lächelte ihn an. Er lächelte zurück, musste aber einen Kommentar geben: »Es ist zwar schön, deine Hand zu halten, aber das heißt nichts, okay?«

»Natürlich heißt das nichts«, erwiderte Petra. »Meinst du, du wärst der erste Mann, dessen Hand ich halte, oder was?«

Darauf drückte er ihre Hand etwas fester und sie schmunzelte verlegen.

»Es ist schön, deine Hand zu spüren!«

Als sie vor der Wohnung standen, wusste keiner der beiden, was zu tun war. Sie waren unsicher, ihr Hang zum Spaß verging auf einmal. Petras Blick wurde ernst. Ralph hoffte, sie würde sagen: »Komm rein! Bitte lass uns die Nacht genießen.« Aber dann dachte er: Das wird sie nicht tun, unsere Zicke, und wenn sie es täte, ich würde ihr endlich einen Korb geben, damit sie es lernt. Irgendein Mann sollte dieser Frau mal ein bisschen wehtun, nur ein bisschen.

Und Petra stand da, schaute ihn an, hielt noch seine Hand, wortlos, und wünschte sich, er würde den ersten Schritt tun. Komm schon, dachte sie. Ich kann doch nicht über meinen Schatten springen. Ich kann dich nicht bitten, reinzukommen. Du weißt aber, dass ich es will.

Er hielt immer noch ihre Hand und bemerkte, dass sie beide Lust aufeinander verspürten. Er war an diesem Punkt angekommen, wo ein Mann auch ein Wort zurücknehmen würde. Er wusste, sie würde es nicht tun. Was hatte er schon zu verlieren? Er war sicher, sie würde ihn nicht bloßstellen und ihm eine Absage erteilen. Er war ganz sicher, dass sie ja sagen würde.

Sie kamen einander entgegen. Aus ihrem ursprünglichen Spaß wurde eine knisternde Stimmung, in der sie sich wie Rivalen vorkamen. Wer würde der Stärkere sein? Wer würde den ersten Schritt machen?

Die Orgelmusik stoppte und riss Ralph aus seinen Träumen. »Es geht los!«, sagte er zu Petra, die neben ihm saß. Sie lächelten, als hätten sie zuvor beide an das Gleiche gedacht …

Die Hochzeit verlief wie geplant. Die vielen Gäste genossen nach dem Ja-Wort die feinen Häppchen und den schönen frischen Riesling vor der Kirche, während das Brautpaar sich in etlichen Posen und abwechselnd mit allen Gästen für ihr Album ablichten ließ. Es wurde ein unvergessliches Fest.

Ihre Flitterwochen verbrachten Elke und Sebastian in einem Fünf-Sterne-Hotel in Hurgada. Die ägyptische Sonne schien täglich, das Meer war jeden Tag schön und blau, so, wie der Himmel auch. Ihre Tage und ihre Abende, aber auch ihre Nächte waren aufregend und abwechslungsreich. Sie verbrachten die schönsten zwei Wochen ihres Lebens und waren sich einig: Sie wollten noch lange keine Kinder, keine Verpflichtungen, sie wollten das Leben in vollen Zügen genießen. Sie wollten ein Haus, zwei Autos und viele Ferienreisen.

Sebastian stieg gerade erst in seinem Software-Entwicklungshaus auf, wo er als Junior-Verkäufer mit Informatikhintergrund nach nur kurzer Einführungszeit einen sehr guten Job gemacht hatte. Sein Talent sicherte ihm bereits ein überdurchschnittliches Salär und vor allem Entwicklungschancen. Sein Chef war drei Jahre vor der Pension und die Absicht der Geschäftsleitung war klar: die Nachfolge dieses langjährigen Mitarbeiters planen.

Sie wussten beide, dass viel Arbeit und Überstunden auf ihn zukommen würden, viele Messebeteiligungen, Geschäftsreisen mit Hotelübernachtungen und Wochenendarbeit. Aber für die Chancen der Zukunft und für gutes Geld wollten sie das miteinander durchziehen.

Auch Elke war eine beschäftigte Frau. Sie war Leiterin eines kleinen Sachbearbeiterinnen-Teams in einer Versicherung. Sie hatte zwar regelmäßige Arbeitszeiten und kaum Überstunden zu leisten, aber oft musste sie Probleme und kleine Sorgen mit nach Hause nehmen. Sie sagte immer: »Ehrlich, diese Weiber! Ich wollte, ich könnte sie alle vier durch Männer ersetzen, dann hätte ich keine Probleme mehr.«

Die vielen attraktiven ägyptischen Männer im Hotel interessierten Elke nicht. Und als Sebastian leicht eifersüchtig bemerkte: »Ich hoffe, dir gefällt keiner dieser Charmeure!«, antwortete sie verliebt: »Kein Mann auf dieser Erde kommt an dich heran, mein Schatz.«

Wenn Petra hier wäre, dachte Elke, dann wäre das wohl anders. Sie, Petra, würde jeden Abend mit einem anderen dieser braungebrannten Boys ausgehen und sie war sich sicher, dass ihre Freundin sogar schon eine oder mehrere Affären mit einem Ägypter hatte. Sie wusste, dass Petra seit Kurzem nach Djerba flog, meistens wenn sie mit einem Partner Schluss gemacht hatte. Um sich zu erholen, sagte Petra immer. Ha, dachte Elke. Erholen, von wegen! Sie wird dort jede Menge Liebhaber haben, so, wie ich sie kenne.

Seit Petra zwanzig war, hatte sie nichts mehr mit einem Deutschen angefangen. Stets waren ihre Bekanntschaften, Liebschaften, Verhältnisse, Affären und ernsten Beziehungen mit Ausländern. Meistens waren es Türken, Nordafrikaner oder andere Araber. Sie hatte sogar mal einen Schwarzen bei sich zu Hause, einen schönen großen schlanken Mann mit einer Glatze und einem ganz feinen Gesicht. Seine Nase war erstaunlicherweise auch fein und spitz, überhaupt nicht afrikanisch. Aber als er ankündigte, dass er Besuch aus Senegal bekommen würde, unterbrach Petra die Beziehung kurzerhand. Seit Kurzem ist sie Fan von Tunesien.

Die Ehe

Elke und Sebastian führten die ersten drei Jahre eine schöne und glückliche Ehe, unauffällig, aber sichtlich zufrieden und ausgeglichen. Sie waren gern gesehene Gäste in allen guten Restaurants und Bars von Augsburg-Mitte und hatten viele Freunde. Sie spielten Golf, dafür arbeiteten beide hart. Sie kauften sich das Wunschobjekt: ein Haus am Stadtrand. Und auf die häufigen Fragen, warum denn noch kein Kind da sei, antworteten sie stets, dass sie es für später geplant hätten. Sie hatten noch dieselben besten Freunde: Petra und Ralph. Sie trafen sie mindestens ein Mal monatlich, wo die vier einen Abend lang kochten und fein tranken.

Es war auch an einem solchen Abend, kurz bevor die Freunde gingen, dass ein Wort das andere ergab und auf einmal eine komische Stimmung zwischen Elke und Sebastian herrschte. Die Gäste bemerkten es nicht einmal, aber die zwei reduzierten plötzlich ihre Kommunikation, ihre Berührungen, ihr sonst so herzliches Lächeln füreinander auf ein Minimum. Sie wussten später nicht mehr, was es war. Jeder warf dem anderen vor, ein beleidigendes oder verletzendes Wort gesagt zu haben. Sebastian war sich sicher, es ging um Männer. Irgendwie sollte Elke gesagt haben: »Oh ja, mit diesem Mann da könnte ich Nächte verbringen!« Dabei schauten sie Bilder von ihrer Hochzeitsreise nach Ägypten an.

Elke korrigierte ihren Mann, indem sie erklärte, sie hätte bestimmt eher gesagt: »Dieser Mann sieht schon gut aus«, aber der viele Alkohol hinderte sie daran, sich genau zu erinnern, wie es anfing.

Jedenfalls beschlossen sie in jener Nacht, nicht mehr darüber zu reden. Sie sagten sich zum ersten Mal nur flüchtig gute Nacht, küssten sich nur andeutungsweise und schliefen ein. Dieses Erlebnis verfolgte sie ein paar Tage, in denen vor allem Sebastian immer wieder versuchte, sich zu erinnern, wie die Worte seiner Frau waren, die ihn so beleidigten. Er war drauf und dran, Ralph anzurufen und zu fragen, ob er sich erinnerte, aber dann ließ er es sein und mit der Zeit vergaß er das Ereignis.

Einige Monate später, sie hatten schon ihren vierten Hochzeitstag gefeiert, kam es erneut zu einer Kleinigkeit. Sie waren beide im Garten ihrer Nachbarn zu einem Grillabend eingeladen. Sie tranken alle ziemlich viel, denn niemand musste fahren. Elke warf ihrem Mann vor, dass eine der jungen Nachbarinnen ihn angehimmelt hätte, worauf er antwortete: »Was kann ich dafür, mein Schatz?« Dabei lächelte er vergnügt und das passte Elke gar nicht.

»Du hast ihr bestimmt einen Grund gegeben, so von dir zu schwärmen! Sie konnte sich ja sogar neben ihrem Freund nicht zurückhalten, dir Komplimente zu machen. Jedes Mal, wenn du das Wort ergriffen hast, hat sie zu dir geschaut, als wenn sie dich fressen könnte.«

Und so ging das Gespräch eine halbe Stunde lang im Schlafzimmer hin und her, bis beide fast am Einschlafen waren. Keiner der beiden wusste genau mit dieser Situation umzugehen. Sebastian fragte sich dann auch, ob er dieser Nachbarin in Zukunft aus dem Weg gehen sollte, ob er sie zu einem Gespräch einladen sollte, ob er ihr etwas sagen sollte, aber Elke schloss die Diskussion mit: »Mach', was du willst! Gute Nacht!«

Und wieder waren sie ein paar Tage lang besorgt über die Auswirkung von kleinen Missverständnissen und Interpretationen einer Situation durch den einen, die für den anderen gar nicht existierte. Aber auch dieses Ereignis vergaßen sie wieder nach ein paar Tagen …

Und so fingen ihre kleinen Krisen an. Mal war er eifersüchtig, dass ein Mann sie länger anstarrte, als erlaubt. Mal war sie verärgert, weil er einer Frau mehr Aufmerksamkeit schenkte, als Elke das für richtig hielt. Und gelegentlich waren sie in einer Streitstimmung, ohne einen sichtbaren Grund. Jedes Mal, wenn sie solche Krisen hatten, wurden es mehrere Tage und Nächte, in denen sie sich kaum etwas sagten, einander aus dem Weg gingen. Er ging dann mehr Golf spielen und mit seinen Freunden aus, sie öfter ins Kino oder tanzen. Und das verschärfte die Situation meistens. Bevor sie sich schließlich versöhnten, wussten sie oftmals schon gar nicht mehr, warum sie überhaupt einen Streit angefangen hatten.

Eines Tages kam Elke, wie so oft in letzter Zeit, von der Disco. Es war Sonntagmorgen gegen 4 Uhr. Sie war mit Petra und einer anderen Freundin ausgegangen. Sie trafen sich im *Café Jeannette* und nahmen ein paar Drinks, dann aßen sie beim Griechen *Adonis* und gingen später tanzen.

Als sie leise die Haustüre aufmachte, saß Sebastian im Halbdunkeln mit einem Glas Wein in der Hand und erwartete sie. Es entfachte sich eine hässliche Diskussion, bei der sie sich gegenseitig Vorwürfe von geringer Aufmerksamkeit, Rücksichtslosigkeit und Egoismus machten. Sie warfen sich fast gleichzeitig vor, dass sie vom anderen nicht mehr so geliebt würden wie früher. Keiner der beiden wollte zuhören, beide wollten ihren Frust loswerden. Und so weinte schließlich Elke, als sie ins Bett ging, und Sebastian goss sich noch ein Glas Wein ein, schaltete demonstrativ den Fernseher an und schlief schließlich auf dem Sofa ein.

Auch am nächsten Morgen waren ihre Worte karg, auf ein Minimum reduziert. Nach dem Frühstück, das jeder für sich einnahm, wollte sich Sebastian verabschieden und ins Büro gehen. Elke versuchte, ihn zu einem Gespräch zu zwingen, aber er ließ sie einfach stehen und verschwand und kam erst abends spät wieder nach Hause. Den ganzen Tag hatte er nicht angerufen.

Erst am Ende der darauf folgenden Woche konnten sie sich aussprechen. Beide wollten verhindern, dass ihre miserable Stimmung noch anhielt, wenn sie ihren Besuch bekamen. Am Samstag waren Ralph und Petra zum Kochen angesagt. Also vereinbarten sie mit ein paar

Worten, dass sie später reden wollten. Sie betrachteten die Angelegenheit für momentan erledigt und entschuldigten sich beieinander mit einer einfachen Berührung und ein paar Worten.

Am nächsten Tag schienen sie die Sache, so tragisch sie ihnen am letzten Samstag vorkam, zu vergessen. Sie glaubten beide, dass sie übertrieben hatten, die Sache mit dem Tanzen und dem Bürosonntag überbewertet hatten und beschlossen – jeder für sich – gar nicht mehr darüber zu reden. Der anstehende Besuch ihrer Freunde lenkte sie ab. Elke war besonders gespannt auf die Erzählungen ihrer Freundin Petra, die dieses Jahr schon zum zweiten Mal nach Djerba flog und viel Interessantes zu berichten hatte.

Es war kalt draußen, als Petra Arm in Arm mit Ralph daherkam. Elke sah sie durch ihr Küchenfenster und fragte sich, was das für ein Verhältnis war, das die zwei führten. Sie hassten sich, neckten sich, waren zu keinem Thema gleicher Meinung, hatten ganz verschiedene Weltanschauungen – und doch, wenn der eine krank war, dann wurde der andere sofort benachrichtigt. Wenn einer von ihnen abreiste, wusste es der andere noch vor den Eltern desjenigen, der abreiste, und wenn einer von einer Reise zurückkam, dann wurde immer der andere als Erster benachrichtigt. Sie vertrauten einander Dinge an, die sie sonst nicht einmal ihren eigenen Geschwistern sagten. Ein komisches Paar, dachte Elke.

Nach dem Essen, zu Kaffee und Kuchen, erzählte Petra von ihren Abenteuern in Tunesien mit Animateuren, Kellnern, Chefs de Réception und sogar einem Kameltreiber, den sie kennen gelernt hatte und der ihr seine Liebe af ewig schwor. Sie hatte natürlich mit keinem dieser Männer etwas getan, was sie sich vorwerfen müsste, aber sie gab zu, da war einer, na ja, da hätte sie sich schon beherrschen müssen. Alle hörten ihr gespannt zu, sie hatte eine Art zu erzählen, die alle Zuhörer fesselte: »Ich war also mit diesem Kameltreiber Ahmed alleine auf einer Anhöhe. Er schlich sich von hinten an mich heran, umfasste meine Hüfte und sagte: ›Ist das nicht schön? Einen solchen Sonnenuntergang hast du in Deutschland niemals. Das ist, weil die Sonne hier anders ist als bei euch, sie ist fröhlicher, freundlicher, offener.‹ Und weiß der Teufel, was in mir vorging, ich musste ihn regelrecht zurückstoßen, denn es gefiel mir, stellt euch vor! Aber ich wusste doch, dieser Kerl war auf der Suche nach irgendeiner Touristin. Er machte das nicht zum ersten Mal, seine Worte waren wie geübt. Und tatsächlich, noch am gleichen Abend, kurz nach Sonnenuntergang und beim Aufgehen der Sterne, habe ich ihn mit einer anderen gesehen. Wahrscheinlich erzählte er ihr, dass die Sterne in Nordafrika heller und lieber schienen als in Deutschland.« Sie lachten alle darüber. »Ich sage euch, diese Araber sind unglaublich. Sie sind so was von zurückgeblieben in ihren Gefühlen, dass es uns Frauen gefällt. Sie tönen so echt, so ehrlich, so offen. Das Problem ist nur, du musst als Frau genau erahnen, wann einer es ernst meint und wann einer das gelernt hat, weil er eben weiß, dass es uns Europäerinnen gefällt. Ich kann mir nicht vorstellen, dass sie diese Worte ihren eigenen Frauen sagen, sie, die die Liebe für ein Tabu halten.«

Elke hörte konzentriert zu. Sie schien sich zu wünschen, dass ihr ein Mann wieder mal Komplimente machte, und wenn er sie dabei anlog oder zumindest übertrieb, es wäre ihr egal, Hauptsache, ein Mann gestünde ihr seine grenzenlose Liebe und Verehrung. Wie lange war es schon her, dass ihr Sebastian etwas Romantisches sagte? Sie erinnerte sich schon gar nicht mehr. Sie, die die Romantik liebte, die Gefühle auszusprechen vermochte, gab es mit der Zeit auch auf, Sebastian zu sagen, dass er ein wundervoller Mann war, einen schönen, ehrlichen Blick hatte, so starke und doch so zärtliche Hände besaß. Eine Frau, so dachte sie, brauchte das einfach von Natur aus. Und ein Mann sollte ihr das geben, diese Art von Umhüllung, von liebevollem Schutz, nicht nur von Verteidigung gegen Rivalen, sondern auch als eine Art Geständnis, dass er schwach wäre ohne sie, dass er sie genau so brauchte, wie sie ihn. Aber Sebastian sagte das nicht mehr und so beneidete sie ihre Freundin um die vielen Geständnisse, über die Petra zwar lachte, die Elke aber so gerne gehört hätte.

Als die Frauen alleine in der Küche waren und die Männer einen Schnaps tranken, sagte Petra zu ihrer Freundin: »Das wäre mal was für dich! Es knistert einfach den ganzen Tag. Die Jungs haben irgendetwas Unglaubliches, so was wie Lockerheit, Gleichgültigkeit, Leichtigkeit, das kannst du dir nicht vorstellen.«

»Das wäre nichts für mich. Im Moment könnte ich doch glatt etwas anfangen mit so einem Gigolo.«

»So ernst ist es?«

Elke hatte Tränen in den Augen, die sie schnell wegwischte.

Die Krise

Sebastian war ein sehr beschäftigter Mann. Er hatte durch Einsatz, Intelligenz und Ehrgeiz alle Möglichkeiten des Aufstiegs innerhalb seines Teams ausschöpfen können und wurde Abteilungsleiter. Seine Arbeit, verbunden mit vielen Auslandreisen, nahm die meiste Zeit seines Lebens in Anspruch. Und obwohl er dieses Leben aus dem Koffer und diese ständigen Hotelübernachtungen nicht besonders mochte, hatte er Karrierepläne. Aber diese Pläne kamen nicht nur von ihm. Kurz nach ihrer Hochzeit hatten Elke und er beschlossen, sie sollte ihre berufliche Tätigkeit reduzieren, sich um Haushalt und baldige Kinder kümmern. Er würde dafür mehr arbeiten und für einen überdurchschnittlichen Lebensunterhalt sorgen.

In Gesprächen mit ihrer Mutter bekam Elke zu hören, dass die Männer heute nicht mehr zuverlässig wären. Früher, ja, früher konnte man dem Wort eines Mannes glauben und sich auf ihn verlassen. Wenn er sagte, die Frau solle sich um Haushalt und Kinder kümmern, dann konnte sie ihm glauben, dass er sie niemals mit den Kindern im Stich lassen würde. »Heute«, sagt Elkes Mutter, »heute versprechen die Männer alles, was die Frauen hören wollen, und dann begegnen sie einer anderen, einer jüngeren Frau, die noch nicht Mutter ist, und schon sind die Versprechen vergessen. Lass deine Karriere nicht ganz aus den Augen!«

Elke erinnerte sich an dieses Gespräch fast wörtlich, obwohl es viele Jahre zurücklag. Sie wollte niemals so leben wie ihre Eltern und doch waren Sebastian und sie auf dem besten Weg dorthin. Die Krise kam nicht prompt, unerwartet, aus heiterem Himmel. Vielmehr schlich sie sich heran, langsam, immer wieder bemerkbar und immer offensichtlicher. Aus kleinen Missverständnissen und Streitigkeiten wurden tagelange Krisen, Schweigen, Verdrängen.

Auch nach der Geburt ihres ersten Kindes Kevin – Elke wurde gerade dreißig – spitzte sich die Situation zu. Sie hatten wenig Zeit füreinander und jeder von ihnen kam sich vom anderen vernachlässigt vor. So dachte Sebastian, dass seine Frau gar kein Interesse mehr an ihm hatte. Sie war nur noch um ihr Kind besorgt. Von morgens bis abends und noch in der Nacht kümmerte sie sich nur um das Kind und sie erklärte Sebastian, dass es halt so sein müsse. Ein Kind brauche seine Mutter. Und so schliefen sie öfter nebeneinander ein – er voller Lust auf sie und sie nur noch nach Schlaf und Ruhe trachtend.

Tagsüber war Sebastian abgelenkt, aber jeden Abend kam er voller Erwartungen nach Hause, suchte nach Zärtlichkeit, aber Elke war zu müde, zu abgespannt, zu beschäftigt.

Dann kamen bessere Zeiten, als der Kleine über zwei Jahre alt war. Sie unternahmen gelegentlich etwas, nur sie beide, gingen aus, nachdem sie einen Babysitter organisiert hatten.

Natürlich war Elke ständig besorgt, ob ihr Kind auch wirklich gut behandelt würde, ob diese junge Nachbarstochter auch alles verstanden hätte. Sebastian versuchte ständig seine Frau zu beruhigen, sie solle ihren Abend endlich genießen, es würde schon gut gehen zu Hause. Und überhaupt, sie wären ja im Notfall in fünf Minuten bei ihm.

Aber fünf Minuten, da konnte viel passieren, dachte Elke, und so bestanden ihre Abende eher aus Diskussionen rund um ihren Sohn und darum, was alles passieren könnte, anstatt sich zu vergnügen. Dann hörten sie auf, miteinander auszugehen. Elke verspürte auch keine Lust mehr dazu. Und so fing es an, dass Sebastian mehr und mehr mit Freunden ausging, und die Zeiten verschlechterten sich wieder.

Wenn Sebastian aus der Kneipe zurückkam, war er oft müde, manchmal betrunken, meistens aber lustlos und wollte nur noch schlafen, sich auf seinen morgigen Arbeitstag vorbereiten. Und wenn Elke ihn ansprach, dass sie schon ewig nicht mehr miteinander geschlafen hätten, dann hatte er stets nur eine Antwort: »Ich weiß, aber es ging am Anfang mir so, wie es jetzt dir geht. Ich hatte Lust, unglaubliche Lust auf dich, aber du hast mich links liegen lassen, nächtelang, wochenlang. Und jetzt hast du auf einmal Lust? Aber die ist mir vergangen, ganz ehrlich.«

Nach mehreren solchen Abenden sprachen sie sich richtig aus. Sie beschlossen, eine Therapeutin aufzusuchen. Das Ergebnis war, dass sie sich mehr aufeinander konzentrierten, sie gingen Kompromisse ein. Er ging nicht mehr so oft mit Freunden weg, sah weniger fern, arbeitete nicht mehr so lange. Und Elke widmete einen Teil ihres Alltags ihrem Mann, ohne dabei ihr Kind zu vernachlässigen. Und so kam es zu ihrem zweiten Kind. Elke blieb wieder eine Weile zu Hause und alles ging wieder von vorne los: Sebastian arbeitete mehr, ging öfter mit Freunden aus, sah mehr fern und die beiden entfernten sich wieder voneinander.

Elke beschäftigte sich mit ehrenamtlichen Tätigkeiten, im Wissen, dass Sebastian für genügend Geld zum Leben sorgte. Es ging ihnen grundsätzlich gut, aber ein echtes gemeinsames Eheleben hatten sie kaum mehr. Von außen gesehen, waren sie ein Traumpaar: Sie hatten genug Geld, ein schönes Haus, zwei prächtige Kinder. Erst in tieferen Gesprächen kam manchmal heraus, dass sie beide nicht so glücklich waren, wie es den Anschein machte.

Sebastian vertraute sich ein paar Mal seinem Freund Ralph an, der ihn immer wieder darauf aufmerksam machte, dass eine glückliche Beziehung auf Dauer reine Illusion sei. Und Elke sprach oft mit ihrer Freundin Petra, die ihr immer wieder versuchte, Mut zu machen, ohne wirklich daran zu glauben, dass diese zwei es miteinander schaffen würden. Petra dachte vielmehr, dass Elke dieses Glück, das sie in der Pubertät empfand, immer noch festhalten wollte, dass sie einfach nicht erwachsen wurde, dass sie immer noch glaubte, nach Jahren müsse die Beziehung zu ihrem Mann immer noch so intensiv, aufregend, spannend und wunderschön sein. Elke wollte nicht glauben, dass sich mit den Jahren zwischen zwei Menschen etwas ändern konnte.

Und da geschah es.

Sebastian war geschäftlich unterwegs, auf einer Messe war er Standchef. Zwei seiner Mitarbeiter reisten mit, sein Projektmanager und seine Assistentin Andrea, eine verheiratete Frau, die aber vier Tage die Woche arbeitete, weil ihr Mann wegen eines Unfalls Invalidenrente bezog und sie mehrheitlich für den Unterhalt ihres Kindes aufkam. Eine starke Persönlichkeit, diese Andrea. Groß, blond, mit intelligentem Blick und einer erotischen Ausstrahlung war sie stets von allen Männern beachtet worden. Alle Männer meinten, sie könnten bei ihr landen, sie einladen und sie anschließend ins Bett kriegen, weil sie einen invaliden Mann zu Hause hatte. Da läuft doch nichts mehr, dachten die Männer. Sie ging auch oft mit anderen Männern aus, aber niemals war irgendeine Hoffnung dieser Arbeitskollegen in Erfüllung gegangen. Es schien, als sei Andrea felsenfest davon überzeugt, niemals einen anderen Mann mehr zu nehmen.

Wenn sie mit Sebastian zu Mittag aß oder auch gelegentlich zu Abend, wenn sie länger arbeiten mussten, dann beschränkte sich ihre Diskussion immer auf das Geschäftliche. Keiner der beiden hätte je gedacht, irgendetwas mehr aus dieser geschäftlichen Beziehung zu machen.

Es war dann auch ungeplant, dass sie am letzten Abend der Messe nicht sofort nach Hause gingen. Sie buchten von Anfang an eine Nacht länger als der Mitarbeiter Klaus, der mitgereist war. Sebastian wusste, dass er lieber eine Nacht länger bleiben würde, um die Pendenzen, die Kontakte und die Abschluss- und Statistikarbeiten gleich zu erledigen. Klaus sagte von Anfang an, er wolle sofort nach Hause, seine Freundin wartete ungeduldig auf ihn. Sie war sowieso dagegen, dass er nun vier Tage lang nach Stuttgart auf diese Messe ging. Sie waren erst ein Jahr zusammen und Klaus war noch jung verliebt und vermisste seine Freundin schon nach der Abreise.

Sebastian und Andrea dachten da anders. Er war froh um die paar Tage Abwechslung. Weg von zu Hause, abends kein Streit, keine Diskussionen über »Wieso arbeitest du so lange?« und »Mit wem warst du denn unterwegs?«. Und für Andrea war es der erste Messebesuch in dieser Form: Sie hatte Verantwortung, sie musste einiges organisieren und freute sich auf die vielen persönlichen Kontakte mit Kunden, die sie bisher nur am Telefon kannte. Besonders freute sie sich, endlich Herrn Dr. Amman kennen zu lernen, der sich immer so freundlich und mit jedem Anruf länger mit ihr unterhielt, bis er Sebastian verlangte. Sie stellte ihn sich schon vor: etwa fünfzig, dicke Brille, grauer Anzug, schütteres fettiges Haar, unsicherer Auftritt, aber extrem intelligent und redegewandt. Er wählte seine Worte am Telefon wie wenn es auf jede Silbe ankäme. Er sprach langsam, ausgewählt, suchte nach den richtigen Fragen, um mehr über Andrea zu erfahren, ohne sie jedoch zu brüskieren. Nach so vielen Gesprächen war er ihr vertraut. Sie wusste, dass er eine äußerst liebenswerte Frau hatte, leider keine Kinder, dafür zwei Katzen und einen Hund namens Hector. Dieser Hund war sein bester Freund und wenn er anrief, meistens von zu Hause aus, musste Hector neben ihm liegen, denn zwischendurch sprach er zum Hund und das gab lustige Missverständnisse.

Als die Messewoche gelaufen war, Klaus sich verabschiedet und Dr. Ammann am Stand erfreut die Bekanntschaft von Andrea gemacht hatte, der übrigens ihren Vorstellungen genau entsprach, die vielen Kontaktformulare in einem Ordner abgelegt waren und der Hallenmeister über Lautsprecher zum Verlassen der Stände aufforderte, atmeten Sebastian und Andrea auf.

»Es ist geschafft!«, rief Sebastian aus. »Ich gebe einen aus, aber einen richtigen! An der Hotelbar, um sieben, wollen Sie?«

»Liebend gern«, antwortete Andrea. »Es war wirklich hart. Eine tolle Erfahrung, aber ich spüre meine Beine nicht mehr. Ich nehme erst ein heißes Bad und dann komme ich gerne auf diesen Drink. Soll ich noch was erledigen?«

»Nein, Frau Micus, ich mache alles fertig, aber erst nach dem Abendessen. Wollen wir im Hotel essen oder beim Griechen von Montag?«

Im Hotel angekommen, verabschiedeten sie sich für zwei Stunden. Sebastian strich ihr über den Rücken und sagte: »Danke für Ihren tollen Einsatz! Ich weiß das zu schätzen.«

Andrea genoss das Kompliment und die feine Berührung dieses großen Mannes, der erste graue Haare an den Schläfen aufzeigte.

»Ich danke Ihnen, Herr Seiler, für Ihre Geduld mit mir!« Dabei lächelten sie sich beide an und verschwanden in ihren Zimmern.

Zwei Stunden später wartete Sebastian auf Andrea an der Bar. Auf die Frage der Barmaid, einer jungen Blondine in einem dunklen eleganten Anzug, nach seinem Getränkewunsch antwortete er, dass er noch gerne einen Moment warten würde. Die junge Frau fragte ihn, wie die Messe ausging, denn sie sah ihn nicht zum ersten Mal. Er kam fast jeden Abend noch auf einen Drink, aber er war immer allein. Klaus kam erst zum Essen, denn zuvor telefonierte er mit seiner Freundin. Andrea kam ebenfalls nicht an die Bar, denn sie wollte die ein bis zwei Stunden für ein Herunterfahren ihrer Konzentration nutzen.

»Ganz gut«, antwortete Sebastian der jungen Barmaid, an deren Brust ein Schild mit ihrem Namen klebte. Sie hieß Zlatana. Sie war professionell, hatte eine ruhige, angenehme Stimme, war nie zu laut, nie zu leise, fragte nie zu früh und nie zu spät. Die Frau machte ihren Job, wie es sich Sebastian auch von seinen Leuten wünschte. An jenem Abend war Sebastian auch etwas gesprächiger als sonst. »Woher sind Sie eigentlich, wenn ich Sie das fragen darf?«

Und ihre Antwort kam prompt, als ob ihr die Frage schon oft gestellt worden war: »Aus Serbien.«

»Ich war noch nie in Serbien, muss aber auch sagen, dass ich nicht mehr ganz verstehe, worum es geht bei diesem Serbien, Jugoslawien, Ex-Jugoslawien, Monte Negro, Kroatien usw.«

Zlatana versuchte ihm die Geschichte dieses Bundes zu erklären. Seine Bedeutung im Weltkrieg, das Leben Titos, den Zusammenbruch, die verschiedenen Ethnien und Religionsgemeinschaften, die diese Region prägten.

Und Sebastian hörte interessiert zu, bis Andrea auf einmal auftauchte. Sie sah toll aus! Ihre Uniform hatte sie ausgetauscht gegen eine eng anliegende Jeans und ein T-Shirt, das ihren Körper betonte. Mit ihren etwa 35 Jahren stellte sie eine Frau in den allerbesten Jahren dar. Sebastian musste ganz kurz an seine Frau denken. Elke hatte inzwischen zugenommen, sie pflegte sich auch nicht mehr so wie früher. Und beim Kleiderkauf war sie auch nicht mehr so wählerisch. Zum Friseur ging sie nur noch, wenn man sie auf ihre Haare ansprach. Sie hatte die natürliche Lust auf ihre Schönheit verloren. Aber für wen wollte sie sich denn auch schön machen, dachte Sebastian. Sie ließ sich regelrecht gehen, dabei war sie mal eine so schöne Frau …

Nach zwei Drinks und einem fast intimen Gespräch, bei dem sie einander vieles von ihrer privaten Situation erzählten und einige Gemeinsamkeiten feststellten, gingen sie essen.

Beim Verabschieden, während Sebastian die Rechnung unterschrieb, dachte Zlatana darüber nach, was die zwei heute Abend wohl noch alles erleben würden. Sie sah Andrea zum ersten Mal, aber es kam ihr vor, als hätten diese zwei Menschen eine besondere Beziehung zueinander. Und es würde sie, Zlatana, nicht verwundern, wenn die beiden heute Nacht im gleichen Zimmer landen würden. Während der Drinks hatten sie nämlich immer mehr Berührungen, schöne Blicke, verliebte Blicke ausgetauscht. Zum Schluss waren sie so weit, dass Andrea ihre Hand auf die Hand von Sebastian legte, der seinen Arm auf der Bartheke ausgestreckt hatte.

Als die zwei nach dem Essen wieder bei Zlatana auftauchten, um einen Schlummertrunk zu nehmen, wusste die Barmaid, was während des Essens passiert sein musste. Sie waren nicht mehr per Sie, sie duzten sich, sie hing an seinem Arm und drückte ihn an sich. Sie waren leicht vom Alkohol beeinflusst, nicht betrunken, das konnte Zlatana genau beurteilen. Sie kannte jedes Stadium eines Gasts, von einem Glas bis zu einer Flasche. Wenn jemand sie nur ansprach, wusste sie, ob er

Schnaps, Weißwein, Bier oder Rotwein hatte oder eine Kombination. Sie roch es, sah es, hörte es und fand es anhand der Augen und Bewegungen, der Sprache und der Gesten des Gastes heraus. Zlatana war nicht nur Barmaid, sie war auch Psychologin, Psychiaterin, Seelsorgerin, Gesprächspartnerin für jedes Thema. Sie merkte sofort, dass diese zwei Menschen einander näher waren als vor vier Stunden.

Sie bestellten ein Glas Rotwein und ein Mineralwasser, still. Das war für die erfahrene Barmaid ein klares Zeichen: Der Mann wollte noch einen Wein, um die letzten Hemmungen zu verlieren, während die Frau ein Wasser bestellte, weil sie wieder ihre Persönlichkeit zurückhaben wollte, weil sie fand, dass die Flirterei nun in ein gefährliches Stadium überging. Noch ein Glas Wein und sie wäre zu allem bereit. Das Wasser, das wusste Zlatana aus Erfahrung, bedeutete auch etwas Symbolisches für die Männer. Sie wusste: Wenn deine Begleiterin Wasser bestellt, dann ist die ganze Romantik, sind die Hoffnungen auf mehr als einen Flirt dahin. Jetzt will deine Begleiterin wieder einen klaren Kopf. Und das war ein Grund mehr für den Mann, einen Wein zu bestellen: Wenn es schon vorbei sein soll, dann halt lieber mit einem Glas mehr. Wie viele enttäuschte Gesichter von Männern hatte Zlatana schon gesehen, die für ihre Begleiterin alles andere als Wasser bestellt hätten. Doch zur Überraschung von Zlatana sagte die Blondine: »Der Wein ist für mich.«

Diese zwei müssen etwas Besonderes geplant haben, dachte die erfahrene Barmaid. Mit diesem Paar war es anders, als sie es gedacht hatte und gewohnt war. Wahrscheinlich wollte er wieder seinen Alkoholspiegel herunterfahren, denn er wusste, dass es mit jedem Glas später im Bett schwieriger sein würde. Und sie? Sie hatte einfach noch Lust, ihre letzten Hemmungen zu verlieren, vielleicht auch ihre letzten Bedenken wegzutrinken. Ein Glas Rotwein noch, ein schöner starker Spanier, lässt eine Frau vieles vergessen …

Zlatana hatte schon so viele Paare an ihrer Bar gesehen, verliebte, zerstrittene, enttäuschte, gespannte, erwartende, hoffnungslose, aufgebende, aber sie war heute besonders interessiert an diesem Paar. Er hatte einen Ehering, sie nicht. Sie verstand aus ihrem Gespräch heraus, dass er ihr Chef war. Sie wusste, dass er ein Aussteller war. Sie, die blonde Begleiterin, war heute zum ersten Mal da. Und obwohl sie noch relativ viele Gäste hatte, versuchte sie, das Gespräch der beiden zu verfolgen. Er hatte ihr immer wieder Komplimente gemacht, sie hatte stets schüchtern und verlegen gelächelt. Gelegentlich bemerkte Zlatana sogar eine zärtliche Berührung der beiden. Auch die Dame war nicht zurückhaltend. Sie war es sogar, die öfter ihre Hand nach seiner streckte. Eine schöne, feine, elegante Hand ohne Ringe, aber am Arm ein kostbares Band. Ihre Fingernägel waren äußerst gepflegt, rot und regelmäßig in Mandelform geschnitten. Zlatana achtete oft auf die Hände ihrer Gäste. Bei Männern war es stets die Suche nach einem Ring, bei Frauen manchmal auch.

Als die zwei bezahlten und aufstanden, nahm lediglich Sebastian seinen Zimmerschlüssel in die Hand. Die Kollegin Zlatanas, eine neue junge deutsche Arbeitskollegin, flüsterte, noch bevor die beiden die Lifttür erreichten: »Habe ich's dir doch gesagt! Sie gehen in sein Zimmer. Hast du gesehen, sie gab sich nicht einmal die Mühe, so zu tun, als würde sie ihren Schlüssel in der Handtasche suchen.«

»Siehst du, Barbara, das meine ich, wenn ich dir sage, du solltest einen Kurs in Menschenkenntnis besuchen. Genau darum geht's doch: Wollten sie den Anschein erwecken, als würden sie in ihre eigenen Zimmer gehen, dann würden sie bestimmt beide ihre Zimmerschlüssel hervorholen. Aber sie tun es nicht!«

»Und jetzt? Was meinst du damit?«

»Sie werden brav jeder ins eigene Bett gehen. Natürlich wird er noch kurz vor ihrem Zimmer stehen, sie umarmen, vielleicht lässt sie sich auch küssen, aber sie wird nicht zu ihm gehen.«

»Du hast vielleicht ein Vertrauen in Männer!«

Zlatana lächelte. »Nicht ihm traue ich, sondern ihr. Sie wird schon im Lift ihren Schlüssel ziehen und ihm damit eine herbe Enttäuschung bereiten. Wenn du Menschenkenntnis hättest, wärst du auch drauf gekommen. Die zwei hätten zu viel zu verlieren, als dass sie für eine Nacht den Verstand ausschalten würden.«

Sebastian hat seiner Frau gegenüber niemals etwas von diesem Abend erwähnt. Und nun saßen die zwei Eheleute da, als wären sie schon hundert Jahre ein Paar. Keiner der beiden wusste, wie das Gespräch anzufangen war und wo es wohl enden würde. Beide hatten Angst davor, wieder einmal ein langes Gespräch ohne Ergebnis zu führen. Und sie hatten auch Angst davor, dass das Gespräch ausnahmsweise mal zu etwas führen könnte – einer Trennung etwa? Es war eine dieser Situationen, wo man einander nicht in die Augen schauen will, aus Furcht, man könnte darin so hässliche Gefühle entdecken.

Die Kinder waren im Bett. Elke und Sebastian hatten das Nachtessen wortlos hinter sich gebracht. Die Stimmung war schlecht. Der Alkohol – in Form von fast zwei Flaschen Blauburgunder – hatte schon seine Wirkung gezeigt.

»Ich kann nicht mehr, Sebastian! Ich kann einfach nicht mehr!«

»Aber Elke, warum denn? Was ist denn? Ich muss so hart arbeiten, wir hatten das vereinbart. Wir haben doch Pläne, Zukunftspläne!«

»Ja, wir hatten Pläne, aber ich halte nicht durch! Weißt du noch, wann wir das letzte Mal richtig guten Sex hatten?«

»Aha, ich wusste es doch! Es ist nichts anderes als dieser verfluchte Sex! Ihr Frauen wollt einfach alles von einem Mann: Er soll hart arbeiten, aber nie zu müde sein, euch schönen Sex zu geben. Du verlangst einfach zu viel!«

»Du hast nur noch deine Arbeit im Kopf. Und ich? Ich plage mich tagtäglich mit der Wäsche, dem Kochen und den Kindern ab. Was haben wir zwei noch voneinander? Wo bleiben wir denn?«

»Es ist doch nicht für ewig, wir bauen halt etwas für uns auf. Und da müssen wir auf einige Dinge verzichten.«

»Verzichten? Auf so viel? Was macht denn das für einen Sinn? Kinder kriegen, Haushalt schmeißen, warten, bis der Mann müde nach Hause kommt, ein paar Worte wechseln und dann gute Nacht wünschen? Tag ein, Tag aus?«

Sebastian senkte leicht den Kopf. »Es war mal anders zwischen uns, nicht wahr? Aber Elke, ist das nicht normal? Haben das nicht alle zu meistern, die Kinder kriegen und für eine Zeit andere Aufgaben lösen müssen?«

»Sebastian! Willst du mir damit sagen, ich solle mich gedulden, bis ich alt und grau werde, damit ich wieder etwas Glück empfinde?«

»Setz' doch nicht immer Glück mit Sex gleich! Wir brauchen mehr Zeit für einander, das ist unumstritten, aber wie können wir das? Die Kinder nehmen dich voll in Anspruch und ich bin mit meinem Job so ausgelastet.« Nach einer kurzen unangenehmen Pause, wo jeder auf den anderen wartete, sagte Sebastian: »Weißt du noch, als wir das Haus gebaut haben? Wir haben alles gemeinsam ausgesucht, wir haben um jede Mark gekämpft. Wir haben einander immer gesagt: ›Nein, entscheide du!‹ Und schließlich stand alles. Waren wir glücklich! Weißt du noch? Als wir es bezogen, die erste Nacht? Weißt du noch? Ich weiß es noch!« Er lächelte, fast künstlich. »Und als Kevin auf die Welt kam? Mir war schlecht geworden und ich wollte aus dem Krankenhaus abhauen.« Jetzt erkannte er ein kaum bemerkbares Lächeln auf den Lippen seiner Frau. »Und wie tapfer ich dann war bei der Geburt unserer Tochter. Wir haben uns gegenseitig unterstützt, wo wir nur konnten!«

Elkes Gesicht wurde wieder ernster. Sie stütze ihren Kopf auf ihre Hand, den Arm auf dem Tisch, und versuchte, Sebastians Augen zu meiden. »Ich möchte mal ausspannen, alleine in die Ferien gehen.«

Sebastian sah seine Frau ungläubig an. »Wohin denn?«

»Petra hat vor, wieder einmal nach Tunesien zu fliegen, nach Djerba. Und da hat sie mir vorgeschlagen, mit ihr zu gehen. Ich würde gerne zusagen, wollte es vorher aber mit dir bereden. Ich möchte gehen!«

Sebastian dachte kurz nach. »Du weißt, wie es dort zugeht. Petra hat oft genug komische Geschichten erzählt von diesen aufdringlichen Männern! Und eine Frau in einer Ehekrise ist nun mal ein gutes Opfer.«

»Glaubst du allen Ernstes, dass ich auf Männersuche gehe? Dazu müsste ich die Stadt nicht verlassen. Ich will einfach in der Sonne liegen und nachdenken.«

Abends im Bett, neben einem Mann, der ihr so fremd vorkam wie noch nie, und doch dem Mann, den sie vor Jahren zu ihrem Traumpartner erklärte, dachte Elke: *Ist das die Möglichkeit? Ist dieser Mann derselbe, den ich vor vielen Jahren so verehrt, begehrt und geliebt habe? Ich habe ihn geschätzt, in jeder Hinsicht. Was ist passiert, verflucht? Wie fing es an? Wann fing es an? Ich weiß es noch, glaube ich. Es war nach unserem ersten Kind. Einige Wochen nach der Geburt hatte ich einfach noch keine Lust auf Sex, Sebastian wollte aber. Ich glaube, er verbrachte einige unruhige und schlaflose Nächte. Aber ich konnte nicht! Ich habe versucht, es ihm zu erklären, aber er grollte nur. Ich musste drei Mal pro Nacht aufstehen. Ich wusste das am Abend und wollte sofort ins Bett gehen, wenn der Kleine endlich einschlief. Und natürlich kam er dann zu mir und wollte zärtlich sein, aber ich wies ihn ab. Ich konnte einfach noch nicht. Verflixt, warum versteht das ein Mann nicht?*

Dann, einige Wochen später klappte es endlich wieder einmal. Es war nicht mehr dasselbe, nicht ganz zumindest. Er kam natürlich auf seine Kosten, aber ich hatte so ein komisches Gefühl. Ich glaube, die Natur sagt damit der Frau: Pass auf, das kann wieder mit einem dicken Bauch enden, aber du bist noch nicht so weit, das kleine Ding braucht noch deine ganze Aufmerksamkeit. Und so entstanden große Abstände zwischen den Nächten, in denen wir etwas hatten.

Dann drehte sich das Ganze: Er war nicht mehr so zärtlich, er wollte auch nicht mehr so oft, wie er es früher wollte. Er sah lieber fern, wenn ich ins Bett ging. Danach fing er an, mit seinen Freunden und Arbeitskollegen länger auszugehen und kam oft heim, als ich schon schlief. Und nun liegt er neben mir, ein Fremder, den ich nicht im Geringsten begehre. Vater meiner Kinder, Ernährer, das ist alles, was er für mich noch ist. Seine Augen sind nicht mehr so schön, sein Haar nicht mehr dasselbe wie früher, er hat zugenommen, er schnarcht, er stört mich, wenn er sich bewegt, wenn er atmet, wenn er einfach da ist. So wird es nichts. Wir müssen etwas ändern. Trennung? Oh je! Wie soll ich das bewerkstelligen mit den Kindern, der Familie, mit der Arbeit? Und eine Scheidung? Wir, das Traumpaar der Nachbarschaft? Ich muss endlich einschlafen! Ich freue mich auf den Urlaub!

Die Reise

Es war 10.35 Uhr am Samstagvormittag. Elke und Petra saßen im Flughafen München und freuten sich auf die Reise.

Der Djerba-Flug war pünktlich. Elke wusste so gut wie nichts über Tunesien, die Insel Djerba und den Süden des Landes. Sie wollte ja auch nicht Monate hier verbringen, sondern lediglich ein paar Tage Erholung bekommen.

Am Abend vor der Abreise, nachdem sie die Kinder ins Bett gebracht und gepackt hatte, las sie in einem kleinen *Dumont*-Reiseführer:

Willkommen auf Djerba!

Azurblauer Himmel, wäscheweiße Wolken und bunte Fischerboote im Meer – Djerba am frühen Morgen. Dattelpalmen im ersten Sonnenlicht, Jasmin und Oleander duften, die Insel erwacht. Ein Paradies, sagen die Einheimischen, eine perfekte Urlaubswelt, meinen die Touristen. Djerba ist wie Ying und Yang. Luxuriöse Hotels, gesäuberte Strände, Animation, Wassersport und Diskofieber bis in die tiefe Nacht. Nur wenige Meter weiter ist die Zeit stehen geblieben: verträumte Dörfer, 800 Jahre alte Ölbäume, weiß verputzte Moscheen, staubige Märkte und Eselskarren.

Djerba, nur drei Flugstunden von Deutschland entfernt, ist das Tor zu einer exotischen Welt. Fast das ganze Jahr strahlt der Himmel in unwirklichem Blau, reflektiert sich die Sonne im Wasser und hält es mit durchschnittlich 24 °C badewarm. Djerba wird gerne als »Tahiti im Mittelmeer« charakterisiert. Die 514 Quadratkilometer große Insel bettet sich in den Golf von Gabes, rund 5 km von der südtunesischen Küste und 140 km von Sizilien entfernt.

Houmt Souk ist mit 17 000 Einwohnern die einzige und größte Stadt Djerbas. Sie war früher der Endpunkt einer wichtigen Karawanenstraße. Noch heute wirkt sie wie aus den Erzählungen von Scheherazade, der Erzählerin von »Tausendundeiner Nacht«. In den Gassen riecht es nach orientalischen Gewürzen, Männer flanieren im »Bournous«, einem Gewand aus Wolle, und mit der kleinen roten »Chechia« auf dem Kopf durch die Medina. Houmt Souk lebt heute wie einst vom Handel.

Auf den Basaren warten nicht nur die Kaufleute auf Kundschaft, sondern hämmern die Schuster, kurbeln die Schneider, schleift der Schmied die Messer oder pflügt der Weber sein Schiffchen durch die Wollfäden: Die traditionellen Handwerksberufe haben sich seit Jahrhunderten nicht verändert. Djerba ist mehr als die viel beschworene Hotelzone aus 1001 Nacht, es ist eine exotische Welt zwischen Orient und Okzident – man muss sie nur entdecken.

Das Einchecken verlief problemlos und schnell. Nach der Passkontrolle setzten sich die zwei Freundinnen ins Café.

»Ich bin so froh, dass du mir diesen Vorschlag gemacht hast. Ich hätte nicht gewusst, was ich tun sollte. Danke, Petra!« Elkes Worte waren ehrlich gemeint, in ihrer Verzweiflung wollte sie einfach mal weg. Sie wollte aber ihre Kinder nicht erschrecken und da kam ihr der Vorschlag ihrer besten Freundin entgegen, als sie ihr sagte: »Lass uns irgendwohin fahren, einfach mal ausspannen! Und du kannst über alles nachdenken. Ich bin wie ein Schatten, werde dich nicht belästigen und passe nur auf dich auf!«

Zu diesem Zeitpunkt herrschte im Hotel *Sidi Salem* in der Zone Touristique II auf Djerba Hochbetrieb. Ali hatte soeben den Frühstückssaal fertig geputzt. Alle im Hotel wussten von den neuen Ankömmlingen. Es sollte je eine Gruppe aus Deutschland, der Schweiz und Italien kommen. Seit den Morgenstunden war den Zimmermädchen der Stress anzusehen. Sie sind jene Leute in den Hotels auf Djerba, die kaum mehr als »Bonjour« sagen. Ein Tourist ist für sie tabu. Denn was wollten sie schon mit ihm anfangen, er ist für sie »verboten«. Und welcher Tourist interessiert sich schon für diese fleißigen Frauen? Sie sind auch selten jung und schön, meistens werden sie fast absichtlich unter korpulenten oder älteren Kandidatinnen ausgesucht. Sie staunen immer wieder, was Frauen aus Europa allein für Kosmetikprodukte mitschleppen. Sie haben selten einen Lippenstift benutzt. Außer einem Mittelklasse-Shampoo und Seife kennen sie meist nichts Derartiges.

Die Gespräche unter den Jungs im Restaurant waren da schon etwas konkreter, was die neuen »arrivées« betraf. Hoffnungen auf neue Kontakte, lüsterne oder einfach gespannte Erwartungen machten sich bemerkbar. Wer würde wohl kommen? Welche Frauen würden allein sein? Welche Frauen kamen erneut nach Djerba? Würden sie Gesichter wiedersehen?

Aber da machte sich auch so mancher dieser Jungs Sorgen. Würde wohl überraschenderweise Sandra wieder auftauchen und vom Kellner Abdelhamid etwas wollen, obwohl er inzwischen eine neue Freundin hatte? Kam vielleicht Leonora wieder, die bei ihren letzten zwei Besuchen dem Chef de Réception, Raouf, einen Korb erteilte und ihn darauf aufmerksam gemacht hatte, dass der Unterschied zwischen Italienerinnen und Araberinnen gar nicht so groß sei? Würde Heidi da sein, in die sich Salem, denr Barman, verliebt hatte und die ihm versprochen hatte, über eine Beziehung nachzudenken?

Ali hatte auch seine Erwartungen und Hoffnungen. Vielleicht lernte er endlich eine nette Europäerin kennen, mit der er ein Leben in Europa aufbauen könnte? Egal, ob alt oder jung, dünn oder dick, sie sollte nur nicht zu hässlich sein, das war alles, was er sich wünschte. Eine Frau, mit der er endlich, endlich nach Europa gehen konnte. Sein Elternhaus war fast eine Ruine, seine Schwester bereitete ihre Hochzeit vor und erwartete von ihrem Bruder finanzielle Unterstützung. Seine Mutter sollte sich einer Augenoperation unterziehen, dafür fehlte aber das Geld. Dieser Job als Hilfskellner, den er auch nur durch »Vitamin B« erhielt, machte ihn weder glücklich noch reich. Er schlief kaum eine Nacht rechtzeitig ein. Ein Großteil der Verantwortung für seine Familie lag auf seinen jungen Schultern, da sein Vater mit dem kleinen Lebensmittelladen auch kein großes Geld verdiente. Er gönnte sich kaum etwas. Jede Nacht betete er, dass er einer Deutschen oder

Österreicherin begegnen möge, die ihn heiratete. Er sah viele Freunde nach Europa gehen. Sie waren nur etwas offener und weniger schüchtern als er. Er war dafür sicher der Bestaussehendste, der Höflichste, aber eben, das brachte nicht viel. Er sollte etwas direkter auf die Touristinnen zugehen, dachte er sich. Er sollte nicht immer nur fragen: »Kaffee oder Tee?«, sondern sich auch mal erkundigen, was die Frau am Abend vorhätte und ob sie an einer Tour durch Djerba interessiert sei, so, wie es Ahmed gemacht hatte, sein Vorgänger. Er war erst drei Wochen hier und hatte schon einen fruchtbaren Kontakt zu einer Touristin, einer Deutschen. Nach dem zweiten Frühstück, das er ihr servierte, traute sich dieser Kerl, die Frau zu fragen, ob sie den besten Fisch auf Djerba essen wolle. Und sie war interessiert. Niemals hätte irgendjemand gedacht, dass die zwei etwas miteinander anfangen würden, sie war pensioniert und er keine dreißig Jahre alt! Sie ging mit ihm Fisch essen, natürlich lud sie ihn ein. Und dann, zwei Monate später, kam sie wieder und es ging alles Schlag auf Schlag. Einladung, Papiere, Visum, Heirat. Und nun war der Kerl in Bonn und arbeitete in einem Imbiss, verdiente anscheinend gutes Geld und half seiner Familie.

Genau so wollte es Ali machen. Er würde diese unmögliche Scheu ablegen und eine Touristin ansprechen. Sicher keine Pensionierte, wie sähe das aus? Seine Grenze setzte er bei fünfzig. So alt durfte sie sein. Es wäre dann auch nicht so schlimm, wenn sie noch fit wäre und gut aussehen würde. Es würde ihn nicht stören, wenn sie Kinder hätte, aber verheiratet dürfte sie nicht sein, natürlich. Er wollte ja auch keine einfache Sex-Beziehung, er war doch kein Prostituierter wie dieser Ramadan, der Pferdereiter mit Rossschwanz. Er wollte nach Europa. Fertig! Aber nicht um jeden Preis. Er würde sich niemals betrinken müssen, um über eine Pensionierte herzufallen, weil er es als Gegenleistung für die Heirat und das begehrte Deutschland tun musste. Am liebsten hätte er eine junge blonde, blauäugige Deutsche aus gutem Haus. Aber das war nicht so einfach. Er wusste nur von einem Fall zwischen einem Animateur und einer jungen Blondine aus

Deutschland. Sie hatte sich total verliebt in diesen Kerl. Aber eben nicht nur sie … Das hatte dann nicht geklappt. Was klappte denn auch unter diesen Umständen?

Auf der einen Seite gab es die sexhungrigen Europäerinnen in Ferienstimmung, auf der anderen Seite die europagierigen exotischen Tunesier. Das musste ja zu etwas führen. Aber er wollte nicht nach zwei Jahren wieder hier stehen und zugeben, dass es nicht geklappt hatte, wie so viele seiner Bekannten. Und er wollte auch nicht wie ein unglücklicher Hund in einem fremden Land leben und nicht ein Mal auf seine Frau zählen können. Ach, er wollte einfach weg von hier, endlich mal Geld verdienen! Und anscheinend gab es in Deutschland viel Arbeit. Und heute wollte er den Anfang machen. Er würde nicht bis zum Ende der nächsten Woche warten, bis die meisten Touristinnen schon Kontakt zu Einheimischen hatten. Er nahm sich vor, spätestens am Montagmorgen beim Frühstücksservice irgendeine Touristin anzusprechen. Vielleicht merkte sie sich seinen Namen und käme am nächsten Morgen bewusst an einen seiner Tische? Diesmal wollte er alles versuchen. Vor zwei Monaten hatte es fast schon einmal geklappt, doch dann schnappte sich sein Kollege die hübsche Französin und ging mit ihr aus. Sie schrieben sich heute noch täglich und Moncef behauptete, es wäre nur eine Frage von Wochen, bis er ein Visum nach Frankreich bekäme. Warum nicht ich? Es muss diese Woche klappen!

Elke und Petra saßen im Flugzeug und genossen ihr Mittagessen. Sie redeten über das, was sie als Erstes tun würden, nachdem sie ausgepackt hatten, nämlich ins Wasser zu springen.

Petra musste ihrer Freundin noch einmal ins Gewissen reden. Sie wusste, dass Elke zurzeit eine tiefe Krise in ihrer Beziehung mit Sebastian durchmachte. Sie hatten lange Abende miteinander verbracht und darüber geredet. Und Petra wusste, dass Elke in der Lage sein würde, irgendetwas mit einem Animateur anzufangen. Nur für die Ferienzeit. Nichts Ernstes. Aber sie würde nicht nein sagen, wenn sie ein braungebrannter athletischer Animateur zu irgendetwas einladen würde. Also wollte sie sie warnen: »Elke, glaub mir, ich kenne die Maschen dieser Jungs. Lass dich auf keinen Fall einladen. Gib grundsätzlich einen Korb und beantworte ja keine Frage mit ›Warum nicht?‹ oder ›Vielleicht morgen‹! Sie haben alle Tricks drauf, die dich umstimmen werden!«

Und Elke antwortete ganz bestimmt und überzeugt: »Aber Petra, glaub mir, das Einzige, was ich auf dieser Insel suche, ist Ruhe und Erholung, Zeit, um über alles nachzudenken.«

Ein Steward mit dunklem Haar und dunklen Augen, gepflegten Zähnen und einem stechenden Blick lächelte Elke an: »Du café, Madame?«, worauf sie ihm ihre Tasse entgegenstreckte, die er mit schwarzem Kaffee füllte und dabei immer wieder in die Augen seines Gastes blickte, stets lächelnd. Als er zum nächsten Gast ging und sein Lächeln reduzierte, sagte Petra: »Siehst du? Es geht schon los! Lass dich nicht verrückt machen, Mädchen!«

Als sie landeten und aus dem Flugzeug stiegen, traf sie die warme Luft mit dem exotischen Duft wie ein Hammer. Petra kannte es und rief nur aus: »Oh Gott, wie schön!« Elke brachte kein Wort heraus, sie musste sich erst an diese andere Luft gewöhnen. Die braunen Gesichter der Männer und Frauen, die sie in Richtung der Busse lenkten, kamen ihr fremd und zugleich freundlich vor. Sie bemerkte schon bei der letzten Stufe, dass die Männer sie anlächelten, während die weiblichen Angestellten keine Miene verzogen, lediglich höflich sagten: »Par ici, s'il vous plaît!«

Bei der Passkontrolle saß ein älterer grimmiger Mann, der ihre Pässe abstempelte, ohne sie richtig anzuschauen. Hingegen waren die Zollbeamten nach der Gepäckabgabe besonders nett. Sie ließen sie natürlich ohne Kontrolle durch, dafür nahmen sie den tunesischen Heimkehrer hinter ihnen auseinander. Zuvor hatten sie ein paar Worte gewechselt, die Beamten, und dabei auffällig gelächelt und die Frauen angeschaut. Sie lächelten zurück.

Als sie in den Bus einstiegen, war die Stimmung schon richtig ferienhaft. Die leichte tunesische Musik, nur instrumental, tönte für Petra fast heimisch, für Elke noch fremd und orientalisch.

An der Rezeption ihres Hotels bekamen sie einen Fruchtsaft von einem jungen freundlichen zurückhaltenden Kellner serviert. Sie füllten die Formulare aus, bekamen ihren Zimmerschlüssel und wurden von einem jungen schwarzen Mann begleitet, der ihnen ihr Zimmer zeigte. Sie gaben ihm zwei Dinar Trinkgeld. Petra hatte sie dabei – von der letzten Reise. Sie wusste, dass die Ausfuhr tunesischer Währung verboten war, aber ein paar Dinar konnte man immer hinausschmuggeln. Jedenfalls verbeugte sich der Angestellte und lächelte sie beide an.

Sie packten ihre Sachen aus. Elke stand auf dem Balkon und schaute in die Welt hinaus, aufs Meer, die Palmen, den Pool, das Café, in dem nur einzelne Touristen saßen. Der Duft von Jasmin und das leise Rauschen des Meeres versetzten sie in Ruhe und Gelassenheit. Sie wusste, hier würde sie über alles nachdenken können, über sich, Sebastian, die Kinder und vor allem über die Zukunft.

Für Petra waren weder die Aussicht noch der Duft etwas Neues. Sie drängte ihre Freundin, endlich einen Sprung ins kühle Wasser zu machen.

Nachdem sie einige Längen geschwommen waren und danach die Hotelanlage inspiziert hatten, gingen sie auf ihr Zimmer und machten sich frisch, um an die Bar zu gehen. Sie gingen an der Rezeption vorbei und bemerkten die Blicke eines Angestellten. Elke drehte sich um, aber Petra stieß sie mit dem Ellbogen an und machte sie darauf aufmerksam, dass sie stets nach vorne schauen müsse und ja keinen Blick erwidern solle, geschweige denn ein Lächeln. »Ich gebe dir keine 24 Stunden und du erliegst dem Charme eines dieser Ganoven hier!«

Sie setzten sich an einen kleinen runden Tisch ziemlich nahe an der Bar und versuchten, nicht um sich herum zu schauen. Ein junger

Mann kam lässig tänzelnd auf sie zu. An seiner Uniform hing ein Namensschild – »Salem«. Er hatte einen kleinen Notizblock in der Hand und einen Kugelschreiber.

»Guten Abend!«, sagt er mit leicht arabischem Akzent.

Sie bestellten zwei Drinks und der junge Kellner ging genauso tänzelnd zurück zur Bar und rief seinem Kollegen zu: »Un Coca et une Gin Tonic!« Dann lehnte er sich lässig an die Bar und blickte in Richtung der Frauen.

»Was mag der wohl denken, der Kerl?«, fragte Petra.

Und Elke antwortete lächelnd: »Er denkt gar nichts. Was soll er denn denken? Zwei Frauen bestellen einen Drink, das ist alles. Petra, sieh doch nicht Dinge, die es nicht gibt!«

»Nein, nein! Glaub mir, die denken immer etwas. Er wird denken: Tja, tja, zwei allein stehende Frauen, nicht mehr die jüngsten, aber das hat Vorteile. Ich muss mal einen Freund engagieren, vielleicht können wir sie heute Abend schon verpflichten, bevor die anderen Jungs vom Restaurant sie wegschnappen! Das wird er denken!«

»Mach' dich doch nicht lächerlich! Du bist paranoid, Mädchen!«

»Glaub mir!«, erwiderte Petra. »Das ist keine Paranoia, das ist Erfahrung!«

Als Salem die Drinks brachte, sagte er: »Voilà, meine Damen, santé! Sind Sie gekommen heute?«

»Klar«, antwortete Petra kurz und bündig und fing sofort an mit ihrer Freundin zu reden, damit sich der Kellner unerwünscht vorkam.

Doch er blieb stehen und fragte Elke direkt: »Von Deutschland? Sehr schöne Land!«

»Sie kennen es?«, fragte Elke.

»Oh ja«, antwortete Salem, doch bevor er fortfuhr, flüsterte Petra Elke zu: »Sein Bruder arbeitet dort …«

»Mein Bruda arbeit in Deutschland. Ich bin letzte Jahr gewesen dort.«

Ein anderer Gast machte Zeichen, dass er etwas bestellen wollte, und unterbrach so das Gespräch. Salem verabschiedete sich vorerst: »Bis speta!«

»Was habe ich dir gesagt? Der hat mit Sicherheit keinen Bruder in Deutschland. Vielleicht hat er überhaupt keinen Bruder. Und wie lange sind wir hier? Eine Viertelstunde – und schon die erste Anmache.« Die Frauen stoßen an und Petra eröffnet das Gespräch über Elkes Beziehung. »Nun, du hast jetzt zehn Tage Zeit, dir Gedanken zu machen. Ich bin immer noch der Meinung, dass ihr einen zweiten Versuch wagen solltet. Hat denn die Therapie nichts genützt?«

»Ach was! Therapie, dass ich nicht lache. Zwei Therapien waren es. Was die uns erzählt hat, wussten wir schon. Dass wir mehr Zeit für einander brauchen, dass wir ›ausbrechen‹ sollten, dass wir mal was Besonderes miteinander unternehmen sollten … Das wussten wir schon alles. Es ist einfach das Feuer, das zwischen uns mal war, das ist irgendwie erloschen. Und weißt du was? Ich könnte nicht einmal sagen, wann das passierte. Nicht an einem besonderen Tag oder zu einem besonderen Anlass, es ging einfach langsam aus.«

»Darum beende ich eine Beziehung, wenn das Feuer auch nur zurückgeht!«, stellte Petra kalt fest.

»Er sagt, er liebt mich noch.«

»Und du?«, fragte Petra.

»Ich weiß nicht. Ich habe ihn gern, ich habe mich an ihn gewöhnt. Er ist der Vater meiner Kinder. Aber er ist nicht mehr der Sebastian, der mein Herz höher schlagen ließ.«

»Weißt du«, sagt Petra, »ich habe mal einen tollen Film gesehen. Ein Mann kam auf Geschäftsreise in ein Hotel. Nachdem er sich in seinem Zimmer frisch gemacht hatte, ging er vor dem Essen noch an die Bar. Er traf dort eine wunderschöne nicht mehr so junge Frau, aber er war auch nicht mehr der Jüngste. Er fragte sie, ob sie alleine sei, und als sie bejahte, fragte er noch, ob er sie zu einem Drink einladen dürfe. Sie nahm an und so kamen sie ins Gespräch. Danach fragte er, ob er sich zum Essen zu ihr setzen dürfe, und sie sagte wiederum ja, denn der

Mann erzählte so schön, hatte eine angenehme, tiefe, ruhige Stimme. Und ihm gefiel sie, weil sie erfrischend lustig, gut gelaunt, mit viel Witz und intelligentem Humor sprach. Sie redeten den ganzen Abend und landeten nach dem Essen wieder an der Bar, wo sie noch einen Drink nahmen. Als es nun spät war und sie beide leicht beschwipst waren, fragte er sie doch tatsächlich, ob sie nicht bei ihm übernachten wolle. Und sie sagte ja. Sie hatten eine der schönsten Nächte ihres Lebens.«

Petra schien eine Pause zu machen, worauf Elke fragte: »Und? Was ist dabei so aufregend oder neu?«

»Tja«, antwortete Petra. »Die zwei waren seit 25 Jahren verheiratet.«

Als Elke den Kellner suchte, um noch etwas zu bestellen, stellte sie fest, dass er sie bereits beobachtete. Ihre Blicke trafen sich und dieses Mal tänzelte er nicht, sondern er rannte regelrecht zu ihnen.

Er nahm die Bestellung auf und wollte etwas sagen, aber Petra kam ihm zuvor, indem sie das Gespräch mit ihrer Freundin wieder aufnahm. Salem ging an die Bar, bestellte die Drinks bei seinem Kollegen und sagte zu ihm: »Unglaublich, diese Hexe! Sie lässt mich nicht ein Wort zu viel mit ihrer Freundin wechseln. Sie beschützt sie wie die Henne ihr Küken. Dabei ist die andere bereit, das sehe ich ihr an. Die kriegen wir schon noch beide rum, wenn nicht heute, dann morgen.«

Beide Männer lächelten in dem Bewusstsein, dass bis jetzt ihre Zusammenarbeit jedes noch so verschworene Freundinnenpaar herumgekriegt hatte. Meistens lief es genau so wie heute Abend: Salem knüpfte die ersten Kontakte, gegen Feierabend schlug er vor, dass sie – die zwei Frauen – und sein Kollege Ahmed und er noch in eine andere Bar auf einen Drink gehen könnten. Und meistens hatten sie dann für eine oder zwei Wochen eine »Freundin«. Sie begannen ihre Aktivitäten immer samstags abends, wenn die Touristinnen angekommen waren. Am nächsten Tag konnte es schon zu spät sein.

»Hast du dir eigentlich schon Gedanken gemacht, wie du es mit den Kindern machen willst? Hast du eine Idee, was das heißt, allein erziehend zu sein?«

»Wenn du wüsstest!«, antwortete Elke. »Ich habe mir sogar schon Wohnungsinserate angeschaut. Tja, wenn die innere Kündigung da ist, dann ist der nächste Schritt auf einmal nicht mehr so schwer.«

»Ja, aber weißt du, nach diesem ersten Schritt kommt die Ernüchterung. Du bist zwar für den Moment frei, kannst tun und lassen, was du willst, aber es wird Momente geben, wo du dir deinen Partner zurückwünschst – weil du einsam bist, weil die Kinder danach verlangen, weil du es einfach alleine nicht schaffst. Was machst du dann? Rufst du ihn an?«

»Das habe ich mir so auch noch nicht überlegt. Jedenfalls will ich nach dem Urlaub mit ihm Klartext reden. Nicht gerade Scheidung, aber sicher Trennung. Ich will einfach wieder ich sein, zu mir finden. Ich habe die letzten Jahre nur noch seine Frau und Hausfrau sein müssen. Ich muss mich selber wieder finden, sonst bin ich in zehn Jahren nur noch ein Schatten Sebastians. Aber was reden wir von düsteren Sachen? Unsere Drinks kommen!«

Neben Petra und Elke setzte sich ein deutsches Paar mit einem tunesischen Begleiter an den Tisch. Der Tunesier schien ihnen gut bekannt zu sein, jedenfalls redeten sie alle drei angeregt über das Wetter, die Tourismussaison und über Ausflugsmöglichkeiten.

Petra flüsterte Elke zu, dass das ein typischer »Dreierfall« sei. Sie vermutete, dass der wesentlich jüngere Tunesier sich an die Frau herangemacht hatte, dass er sie schon vernascht hatte, während der Mann keine Ahnung davon hatte. »Und der Idiot übernimmt noch die Rechnung heute Abend!«, sagte Petra. Und Elke musste wieder lachen.

Als der Kellner den Dreiertisch bediente, wechselte er auf Tunesisch ein paar Worte mit dem jungen Mann, den er zu kennen schien. Daraufhin deutete Petra wieder: »Siehst du, der hat ihm sicher gratuliert zu seinem Business! Ich sage dir, da ist nichts, wie es aussieht, jede Szene hat eine tiefere Bedeutung. Das siehst du aber anfangs gar nicht. Erst mit den Jahren merkst du, was hier abläuft.«

Und wieder stellte Elke fest, dass Salem sie ständig beobachtete und immer lächelte, wenn sich ihre Blicke trafen. Sie begann langsam daran zu glauben, was ihr ihre Freundin erzählte. Aber sie hatte andere Sorgen, als sich um einen aufdringlichen Kellner zu kümmern.

»Sebastian war gar nicht einverstanden damit, dass ich hierher komme«, sagte Elke.

»Das kann ich ihm nicht verübeln. Was wird er jetzt wohl denken?«

In diesem Moment piepste Elkes Handy drei Mal.

»Das sind drei SMS. Sag bloß, es ist Sebastian? Das wäre Telepathie.«

Elke las unaufgefordert vor: »Schatz, habe die Kinder ins Bett gebracht. Sie denken an dich – und ich auch. Wir lieben dich alle drei. Genieß deinen Urlaub und …« Elke musste die nächste Nachricht öffnen: »… komm gesund und entschlossen zu uns zurück. Glaub mir, wir schaffen es! Wir haben schon gröbere Sachen überstanden, oder?« Und die letzte Nachricht lautete: »Ich liebe dich von ganzem Herzen. Ohne dich kann es einfach nicht gehen. Wir finden einen Weg!«

»Was soll ich antworten?«, fragte Elke. »Soll ich sagen: Ja, sicher, wir schaffen es, ich liebe dich auch?« Sie legte ihr Handy vorerst zur Seite, in Sichtweite, als wenn sie etwas schreiben wollte, aber noch überlegen musste, was. Dann nahm sie es in die Hand und schrieb: »Sebastian, ich werde über unsere Zukunft nachdenken. Grüß' mir die Kinder bitte.«

Die drei Gäste neben ihnen bestellten eine Wasserpfeife und der junge Tunesier zeigt den Touristen, wie man sie richtig rauchte. Und wieder kommentierte Petra ganz leise: »Schau mal, jetzt imponiert er ihr. Schau mal, wie sie ihn bewundert, sie schaut ihn so lüstern an. Und ihr dummer Typ merkt nichts.«

»Wenn du das alles siehst, Petra, warum hast du mir eigentlich diese Insel vorgeschlagen?«

»Das habe ich nur gemacht, weil ich dabei bin. Ich hätte dich niemals alleine hierher gelassen! Wenn man weiß, wie man diesen Männern widerstehen kann, dann ist Djerba ein wunderbarer Urlaubsort.«

Die zwei Frauen verlangten die Rechnung von Salem, gingen in den Speisesaal und aßen vom Buffet eine Kleinigkeit. Nach dem Essen landeten sie wieder an der Bar, wo Salem sie wieder mit einem freundlichen Lächeln empfing. »Gut gegessen?«

Petra beantwortete die Frage nicht und bestellte zwei *Boukhas*.

»Das wird dir gut tun, meine Freundin«, sagte sie zu Elke und stieß mit ihr auf einen erholsamen Urlaub an.

»Sag mal ganz ehrlich, Petra, du hast doch mehrmals was angefangen mit solchen Typen? Du willst mir doch nicht sagen, dass du jetzt zum x-ten Mal hierher kommst und nie was mit einem Mann hattest?«

Petra lächelte selbstsicher. »Natürlich habe ich schon mal was angefangen. Logisch! Aber es ging immer nach meiner Pfeife. Ich habe mir die Typen ausgesucht und ich habe immer klar gestellt: Es gibt kein Geld und keine Heirat! Und sie waren alle einverstanden. Weißt du, die einen wollen nur was mit einer Touristin haben, damit sie abends nicht allein sind und ihren Freunden zeigen können, dass sie eine Europäerin vernascht haben. Andere wollen ein Ticket nach Europa. Hüte dich vor dieser zweiten Kategorie!«

Elke schüttelte den Kopf und lachte.

»Wieso lachst du?«, fragte Petra.

»Ich kann mir das Gesicht von Sebastian nicht vorstellen, wenn ich ihm sagen würde, ich hätte einen Kellner kennen gelernt und wolle ihn nach Augsburg bringen. Er würde mich erschlagen. Und meine Eltern! Mein Gott, die Katastrophe!«

»Siehst du?«, ergänzte Petra. »Darum will ich dich beschützen.«

»Und wenn ich mich nur amüsieren will? Und wenn ich mit einem schönen jungen Kellner nur ausgehen und mich unterhalten will?«

»Du hast mich nicht ganz verstanden! Das ist der Anfang des Problems. Sie lassen dich nicht mehr los. Sie sind so hartnäckig und charmant, so schlau und liebenswert zugleich, dass sie dich noch vor dem Ende deines Urlaubs ins Bett kriegen. Und dann bist du verloren, denn sie sind auch noch gute Liebhaber – oder zumindest wird es dir so vorkommen. Und du wirst jene sein, die im Flughafen mit verheulten Augen schwört, dass sie zurückkommen wird. Lass dich darum nicht ein Mal auf ein Gespräch ein, ich rede aus Erfahrung!«

»Erfahrung?«, fragte Elke interessiert. »War da doch jemand, der dir näher kam, der durch deinen eisernen Panzer dringen konnte? Du hast uns immer nur von jenen erzählt, die dich kriegen wollten, aber niemals von einem, der dich gekriegt hat!«

Petra schwieg eine Weile, dann sagte sie: »Aber es bleibt unter uns, okay? Ja, es gab mal was …«

Elke drehte sich ganz zu ihrer Freundin um und schien gespannt zu sein.

»Es war mein dritter oder vierter Urlaub auf Djerba«, fuhr Petra fort. »Ich war damals mit Norbert zusammen. Es ging uns nicht schlecht, es ging uns sogar gut. Ich suchte nur gerade mal etwas Sonne, er wollte lieber später Ski fahren gehen. Also, jedenfalls habe ich einen Typen an der Rezeption vom Hotel *Dar Djerba* gesehen, der mich sofort interessierte. Er ging aber weder am ersten Abend noch sonst während dieser Woche auf ein Gespräch mit mir ein. Er sprach auch kaum mit anderen Touristen außer über das Geschäftliche. Jeden Morgen, wenn ich zum Frühstück ging, lächelten wir einander zu. Das war alles. Ich dachte, dass er vielleicht verheiratet war. Aber ich hatte da auch andere Erfahrungen, wie sich diese Kerle benehmen, trotz verheiratet sein und Kindern. Jedenfalls wurde mein Interesse täglich größer, aber ich konnte den Mann ja nicht um ein Rendezvous bitten!«

Am Dreiertisch ging der deutsche Mann kurz auf die Toilette und sofort veränderten sich die Stimmen der Touristin und des Tunesiers. Petra musste ihrer Freundin wieder alles erklären: »Schau mal! Der Mann ist weg, das ist die Gelegenheit für die zwei, Details zu besprechen. Er wird ihr vorschlagen, dass sie ihn am Strand aufsucht, sobald ihr Mann eingeschlafen ist, unter dem Vorwand, dass sie nicht müde sei und etwas spazieren gehen wolle. Ah, nein … das scheint sie nicht für realistisch zu halten. Sie schlägt eher vor, dass sie sich morgen zur Mittagszeit treffen, da hält ihr Mann sowieso alleine ein Schläfchen. Oh nein, geht auch nicht, er arbeitet dann. Mist, was machen sie jetzt?«

Elke schüttelte immer wieder den Kopf und fragte: »Erzählst du mir bitte deine Geschichte weiter? Die interessiert mich mehr.«

»Okay. Also, gegen Wochenmitte wusste ich, dass er zwar täglich lächeln, aber nicht mehr unternehmen wird. Da ich inzwischen einige andere Angebote hatte, wollte ich ihn eifersüchtig machen. Weibliche Reaktion, verstehst du? Willst du mich nicht, dann mache ich etwas, was dich aufmerksam macht … Einer seiner Freunde, von dem ich wusste, dass er ihn am Freitagabend im *Café Ennour* in Midoun treffen würde, war für mich das Mittel zum Zweck. Ich ließ mich von ihm einladen. Freitags um acht gingen wird ins *Café Ennour.* Und da war er, Noureddine, allein, ohne seinen Anzug, der ihn so unnahbar machte. Er trug schöne Jeans, Freizeitschuhe, ein weißes T-Shirt, das weiß ich immer noch. Er stand auf und begrüßte uns, war etwas erstaunt, dass ich mit seinem Freund auftauchte. Wir unterhielten uns sehr gut. Sein Freund, an dem ich kein Interesse hatte, sprach schlecht deutsch. Noureddine aber – wegen seines Jobs an der Rezeption – sprach sehr gut deutsch. Er hatte eine gepflegte, ruhige Art zu reden. Er sprach langsam, plapperte nicht, so, wie die anderen Jungs hier, irgendwas, sondern sprach, nachdem er überlegt hatte. Jedenfalls merkte der Freund ziemlich rasch, wieso ich ihn benutzt hatte, und er ließ uns an dem Abend nach zwei Stunden alleine. Ich war also um zehn Uhr allein mit Noureddine, einem wildfremden Menschen, den ich erst kennen gelernt hatte und von dem ich immer mehr wollte. Weißt du, was mir durch den Kopf ging? Ich fragte mich ständig, wie schnell wohl die Stunden vergehen würden, bis er mir sagen würde, er müsste nach Hause. Er arbeitete die ganze Woche morgens, Frühschicht. Ich schaute ständig auf meine Uhr, vor lauter Angst, in den nächsten Minuten wäre es so weit und er müsste gehen. Er erzählte mir«, fuhr Petra nach einer Denkpause fort, »dass er schon mal in Europa war und keine zweite Erfahrung machen wollte. Er sei geheilt, sagte er mit einem sarkastischen Lachen. Er hätte für diese eine Erfahrung viel bezahlt.«

Petra sah den deutschen Touristen wieder zurückkehren und musste schon wieder erklären: »Na, ist es jetzt gebongt? Die zwei haben sich verabredet, der Tourist kommt zurück. Der junge Tunesier zieht sich höflich zurück. Schau mal, er verabschiedet sich auf eine Art, dass jede Frau schwach werden muss. Jetzt geht er, zufrieden mit sich und der Welt. Morgen wird er sie treffen und der Trottel von deutschem Mann hat keine Ahnung.«

»Hör auf, Petra! Sie sind mit Sicherheit beide mit ihm gut befreundet oder er fährt sie morgen irgendwohin. Lass die Leute sein! Was war nun mit Noureddine?«

»Tja, was war mit Noureddine? Es kam, wie es kommen musste. Um halb elf entschuldigte er sich, sagte, dass er morgen früh arbeiten müsse. Er ginge wochentags niemals nach elf Uhr ins Bett. Er müsse fit und ausgeschlafen sein, wenn er morgens seinen Dienst antrete. Er bot mir an, mich in seinem Auto im Hotel abzusetzen. Natürlich nahm ich das an, die nächste Viertelstunde konnte ich ihn ja noch mit meinen Reizen bearbeiten. Der Mann war jedoch wie Granit. Er blieb der einzige Tunesier, dem ich mich wie eine Schlampe hingeworfen habe und der mich wie eine Schlampe weggeworfen hat! Das tut mir heute noch weh.«

»Wie, du hast dich ihm hingeworfen? Was meinst du damit?«

Petra beteuerte nochmals: »Ich habe das noch keiner Menschenseele erzählt, also behalt's für dich! Kurz vor dem Hotel bat ich ihn – *ich ihn*, verstehst du –, anzuhalten. Ich war es auch, die ihn bat, auszusteigen und mit mir ein paar Schritte zu gehen. Ich habe noch nie einen Mann gebeten. Ich wurde immer gebeten. Doch das war mir an jenem Abend absolut gleich. Ich war zu allem bereit! Wir stiegen aus, gingen ein paar Schritte am Straßenrand. Er hatte schon verstanden, was nun kommen würde, und er kam mir zuvor, dieser Kerl. Dafür hasse ich ihn seit jenem Abend. Er durchschaute mich. So arrogant klang das für mich damals, so überheblich! Er sagte mir doch direkt ins Gesicht: ›Hör zu, Petra, ich bin weder verheiratet noch verlobt noch verliebt.‹ Da schlug doch mein Herz höher, weil ich dachte, er würde mich jetzt küssen. Stattdessen fuhr er fort: ›Ich will meinen Job korrekt machen und lasse mich auf keine Touristinnen ein. Ich will weder nach Europa noch will ich Geschenke. Ich gehöre nicht zu dieser Art von Jungs, wie mein Freund Sadok, der mich nicht überrascht hat heute Abend, als er mit dir auftauchte. Ich will nichts von dir, Petra. Wir können uns schreiben, wenn du willst, aber mehr wird nicht sein!‹ Und da konnte ich nicht anders als zu heulen. Stell dir vor, ich, die Zicke unserer Nachbarschaft, heulte diesem Mann vor, wie sehr ich mich in ihn verliebt hatte. Und er hörte zu, umarmte mich, ich glaube, er hatte regelrecht Mitleid mit mir, dann nahm er mich an die Hand, begleitete mich zurück zum Auto und fuhr mich wortlos ins Hotel, während ich schluchzte und meine Nase putzte. Tja, das war Noureddine. Seither lasse ich keinen Tunesier mehr an mich heran.«

»Wow!«, sagte Elke. »Das hätte ich nie von dir erwartet. Wir kennen uns seit unserer Kindheit und du warst für mich immer diejenige, die haufenweise Angebote bekam und sie ablehnte. Du hast jeden gekriegt, den du wolltest. Das ist ja allerhand! Also muss ich wirklich aufpassen, dass ich mich nicht unglücklich verliebe, was?«

Die Frauen lachten.

»Ich sehe schon zu, dass dir keiner zu nahe kommt!«, sagte Petra.

Salem, der Kellner, trat neben Elke an den Tisch, dabei lächelte er sie schon wieder an. Sie schaute weg, dann schaute sie wieder hin. Er lächelte immer noch. Aus reiner Höflichkeit erwiderte sie das Lächeln. Danach fragte er: »Mein Damen, in Viertelstunde ist Schluss, wollen Sie etwas?«

Sie verlangten die Rechnung, worauf er sofort sagte: »Wir gehen ins *Café Tunis* noch Schischa rauchen. Kommst du mit?« Dabei sah er Elke an, als wenn er Petras Antwort schon erahnte.

Petra war es aber, die sofort antwortete: »Wir wollen die Rechnung und dann ins Bett. Wir sind müde, okay?«

Danach verschwand er. Zu seinem Kollegen an der Bar sagte er: »Gib mir ihre Rechnung! Die Zicke links will nicht mitmachen, die andere wäre reif, das sehe ich ihr an. Irgendwie müssen wir die zwei mal trennen!«

Unterwegs in ihr Zimmer warf Elke einen Blick in Richtung Rezeption.

»An so einem Schreibtisch stand also dein Noureddine …«

»Ja.«

»Und? Hast du noch Kontakt zu ihm? Habt ihr euch geschrieben? Arbeitet er immer noch im *Dar Djerba*?«

»Keine Ahnung, ob er noch hier arbeitet. Wir haben uns ein paar Mal geschrieben, ja. Vor zwei Jahren haben wir einige SMS ausgetauscht. Dann brach ich den Kontakt ab. Was sollte ich ihm schreiben oder sagen? Etwa, dass er mich zutiefst gedemütigt hat? Oder dass ich mit ihm wieder ausgehen wollte, einfach so, nur ausgehen? Nein. Ich war inzwischen einige Male auf Djerba. Es hat mich immer wieder gereizt, ihm eine SMS zu schreiben, aber jedes Mal habe ich mich an diesen schrecklichen Abend erinnert und ließ es sein.«

»Heute ist Samstag«, sagt Elke. »Wir haben noch viel Zeit. Vielleicht schreibst du ihm mal. Ich jedenfalls würde ihn gerne kennen lernen, den Mann, dem sich meine beste Freundin hingeworfen hat wie eine Schlampe!«

Sie lachten laut, als sie die Tür ihres Zimmers erreichen.

Im Bett, die Decke anstarrend, dachte Elke über den Tag nach:

War das ein Tag! Meine Gefühle fuhren Achterbahn. Heute Morgen hatte ich noch Angst. Wovor eigentlich? Ich weiß es nicht. Aber es war ein beengendes, bedrückendes Gefühl. Ich wusste nicht, ob diese Reise auch wirklich richtig war, aber inzwischen bin ich mir sicher, dass es eine richtige Entscheidung war. Mir gefällt's! Das Flirten tut gut. Und diese Welt scheint gar nicht so schlecht zu sein, wie ich dachte. Während ich jahrelang Trübsal geblasen habe, gingen hier Abend für Abend, Woche für Woche, Jahr für Jahr Menschen ein und aus, amüsierten sich, genossen den Frühling und den Sommer, das Essen und die freundlichen Leute. Mir gefällt's hier sehr gut. Es ist nett, wie sich Petra um mich sorgt und kümmert, als wenn sie meine ältere Schwester wäre. Ich kann aber auf mich selber aufpassen. Und vielleicht will ich gar nicht aufpassen? Dieser junge sympathische Barman, wie hieß er doch wieder? Ich muss es morgen an seinem Jackett ablesen. Er ist so was von freundlich. Warum sollten wir nicht mit den Jungs was trinken gehen? Petra wird ihre Erfahrung vergessen müssen. Ich werde sie in ein, zwei Tagen einfach mitschleppen. Einfach nur was trinken, etwas von der Insel sehen, mal in ein einheimisches Café. Ich suche keine Zärtlichkeit und keine Zuneigung. Mir fehlt nichts. Ich muss mit meiner Lebenssituation zurechtkommen. Kein Mann kann mir jetzt eine Lösung bringen, im Gegenteil, ein Mann hier könnte mich vielmehr verwirren, die Sache komplizierter machen. Nein, Hände weg von den Männern! Ich will zu mir finden, nicht zu einem exotischen Mann. Ich will eine Entscheidung treffen und dabei wäre ein Mann äußerst unpassend! Mir gefällt's und es geht mir gut!

Die erste Begegnung

Ein junger Mann kam auf die neuen Frühstücksgäste zu und fragte: »Kaffee oder Tee, meine Damen?«

Elke lächelte bei seinem lustigen Akzent. Sie fand es ganz nett, dass er sich bemühte, sie auf Deutsch anzusprechen. Sie war auch froh, denn sie konnte kein einziges Wort mehr in Französisch.

Petra bemerkte, dass Elke sich schon auf eine Konversation mit diesem jungen Kellner einlassen wollte, der ein Namensschild trug, auf dem »Ali« stand. Sie sagte zu ihr: »Hör zu, Elke, ich weiß, dass es nicht leicht wird, die nächsten zehn Tage ohne Kontakt zu Tunesiern zu bleiben. Also, wenn du dich amüsieren willst, ich meine damit aber männliche Begleitung in einer Gruppe ...« Sie lachten beide. »... dann vergleiche erst mal die Jungs, beobachte zunächst. Du hast alle Zeit der Welt. Sobald du willst, sind sie dabei.«

Petra erklärte ihrer Freundin, worum es in den meisten Hotels ging. Europäerinnen würden einfach Angebote kriegen, am laufenden Band, von attraktiven jungen oder älteren Kellnern, Angestellten, Kutschenfahrern, Animateuren und sogar von Hoteldirektoren. Und die Frauen könnten einfach wählen, ein Angebot oder sogar mehrere anzunehmen. Die Jungs machten ja auch keine Exklusivangebote. Wenn eine Frau ablehnte, würde sie so lange bearbeitet, bis sie doch zustimmte – oder eine andere ja sagte. Denn die Jungs bearbeiteten natürlich mehrere Frauen gleichzeitig. Das hingegen bemerke eine Frau, die zum ersten Mal käme, nicht. Für Eingeweihte sei das aber ein hochinteressantes, amüsantes bis tragisches Schauspiel. Die älteren Frauen glaubten doch tatsächlich, dass ihr junger Begleiter sie lieben würde, weil sie sich ja auch in ihn verliebt hätten. Und die exotischen Kerle hätten alle keine Ahnung, was sie in Europa erwartete. Und so funktioniere dieses Spiel seit Jahren.

Es war nicht allein das Problem der Jungs. Petra war eher der

Meinung, dass die Frauen so naiv wären, sich auf so etwas einzulassen. Die Jungs profitierten nur davon, dass diese Touristinnen alle so frustriert seien. Alle wollten sie Zärtlichkeit und Zuneigung, Sex und vor allem Liebe, endlose, bedingungslose Liebe und Treue.

»Und irgendwie«, führte Petra aus, »sind diese Jungs im Stande, in den Frauen diese Illusion aufrecht zu erhalten, bis sie mit ihnen in Europa sind. Dann kommt das große Erwachen für beide!«

Während des Frühstücks begann auch Elke die Kellner und die weiblichen Gäste zu beobachten. Jedes Mal, wenn ein »Bonjour Madame, bien dormi?« erklang, schaute sie genauer hin. Sie fand alle diese Konversationen normal, Petra hingegen fand jedes Mal ein Detail, das darauf hinwies, dass die Unterhaltung mehr als eine rein professionelle Gästebetreuung war. Dieses Lächeln machte Andeutungen, diese Handbewegung wollte mehr ausdrücken, dieses Nicken wollte mehr sagen. Petra ging sogar so weit, dass sie für sich und ihre Freundin ein Omelette holen ging, weil sie überzeugt war, Elke würde eine Diskussion mit diesem Hilfskoch nicht unbeschadet überstehen.

»Zwei Omelettes bitte.«

Als der Koch sie fragte, ob sie gut geschlafen habe, wiederholte sie lediglich: »Zwei Omelettes bitte.« Worauf der junge Koch verwirrt antwortete: »Ja, Madame.«

Als sie den großen Frühstückssaal verließen, schaute Elke zurück. Sie sah Ali und bemerkte, dass er sie beobachtete. Er nickte ganz tief und sie lächelte zurück.

Petra nahm sie am Arm und schleppte sie hinaus. »Hör mal, Elke, es ist der erste Tag. Lass dir doch Zeit! Es gibt noch mehr schöne Jungs, du wirst sehen, an der Poolbar platzieren sie die attraktiveren Männer und ganz schön wird's in der Disco. Also, nimm nicht den erstbesten Kellner!«

Auf dem Weg zum Pool gingen sie an einer Wand vorbei, wo viele Bilder von Touristen hingen, die sich bei Sonnenuntergang ablichten ließen. Sie schauten sich die Gesichter an, meistens waren da Pärchen, die die Sonne in der Hand hielten, Kinder und auch einzelne Männer oder Frauen, die solch ein Bild als Souvenir mitnehmen wollten.

Der junge Mann, der an diesem Stand die Fotos verkaufte, lachte die beiden Frauen an und sagte: »Noch nicht fotografiert? Heute Abend, ich mach Foto von euch, okay? Fünf Dinar!«

Sie lachten nur und gingen. Sie wussten, dieser Typ würde die nächsten zehn Tag hier stehen und wenn sie ein Foto wollten, dann würden sie ihn hier antreffen. Es gab keinen Grund, sich jetzt schon zu verpflichten. Petra wusste schon, was daraus werden könnte: Er würde sie zum Fototermin mitnehmen, an ihren Haaren herumfummeln, damit es auch wirklich zur Geltung käme, ihnen unglaubliche Komplimente machen und dann, wenn er die Fotos geschossen hätte, würde er sie fragen, was sie am Abend vorhätten.

Als sie am Pool ankamen, mussten sie feststellen, dass sie wohl länger geschlafen haben mussten als die meisten Touristen, denn da waren keine zwei Liegestühle nebeneinander mehr frei. Also beschlossen sie, in Sichtweite voneinander je einen Stuhl zu besetzen, indem sie ihr Tuch darüber legten, und schon waren sie im Wasser.

Keine Stunde verging, da tauchte an der Poolbar dieser junge Mann vom Frühstücksbuffet auf. Die beiden Frauen fragten sich, ob er das wohl absichtlich gemacht hatte. Er konnte doch nicht Frühstücksdienst seit 5 Uhr morgens haben und jetzt noch die Poolbar übernehmen? Elke dachte schon, dass er wohl auf der Suche nach ihr an die Bar kam, um den Poolgästen Kaffee und frischen Orangensaft zu servieren. Sie dachte, vielleicht hatte er sogar einen Freund gebeten, mit ihm den Dienst zu tauschen. Aber ihre Gedanken wurden getrübt, als er lediglich Eis abholte und wieder verschwand, diesmal ohne sie anzulächeln. Es plagte sie die Frage, ob er sie wohl im Wasser nicht erkannt hatte, dass er nicht einmal so freundlich nickte wie vorhin. Sie machte sich jedoch zunächst nichts daraus und genoss die wärmer werdenden Stunden am Pool.

Als sie aus dem Pool kam, stand plötzlich ein anderer Mann vor ihr, musterte sie mit einem aufdringlichen Blick und sagte: »Bonjour, Madame!« Und schon stand Petra hinter ihr und kommentierte: »Lass dich jetzt nicht von jedem Mann hier anmachen! Ich glaube, die sehen dir an, dass du nicht ganz glücklich bist.«

Die Frauen lachten wieder und Elke dachte: Die sollen ruhig kommen und mich anmachen!

Um die Mittagszeit ging Elke aufs Zimmer und schaute auf ihr Handy. Eine SMS von Sebastian: »Deine Antwort gestern Abend war sehr trocken. Ich will einfach, dass wir wieder zueinander finden. Willst du das auch? Ganz ehrlich!«

Sie war nun echt in der Klemme. Einerseits wollte sie ihren Urlaub genießen und sie war auf dem besten Weg dazu, andererseits erinnerten sie solche SMS an ihre Verpflichtungen, ihre Probleme und ihren Alltag.

Sie dachte an ihre beiden Kinder. Es war Sonntag. Was taten sie? Waren sie bei den Großeltern? Saßen sie vor dem Fernseher? Hatte Sebastian gestern Abend nach ihrer so trockenen Mitteilung getrunken? Er trank viel in letzter Zeit. Hatte er die Kinder wirklich rechtzeitig ins Bett gebracht?

Mit diesen Gedanken ging sie wieder hinunter, legte sich auf ihren Liegestuhl und winkte ihrer Freundin kurz zu. Sie schien sie zu fragen, ob alles in Ordnung sei, und Elke antwortete mit dem Daumen, dass sie alles im Griff hatte.

Während Elke in Gedanken an ihre Kinder und Sebastian vertieft war, überlegte Petra, wieso sie gestern Abend die Geschichte mit Noureddine erwähnen musste. Jetzt verfolgt mich der Typ schon wieder, dachte sie für sich. Jetzt spiele ich schon mit dem Gedanken, ihm zu schreiben. Verflixt, ich hätte ihn nicht erwähnen sollen! Ist er vielleicht inzwischen verheiratet? Hat er womöglich eine deutsche Freundin? Und wenn ich ihm schreiben würde und er würde nicht antworten, wie peinlich. Und wenn er antworten würde, er habe immer noch kein Interesse, noch peinlicher! Und was ist, wenn er sich entschuldigen würde für den Abend vor Jahren? Und was ist, wenn er mit mir einen Abend verbringen wollte? Es ist erst Sonntag, ich sollte mir das noch gründlich überlegen! Und was mache ich mit Elke in dieser Zeit? Ich glaube, sie könnte diesen Frühstückskellner mitnehmen oder wir organisieren für sie den Omelette-Hilfskoch. Mal schauen. Es ist noch früh. Verflixt, ich hätte diesen Typen nie und nimmer erwähnen sollen!

Elke lag in ihrem Liegestuhl, mal auf dem Rücken, mal auf dem Bauch, mal auf der Seite, und dachte nach. Ich bin nun 45 Jahre alt. Was habe ich? Eine Ehe, die nicht mehr funktioniert. Zwei Kinder, die ich nicht allein lassen kann und will. Einen Freundeskreis, der auseinanderdriftet. Die einen schlagen sich auf die Seite meines Mannes, die anderen halten zu mir. Eine Familie, die ich nur noch selten sehe. Einen halbherzigen Job. Eine innere Unzufriedenheit, die mich kaputt macht. Ich habe seit bald zwei Jahren keinen richtigen Sex mehr gehabt. Ich spüre kein Feuer mehr in mir, bin nur noch da. Ich existiere einfach. Na ja, es geht wohl allen so in meinem Alter. Und was machen die anderen? Sie geben sich damit ab. Und ich? Soll ich mich auch damit abgeben? Ist es das gewesen? Ich habe noch ein paar Jahre lang die Aufgabe, meine Kinder ins Erwachsenenalter zu begleiten, und dann? Dann bin ich mit Sebastian da und mache dasselbe, was meine Eltern tun: täglich wortlos frühstücken und täglich sagen: *Na dann, ich geh mal ins Bett. Schlaf gut, Schatz!* Das kann ja wohl nicht sein.

Sie wälzte sich auf ihrem Liegestuhl hin und her. Wie sie so lag, beobachtete sie ihre Freundin. Und Petra, die starke Zicke, hat sie's besser? Jetzt verstehe ich, wieso sie mit den Männern so unmöglich umgeht. Dieser Noureddine hat's ihr wohl verdorben. Aber sie war schon vorher so. Sie nahm nur einen Mann, wenn sie wusste, es brachte ihr etwas. Und sie entledigte sich seiner, sobald sie fand, es stimmte nicht mehr für sie. Sie ist nun auch über vierzig. Keine Kinder, kein Mann im richtigen Sinn. Aber was ist ein Mann im *richtigen Sinn*? Ist Sebastian ein Mann im *richtigen Sinn*? Ist ein Mann ein Mann, der für dich sorgt und da ist, oder ist ein Mann ein Mann, der dich glücklich macht, der mit dir nichts anderes zu teilen hat als seine Leidenschaft? *Wann ist ein Mann ein Mann?* Herbert, du hast die richtige Frage gestellt, nur hast du uns keine Antwort gegeben, zumindest keine, mit der ich zufrieden sein könnte. Und wieder drehte sie sich auf ihrem Liegestuhl um. Diesmal traf ihr Blick ein junges Paar, das so umschlungen nebeneinander lag, dass sie dachte: Ja, Kinder, genießt diese Zeit! Sie geht schneller vorbei, als ihr glaubt. Heute eng umschlungen, morgen weit auseinander. Ich glaube, ich schreibe Sebastian. Ich glaube, ich sage ihm jetzt schon, dass ich mich endgültig entschieden habe. Was bringt denn eine Verlängerung? Warum sollten wir es schon wieder versuchen? Wir haben es schon so oft wieder versucht. Und jedes Mal landeten wir dort, wo wir das letzte Mal auch endeten: in einer Sackgasse. Ich glaube, ich schreibe ihm heute Abend. Hoffentlich fliegt er dann nicht direkt hierher. Ich würde es ihm zutrauen. Hoffentlich betrinkt er sich nicht und tut sich oder den Kindern etwas an. Ich warte doch lieber. Ich halte mich mit meinen SMS kurz und sage es ihm nach dem Urlaub. Was für ein Urlaub? Wenn ich täglich hier liege und mir diese Gedanken mache, dann wird das ein schrecklicher Urlaub. Wie habe ich diesen Mann noch vor zehn Jahren geliebt! Wie schlug mein Herz noch damals, als er nach Hause kam! Er erzählte mir seine Sorgen, die er im Büro hatte, ich sagte ihm, was die Kinder angestellt hatten. Sie waren noch so klein. Und wir hatten so viele Pläne. Mein Gott, was ist daraus geworden?

In Augsburg rief Sebastian seinen Freund Ralph an: »Was machst du an diesem trüben Sonntag? Zeit für ein Bier?«

»Wo sind die Kinder?«

»Bei den Großeltern. Sie bringen sie gegen sieben heim.«

Zehn Minuten später saßen die zwei Freunde in ihrer Stammkneipe.

»Und? Wie geht's?«, fragte Ralph.

»Na ja, es geht. Ich habe ein schlechtes Gefühl. Sie wird gehen wollen.«

»Sebastian, Sebastian! Darauf musst du doch nicht warten! Klar wird sie gehen wollen und damit musst du leben, mein Freund. Du musst dich damit abfinden, ein neues Leben anfangen. Sieh doch die Vorteile! Sei ehrlich, so glücklich bist du die letzten Jahre auch nicht gewesen.«

»Ich liebe sie aber noch.«

»Ach was! Du vermisst sie, du kannst dir im Moment ein Leben ohne sie nicht vorstellen, weil du es dir nie vorgestellt hast. Du hast in einem gleichförmigen Trott gelebt die letzten Jahre, jetzt musst du diese gewohnte Bahn verlassen und in eine andere Bahn wechseln, das ist alles. Das ist doch kein Problem, Mann!«

»Was meinst du, was sie jetzt wohl tut? Vielleicht begegnet sie einem jungen Kerl, der ihr die Sterne vom Himmel verspricht?«

»Na und?«, antwortete Ralph leicht gereizt. »Er wird sie nicht herunterholen können für sie, die Sterne. Und das wird sie merken, in ihrem Alter.«

»Was ist, wenn sie mir sagt, dass sie einen Mann kennen gelernt hat dort unten?«

»Sebastian! Das wird sie mit Sicherheit! Bei aller Freundschaft zu unserer Zicke der Nation, aber gerade mit Petra hätte ich sie nicht gehen lassen. Aber sie mussten wohl zusammen gehen. Sie wird dir eröffnen, wenn sie zurückkommt, dass sie sich trennen will. Und noch während ihrer Trennung wird sie nochmals nach Djerba fliegen, um ihren Lover zu treffen. So hart das ist, mein Freund, mach' dich besser darauf gefasst.«

»Ich lasse sie nicht gehen!«

Ralph schaute seinen Freund mitleidig an. »Sieh mir in die Augen! Wirst du auf die Knie gehen und sie winselnd bitten, dich nicht zu verlassen? Und wenn sie dich nicht verlässt, ist das eine Basis für die

Zukunft? Verflucht noch eins, Sebastian, warum machst du es so kompliziert? Fünfzig Prozent der Ehen gehen in die Brüche, warum also nicht auch deine? Sieh dir Anna an!«, fuhr Ralph fort und deutete auf die etwa fünfzigjährige Kellnerin. »Ihr Mann war mit Freunden in Thailand, den Rest kannst du dir vorstellen. Meinst du, sie hat ihn um irgendwas gebeten? Sie hat ihn zum Teufel gejagt, verdammt, und mit Recht! Wieso sind diese Weiber stärker als wir Männer? Warum kannst nicht du deiner Gemahlin sagen, dass du dich trennen willst? Du wirst niemals herausfinden, was sie in diesem Tunesien gemacht hat. Und wenn sie dir bei Gott beteuert, sie habe mit keinem was angefangen, du wirst es nie mit Sicherheit wissen. Und kannst du wirklich damit leben? Wirst du nicht jede SMS in ihrem Handy lesen wollen? Wirst du nicht jede E-Mail und jeden Brief, den sie schreibt oder empfängt, verdächtigen? Komm, Sebastian, es ist vorbei! Wenn's so weit ist, dann ist es vorbei!«

Sie bestellten noch zwei große Bier. Beim Anstoßen sagte Ralph seinem Freund: »Du kannst vielleicht keinen Rat von einem ewigen Junggesellen annehmen, aber trotzdem sage ich dir, was du meiner Meinung nach tun solltest: Verdirb ihr nicht den Urlaub! Lass sie ruhig was anfangen! Lass sie sich amüsieren, aber schließ' innerlich mit ihr ab, so dass du, wenn sie zurückkommt und dich mit der Realität konfrontiert, keine Miene verziehst und mit der Trennung einverstanden bist. Lass dich nur nicht über den Tisch ziehen, bei aller Liebe und aller Vergangenheit!«

»Ralph, du ewiger Junggeselle, das ist genau dein Problem, mein Freund! Du hast keine Ahnung, wie das ist, wenn man eine Frau über alles liebt und sie mit allen Mitteln halten will. Du hast nicht die geringste Ahnung davon, was ich durchmache. Letzte Nacht, weißt du, da habe ich kein Auge zugemacht, weil ich mir ständig vorstellte, dass sie nun in den Armen eines anderen Mannes liegt, dass sie einen anderen Mann liebt, dass sie mit einem anderen Mann lacht, tanzt, glücklich ist! Du hast keine Ahnung!«

»Mein armer Freund! Ich wollte, ich könnte dir dieses Gefühl wie einen Tumor wegoperieren.«

In Djerba wälzte sich Elke immer noch herum. Es war Nachmittag. Die zwei Frauen hatten ihr Sonnenbad nur ein Mal kurz unterbrochen, um eine Pizza an der Poolbar zu essen. Elke hatte den jungen Frühstückskellner den ganzen Tag nicht mehr gesehen und war drauf und dran, ihn zu vergessen. Der junge Kellner an der Poolbar übernahm die Rolle Alis und lächelte die Frauen an, als er die Bestellung aufnahm, als er die Pizzas brachte und als er die Rechnung zur Unterschrift präsentierte. Aber sie waren beide inzwischen fast immun dagegen.

Vor dem Abendessen wollten die Frauen noch einen Aperitif an der Bar nehmen. »Ihr« Barman war höchst erfreut, als er sie wieder kommen sah, und er musste sich wohl gesagt haben, dass es ihnen in seiner Umgebung gefallen haben musste. Er vergaß wahrscheinlich, dass er sich hier in der einzigen Hotelbar befand und dass alle Gäste wohl oder übel zu ihm mussten, wenn sie einen Aperitif oder einen Schlummertrunk einnehmen wollten.

Er versuchte wieder, mit ihnen ins Gespräch zu kommen, indem er sie fragte, ob sie im Hotel oder auswärts essen würden. Falls sie auswärts essen würden, könnte er ihnen ein gutes und günstiges Restaurant empfehlen. Sein Cousin führte es. Es gäbe dort tunesische Spezialitäten und europäische Küche. Es sei in der Mitte Midouns und …

Petra unterbrach ihn: »Wir essen im Hotel.«

Wieder ging er auf seinen Kollegen hinter der Bar zu und sagte: »Es ist unglaublich, diese Frau ist unknackbar! Die ist wie eine sture Kamelstute. Ich weiß bald nicht mehr, wie ich sie umstimmen kann.«

»Sag ihr, sie werde an der Rezeption verlangt, und dann mach' dich an die andere ran!«

Beide Männer lachten über diesen unmöglichen Vorschlag, denn sie wussten, sie würde ihre Freundin doch glatt mit an die Rezeption nehmen.

Als die Frauen den Saal betraten, in dem ein tunesisches Buffet aufgestellt war – das machte das Hotel jeden Sonntag und jeden Mittwoch, hatten sie herausgefunden –, war Ali schon wieder im Dienst.

Elke wunderte sich, wie viele Stunden die Jungs hier arbeiten mussten, und Petra erklärte ihr, dass ein Teil der Frühstückscrew in der Hochsaison auch die Abendmannschaft bildete. Sie machten lediglich eine Pause von ein paar Stunden über Mittag. Sie wechselten sich ab, so dass aus zwei Mannschaften drei Schichten gemacht werden konnten.

Bevor die Frauen an einem Tisch Platz nahmen, kam Ali ihnen entgegen und deutete auf seinen Bereich. Sie setzen sich an einen Tisch, den er bediente, und die Freude auf seinem Gesicht war klar sichtbar. Einige Frauen, die sie nachmittags am Pool gesehen hatten, waren kaum wiederzuerkennen. Sie trugen Abendkleider, so, als ob sie an einem Galadiner teilnehmen würden. Sie waren geschminkt, parfümiert und gestylt, als wenn heute Abend eine große Party stattfinden würde. Andere Frauen kamen locker und eher freizeitlich angezogen daher. Die meisten Männer sahen so aus, wie am Nachmittag. Es fiel Elke auf, dass es sowieso mehr Frauen gab als Männer. Es gab einige Paare im Hotel, eines davon nahm neben ihnen Platz. Auch sie sah toll aus, während er eher casual angezogen war. Einen Tisch weiter saßen zwei Frauen, weiter hinten eine Familie.

Ali schlug den Frauen eine Flasche Rotwein vor, einen *Chateau Haut-Mornag*, den sie akzeptierten, und dazu wollten sie eine Flasche *Safia* Mineralwasser.

Am Buffet nahmen sie zunächst einmal ein bisschen von der *Salade Tunisienne* und gleichzeitig vom *Slata Mechouia* aus gegrillten und dann pürierten Tomaten, Zwiebeln, Knoblauch und Peperoni an Olivenöl, mit Thunfisch, Oliven und Ei garniert. Danach bedienten sie sich an diesem feinen *Couscous*, von dem Elke schwärmte. Er war rassig gewürzt, ohne scharf zu sein. Das Lammfleisch wurde separat aufgetischt, damit auch jene Touristen, die es nicht mochten, von der Alternative *Couscous au Poulet* profitieren konnten.

Petra meckerte leise: »Weißt du, das ist, als wenn wir in Deutschland den japanischen Touristen unsere Spezialitäten servieren! Nichts ist mehr wirklich original, alles leicht angepasst an die ausländischen Gaumen!« Sie erklärte dann weiter. Als sie mal wieder mit einem jungen Tunesier etwas hatte, wurde sie zu ihm und seinen Freunden eingeladen, die tunesisch kochten. »Das war ein *Couscous*! So scharf, dass du nach jedem Löffel einen Schluck Wasser trinken musstest, was es noch schlimmer machte, aber du konntest nicht anders.«

Den ganzen Abend lang versuchte Ali, mit einer der Frauen in Kontakt zu treten. Es war stets Petra, die ihn vertrieb. Sie bräuchten nichts, sie kannten sich aus, sie wüssten, was am Buffet stünde, sie hätten keine Lust zu reden.

Irgendwann wusste Ali, dass mit dieser abweisenden Frau nichts anzufangen war. Aber die andere, die mit den ganz kleinen Falten, dem einladenden Lächeln und dem kurzen Haar, mit ihr war irgendetwas. Sie war nie abgeneigt, ein paar Worte zu wechseln. Sie war freundlich und interessiert. Sie hätte bestimmt mit Ali ein Gespräch angefangen, wäre ihre Begleitung nicht dabei.

Hoffentlich sind die zwei nicht …, dachte er. Er hatte nur davon gehört, dass es Frauen gab, die Frauen liebten und sie den Männern vorzogen. Er hatte selber noch nie welche gesehen, aber ein Freund erzählte ihm eine haarsträubende Geschichte. Er, Moncef aus dem Hotel *Manara*, war einmal nach ein paar Tagen baggern mit einer Frau ausgegangen, die er endlich ohne ihre Freundin antraf und sie zu einem Rendezvous überredete. Sie kam dann auch, trank einen Tee mit ihm, war aber sehr zurückhaltend. Eine halbe Stunde später verstand er. Ihre Freundin kam und sie küssten sich wie ein Paar. »Ich schwöre dir bei Allah dem Allmächtigen«, beteuerte Moncef Ali gegenüber, »sie küssten sich, wie ein Mann und ein Frau und streichelten einander.

Ich kam mir unmöglich vor. Ich schämte mich, überhaupt bei dieser Szene dabei zu sein.«

Ali wusste zwar von Schwulen, die nach Djerba kamen, im Paar oder allein, auf der Suche nach einem jungen exotischen Liebespartner – für Geld versteht sich. Denn ein Tunesier, so dachte Ali, würde bestimmt keine Frau links liegen lassen, wenn er die Wahl hätte. Ein Tunesier machte das nur für Geld, was die Sache noch schlimmer machte, aber diese Jungs bezahlten anscheinend so viel, dass einige Hotelangestellte gleichzeitig eine Freundin und einen Freund aus Europa hatten. Es kam ihm alles so widerlich vor. Das mit der Europäerin, das war in Ordnung, auch wenn sie älter war, aber das mit den Männern? Widerlich!

Als sich die Frauen verabschiedeten, wusste Ali, dass er die Blonde mit dem roten Blüschen ansprechen würde. Die Dunkelhaarige mit der spitzen Nase, trotz ihrer schönen Augen und ihren vollen Lippen, trotz ihrer tollen Figur, mit ihr wollte er sich nicht anlegen.

Und wieder waren die Gedanken von Elke vor dem Einschlafen leise und intim:

Ich werde nicht mit diesem Salem, dem Barman, ausgehen. Vielleicht fragt mich der noch sympathischere Ali? Wer weiß? Ich bin ja schon etwas älter als er, aber er hat mich den ganzen Abend nicht aus den Augen gelassen. Mein Gott! Wie wäre das wohl? Wieder einmal mit einem schönen jungen Mann ausgehen! Wow! Es tut so gut! Es ist mir egal, ob er was von mir will oder nicht. Ich will jedenfalls nichts von ihm. Und das ist gut so. Wenn ich meine liebe Zicke dazu bringen könnte, ihren Noureddine anzurufen oder ihm eine SMS zu schreiben, dann könnten wir morgen schon ausgehen. Wir könnten das Abendessen im Hotel einmal ausfallen lassen und in Midoun was essen. Ich schlag's ihr morgen vor.

Ich habe echt Angst vor diesen charmanten jungen Männern, die können einem vielleicht Komplimente machen! Aber man weiß nie, ob sie es ernst meinen. Aber was will denn ein solcher Mann von mir, wenn er mir sagt, ich sei attraktiv? Nur so mal ein Kompliment machen? Er will doch mehr … Und das wäre schon was, so ein rassiger, feuriger Araber. Na ja, mal schauen, die Woche ist noch jung. Haben die denn keine schönen Frauen? Machen die ihren Frauen auch solche Komplimente? Oder ist es, weil ich blond bin und er sonst nur Dunkelhaarige sieht? Gefallen ihm meine blauen Augen, weil er immer nur schwarze oder braune sieht? Und was ist mit mir? Wieso fühle ich mich so hingezogen zu diesen Männern? Wahrscheinlich auch, weil sie weder blond sind noch blaue Augen haben. Blödsinn! Was sollte ich mit so einem jungen Mann anfangen? Ihn verführen, vernaschen? Und dann? Soll ich monatlich hier eine Woche Liebesferien machen? Soll er zu mir nach Deutschland kommen, wie bei diesen vielen Geschichten? Niemals! Nein, das geht nicht! Ich sollte wohl nicht weiter denken als die nächsten Tage. Aber die nächsten Tage habe ich Zeit für mich, nur für mich!

Verflucht, warum geht er mir nicht aus dem Sinn? Mit seinen schönen weißen Zähnen und dem schüchternen Lächeln. Wer ist dieser Mann und warum hat er so eine Wirkung auf mich?

Es war Montagmorgen. Die beiden Freundinnen hatten richtig ausschlafen können. Während Petra sich noch im Bett herumwälzte und das faule Herumliegen genoss, kam Elke schon aus dem Badezimmer. »Ich gehe schon mal runter. Steh' endlich auf! Die Sonne scheint.«

»Die Sonne scheint hier täglich. Lass mich in Ruhe! Ich glaube, dein Ali hat uns was in den Wein geschüttet!« Petra drehte sich im Bett um und drückte das Kopfkissen unter ihr Gesicht. »Ich komme gleich. Und lass dir kein Date aufschwatzen am frühen Morgen schon!«

Als Elke ihren Kaffee von Ali serviert bekam, lächelte sie zurück, weil er sie mit einem großen Lachen begrüßte und mit der Frage: »Freundin krank?«

»Nein, nein«, antwortete sie. »Sie kommt gleich, sie ist nur etwas müde.«

»Gestern viel zu viel getrunken«, sagte Ali und ergänzte: »Tunesischer Wein sehr stark!«

»Ja, das kann man wohl sagen!«

Ali schaute nervös umher und wagte dann die Frage: »Heute Abend Zeit für einen Kaffee und Wasserpfeife? Ich habe Freund in Midoun. Deine Freundin kann mitkommen. Bitte sag ja!«

»Mal schauen, ich überlege es mir.«

»Oh schön, ich freue mich.«

»Ich sagte, ich denke darüber nach. Das heißt noch lange nicht ja!«

Ali wusste, dass er mit dieser Antwort zufrieden sein konnte, und war sich sicher, dass sie ihre Freundin bewegen würde, mitzukommen.

Als Petra mit kleinen Augen auftauchte, stand Ali schon wieder da und goss ihr Kaffee in die Tasse. Ohne ihn anzuschauen, nahm sie einen großen Schluck und stand schon wieder auf, um einen Fruchtsaft zu holen. Sie redete nicht viel, aber stellte fest, dass ihre Freundin irgendetwas sagen wollte.

»Hör' zu, Petra«, sagte Elke leise und etwas schüchtern. »Ali hat mich gefragt, ob wir zwei ihn heute Abend nicht zu einem Kaffee nach Midoun begleiten würden. Er nimmt noch einen Freund mit. Ich würde gerne mal das Dorf sehen. Was meinst du?«

Elke schien die Antwort nicht erwartet zu haben, als Petra kurz und bündig sagte: »Ja, klar!« Sie dachte, sie müsste sie noch mit vielen Argumenten überzeugen.

»Ich werde dich nur noch morgens etwas fragen, dann bist du nämlich für alles zu haben, was?«

Sie lachte, während Petra nachdenklich vor sich hin murmelte: »Ich hab doch glatt von diesem Typen geträumt!«

»Was?«, fragt Elke.

»Ich sagte, ich habe heute Nacht von Noureddine geträumt«, wiederholte Petra.

»Hoffentlich was Schönes ...«, schmunzelte Elke.

»Ja, ja, besonders schön! Er ließ mich im Traum wieder sitzen. Ich habe uns vorhin zwei Liegestühle reserviert, diesmal nebeneinander.

Ich warne dich jetzt schon vor dem arabischen Reiter, der seine Runden am Strand dreht.«

Sie frühstückten zu Ende und gingen dann an den Strand. Und wieder verabschiedete sich Ali unauffällig, aber besonders herzlich von Elke.

»Ich fange an, diesen Ali zu mögen«, sagte sie.

Und wieder war ihr erster tunesischer Ansprechpartner der Fotograf. Bevor er auch nur ein Wort sagen konnte, schnitt ihn Petra mit dem Satz: »Wir gehen heute Abend aus, keine Zeit für Fotos!«

Sie lagen auf ihren Liegestühlen und ließen sich von der warmen Morgensonne verwöhnen. Gelegentlich schauten sie sich an und lächelten kurz.

»Sag, was hast du geträumt?«

Petra musste tief einatmen. »Ich glaube, ich habe zu lange an ihn gedacht und von ihm erzählt. Jedenfalls habe ich geträumt, wir hätten uns wieder getroffen, waren einen Abend lang unterwegs, landeten in den frühen Morgenstunden am Strand, aber er ließ mich wieder sitzen und ging arbeiten. Das war mein Traum, mein Albtraum besser gesagt.«

»Komm, das ist ein Zeichen, schreib ihm doch eine SMS! Vielleicht kannst du ihn doch noch sehen diese Woche?«

In diesem Moment traf Elkes Blick jenen des Reiters am Strand. Ein großer schlanker dunkler Mann mit einem Turban auf dem Kopf, in kurzen Hosen und barfuß. Er ritt sein Pferd ohne Sattel. Petra warnte ihre Freundin wieder: »Glaub mir, Mädchen, die schlimmsten Typen hier sind die Reiter, noch vor den Animateuren!«

Ein tunesischer Wächter in Anzug und Krawatte, mit einem Walkie-Talkie ausgerüstet, sprach den Reiter auf Tunesisch an: »Halt' dich an die Regeln, Ramadan, nicht zu nahe an die Touristen! Ich hab's dir schon oft gesagt. Lass mich nicht wieder die Polizei holen!« Der Mann war regelrecht damit ausgelastet, Früchte- und Souvenirhändler davon abzuhalten, den herumliegenden Touristen näher als bis zu einem bestimmten unsichtbaren Abstand zu kommen. Es kam schon vor, dass er genug hatte und die Polizei per Funk benachrichtigen musste. Dann liefen auf einmal alle diese Händler, die natürlich keine Lizenz hatten, aber vom Hotel geduldet wurden, über alle Berge – besser gesagt, über die Sanddünen.

»Ich sehe es dir an, du willst reiten gehen!«

»Ja«, antwortete Elke. »Das letzte Mal ritt ich auf einem Pony, als wir Ferien auf einem Bauernhof machten.«

»Lass dich nicht von diesem charmanten Touareg in seine Hütte locken, dann wärst du verloren!«

Sie lagen beide da und Elke machte die Augen zu. Sie träumte vor sich hin. Sie sah sich mit Ramadan auf einem Pferd reiten, sie umfasste zuerst vorsichtig seine Hüften, dann umschlang sie ihn mit ihren Armen. Als sie weit genug ausgeritten waren, fragte er sie, ob sie nicht zu einem Tee mit in seine Hütte kommen wolle. Sie müssten eine kurze Pause machen. Und sie nahm nach einem ganz kurzen Zögern an. Er band sein Ross vor der kleinen Strandhütte an, machte die Tür zu einem kühlen, dunklen Raum auf und ließ Elke eintreten. Hinter ihr schloss er die Tür. Zwischen Angst und Hoffnung fühlte sie sich eher wohl. Er lächelte sie an, während er seinen Turban abnahm und seine Haarlocken zum Vorschein kamen. Sein Gesicht war durch einen perfekt geschnittenen Bart und wunderschöne Zähne geprägt. Als er auf sie zu ging, ahnte sie seine Absicht und stürzte sich in seine Arme. Leidenschaftlich küssten sie sich. Dann, langsam und vorsichtig, legte er sie auf die Matratze. Nur das Rauschen des Meeres an diesem lauen Nachmittag war zu hören …

Elke erwachte aus ihrem Tagtraum, als Petra sie fragte, ob sie auch ein Eis wolle. Sie verneinte und wünschte sich eigentlich, den Traum bis zum Ende zu erleben.

Doch der Reiter gab ihr nun klare Zeichen, er fragte sie mit den Augen und den Händen, ob sie reiten wolle.

Sie ging zu ihm hin. Er stieg langsam von seinem Ross herunter und erklärte ihr die Route, den Zeitpunkt und den Preis. Sie einigten sich auf fünf Uhr abends, er würde sie an der Rezeption abholen.

Ein junger Kellner ging an zwei jungen Touristinnen vorbei und schaute sie auffällig lange an. Dann ging der junge Mann zu seinem älteren Kollegen. »Mann, diese Frauen kennen keine Scham! Ich ging an ihnen vorbei, bei der einen konnte ich die Schamhaare erkennen, bei der anderen, die lag oben ohne da, haben mich die Brüste so sehr erregt, ich dachte ich kriege einen Ständer!«

»Ja, stell dir vor, deine Frau täte das, läge hier so mit gespreizten Beinen herum und ließe sich zwischen die Beine sehen und auf die nackte Brust!«

»Ich würde sie erschlagen. Oder mich aufhängen. Oder beides!«

»Ich frage mich, was ihre Männer dazu sagen! Und wo sind ihre Männer überhaupt? Und wenn sie keine Männer haben, wo sind ihre Väter, ihre Brüder? Unglaublich!«

»Aber mach' dir keine Illusionen, mein Freund, dort hinten unter der letzten Palme, das ist keine Touristin, das ist eine Tunesierin, aus Tunis wahrscheinlich. Sie liegt auch im Bikini da.«

»Es holt uns ein, keine Frage. Dabei gibt mein Großvater keiner Frau die Hand, so traditionell ist meine Familie. Stell dir vor, was mein Großvater sagen würde, wenn ich ihm so eine Szene beschriebe. Bin ich froh, dass er keine Ahnung davon hat! Er würde auf der Stelle schwören, dass ich den Job sausen lassen muss. Und ich müsste es tun, um seinen Schwur nicht nichtig zu machen.«

»Ich kann das beim besten Willen nicht nachvollziehen. Ich arbeite seit mehr als zehn Jahren in diesem Hotel und ich kann mich an diesen Anblick immer noch nicht gewöhnen. Vielleicht ist es, weil ich jeden Abend nach Hause gehe und lauter anständige Leute um mich habe.«

»Aber weißt du, sie denken sich anscheinend nichts dabei. Sie zeigen fast ihren ganzen Körper und kein Mann reagiert darauf. Ihre Männer müssen immun dagegen sein.«

»Weißt du, ich habe schon zwei junge Leute schmusen sehen, er in Badehose, sie in fast nichts! Und das Erstaunliche, es kann ihn nicht gereizt haben. Ich meine, ich sah ihm nichts an und ich schaute genau hin. Kein Reiz. Glaub mir, mir hätte man es schon von Weitem angesehen, wenn ich nur eine Berührung von ihr bekommen hätte.«

»Die Männer sind immun, definitiv! Müssen sie ja wohl werden bei diesen vielen verschiedenen Körpern. Kleine Brüste, große Brüste, schöne Hintern, weniger schöne Hintern, lange Beine, dicke Beine, helle und dunkle Bäuche. Was willst du? Die Männer müssen sich damit abgefunden haben. Und wie könnte es anders sein? Ich meine, wenn deine Frau dich nicht mehr reizt, aber die Frau des Nachbarn … Dann wird es ja kompliziert, also lieber abstellen, oder?«

Sie schüttelten beide leicht den Kopf. Bevor sie wieder an ihre Arbeit gingen, fragte der Ältere: »Frag' sie doch, ob sie heute Abend schon was vorhaben! Vielleicht kommen sie mit uns zum Strand?« Beide Jungs lachten leise.

Am Abend ging Petra alleine an die Bar und war erfreut, dass Salem nicht zu arbeiten schien. Sein Kollege Najib war allein an der Bar. Sie bestellte einen Drink, und auf die Frage, wo ihre Freundin sei, antwortete sie: »Sie ist abgeholt worden zum Reiten.«

Der Barman hob die Augenbrauen: »Von Ramadan, dem schönen Araber mit dem schönen Araber? So nennen wir ihn hier.«

»Ja«, antwortete Petra leicht besorgt. »Ist er so schlimm?«

Der Barman machte nur eine Handbewegung, die Petra jedoch sofort verstand. Aber sie antwortete gelassen: »Wenn sie nicht auf die Minute genau zurück ist, lasse ich die Polizei alarmieren. Dieser Ramadan soll sich hüten, ihr irgendwas anzutun!«

Zu diesem Zeitpunkt ritt Elke langsam neben Ramadan her und genoss die Sicht aufs Meer und die vielen Palmen. Sie nahmen einen kleinen Nebenweg, der auf die Mitte der Insel zusteuerte, und wurden vom Sonnenuntergang angezogen. Plötzlich sah sie eine kleine Hütte, auf die Ramadan zuzureiten schien.

Vor der Hütte angekommen, sagte er: »Wir machen eine kleine Pause. Willst du Tee? Ich habe immer frischen Tee in meiner Hütte.«

Punkt 18.30 Uhr stand Petra an der Rezeption, als Elke mit schnellen Schritten auf sie zu kam.

»Und? Was hat er dir getan? Sag die Wahrheit!«

Beide lachten und Elke antwortete: »Nichts, mein Gott! Was soll er mir tun, ich bin ja kein kleines Mädchen mehr?«

Ihre Freundin schaute ihr tief in die Augen und sagte: »Ich weiß nicht, ich weiß nicht …«

Elke schaute auf ihre Uhr und dachte: Eigentlich mag ich gar nicht mehr zu diesem Date mit Ali und seinem Freund. Aber sie stellte fest, dass Petra wohl große Lust darauf hatte.

»Welche Zeit hast du mit deinem Ali abgemacht?«

»Wir haben noch genug Zeit, wir sollten noch was essen gehen. Lass uns diesen kleinen Italiener in Midoun suchen. Ich gehe kurz duschen. Bin gleich wieder da!«

Der Taxifahrer sprach deutsch. »Oh ja, der Italiener, den kenne ich! Ich bringe ihm oft Kunden. Er hat letzten Sommer sein winziges Restaurant vergrößern müssen. Früher hatte er mit acht Gästen das Haus voll, jetzt hat er einen kleinen Saal gebaut. Er kocht immer noch gut und ist sehr beliebt. Und wohin geht ihr nach dem Essen? Habt ihr Lust auf eine Rundfahrt. Casino? Disko?«

»Wir haben schon ein Rendezvous, danke!«

Nach dem Essen beim wirklich kleinen Italiener fragten sie nach dem *Café de Tunis* und wurden von einem älteren Kellner lediglich mit einem Handzeichen darauf hingewiesen, dass das Café sich gerade hinter dem Restaurant befand. Noch bevor sie zum Café kamen, rannte ihnen Ali entgegen, so, als wenn er Angst hätte, sie alleine in dieses Lokal zu lassen.

»Das ist ja ein reines Männer-Café. Da geh ich nicht rein!«, sagte Elke, aber Petra beruhigte sie: »Die sind an Touristen gewöhnt, keine Angst.«

Die riesige Terrasse mit einem großen Eukalyptusbaum in der Mitte war voll. Die laue Nacht hatte viele junge und weniger junge Männer zum Teetrinken, Musikhören, Plaudern und Kartenspielen herausgelockt. Zwei junge Kellner rannten mit Wasserpfeifen und Kohle herum. Ali ging voraus, ließ die Frauen aber nicht aus den Augen, er drehte sich ständig zu ihnen um und wollte sie damit beruhigen. Sie schlängelten sich an einigen runden Tischen vorbei. Die meisten Männer sahen ihnen nach und gaben leise Kommentare ab.

»Mensch, was denken die von uns?«, fragte Elke, doch Petra beruhigte sie wieder: »Glaub mir, sie wünschen sich nur, sie hätten uns hierher eingeladen. Sie sind nur eifersüchtig auf die zwei Tunesier. Und wo ist denn der andere überhaupt?«

Kaum hatte sie das ausgesprochen, standen sie vor einem jungen Freund von Ali.

»Guten Abend«, sagte er und stand auf. Er begrüßte die beiden mit einem Händedruck und wies auf die zwei Stühle, die sie für sie frei hielten.

»Hallo«, erwiderten die Frauen und Ali setzte sich neben Elke. Er gab dem Kellner ein Zeichen und rief: »Yä Abdallah!«

Ali bestellte für die Frauen: »Kaffee oder Tee? Es gibt ganz guten Pfefferminztee.« Und leise ergänzte er: »Besser als im Hotel.« Dabei lachte er verschmitzt.

Ali musste etwa 25 Jahre alt sein, vielleicht etwas älter. Sein kurzes Haar war dicht, seine großen Augen dunkelbraun, fast schwarz. Elke schaute unauffällig auf seine Hände und fand sie schön, gepflegt, groß und kräftig. Sie liebte schöne Hände. Seine Fingernägel waren kurz geschnitten. Nur am Ansatz der Nägel sah man, dass er nervös war und gelegentlich an den Ecken seiner Nägel kaute.

Die Frauen bestellten beide Tee und eine große Flasche Wasser. Ali und sein Freund empfahlen eine Wasserpfeife.

»Was meinst du?«, fragte Elke. »Wollen wir? Ist das nicht irgendwie Männersache?«

»Ach was«, antwortete Petra. »Du bist Touristin und darfst alles. Wir rauchen mit. Was soll's?«

Der Kellner brachte die Getränke und eine frisch zubereitete Wasserpfeife, zog noch ein paar Mal kräftig daran, pustete eine riesige Rauchwolke vor seinem Gesicht weg und übergab den Männern die Pfeife. Dazu legte er vier einzeln verpackte Plastikmundstücke auf den Tisch und wünschte »Saha« (Gesundheit).

»Ich komme mir lächerlich vor«, sagte Elke. »Da sitzen wir zwei alten Schachteln mit diesen jungen Kerlen hier und wissen nicht, was wir sagen sollen.«

Petra wandte sich zu Alis Freund um und fragte: »Und wo arbeitest du? In welchem Hotel?«

Samir war schüchtern und antwortete nur kurz: »*Dar Djerba*, in die Pizzeria.«

Es lag Petra auf der Zunge, ihn zu fragen, ob an der Rezeption noch ein gewisser Noureddine arbeitete, aber sie wollte ihm nicht den Eindruck vermitteln, sie interessiere sich für einen anderen Mann. Und vor allem wollte sie nicht ihre Freundin, die sie schon wieder verschmitzt anlächelte, darauf aufmerksam machen, dass sie diesen Mann noch immer nicht vergessen konnte.

Ali sprach seinen Freund auf Tunesisch an: »Erzähl' mehr, rede, das ist kein Verhör, Mann! Sie interessiert sich für dich.« Dann sagte er zu den Frauen: »Entschuldigung. Ich hab gesagt, er kann sprechen. Kein Problem.«

Ali fragte danach Petra, was sie so mache, beruflich und privat. Und sie erzählt gerne: »Ich bin Lehrerin in einer Volksschule, Mittelstufe. Meine Schüler sind um die 15 Jahre alt. Ich unterrichte Deutsch und Englisch. Privat bin ich viel unterwegs, bin nicht verheiratet und habe keine Kinder.«

Samir interessierte sich für ihren Lebenslauf, hatte aber nicht alles verstanden. Nach einem fragenden Blick zu seinem Freund, erklärte ihm Ali auf Tunesisch: »Sie ist richtig für dich. Nicht verheiratet, keine Kinder, hat einen Superjob. Du hast Glück, mein Freund.« Und wieder zu den Frauen: »Entschuldigung noch mal. Samir hat nicht alles verstanden.«

»Und ich«, sagte Elke, wobei sich der Blick von Ali dieses Mal gespannt zu ihr wandte. »Ich bin verheiratet, habe zwei Kinder und arbeite halbtags als Büroangestellte.« Sie sah Ali eine leichte Enttäuschung an, die sie eher als Kompliment auffasste. Wenn dieser junge Mann darüber enttäuscht ist, dass ich verheiratet bin, dachte sie, dann interessiert sich doch so ein gutaussehender Typ für eine Frau wie mich. Wie schmeichelnd. Oder ist er eher enttäuscht, dass ich nur halbtags arbeite?

Dann erzählten die Männer und die Frauen hörten gespannt zu. Gelegentlich musste Ali übersetzen oder korrigieren. Er sprach eindeutig besser deutsch als sein Freund.

Samir stammte aus Tataouine. Er hatte eine große Familie. Drei seiner Brüder waren in Frankreich, alle drei Patissiers. Der Älteste von ihnen hatte inzwischen eine Patisserie und einen Laden in Tataouine eröffnet, seine beiden Schwestern kümmerten sich um den Verkauf und einer der anderen Brüder backte die lokalen Spezialitäten.

Ali erklärte, dass die Leute aus Tataouine schon jahrzehntelang die besten Bäcker seien, sie hätten sich so gut spezialisiert, dass ihre Kunden Hunderte Kilometer weit fahren würden, um die süßen Sachen bei ihnen zu kaufen. Und wenn diese Männer aus Tataouine nach Europa gingen, dann meistens, um in Frankreich in einem Araberquartier eine Patisserie zu eröffnen und ihren Landsleuten die feinen Sachen zu verkaufen.

Ali hingegen stammte aus Djerba. Seine Familie war nicht so groß. Er hatte nur noch einen älteren Bruder, der in Belgien lebte, und eine jüngere Schwester, die in ein paar Tagen heiratete. Und dann überraschte er die Frauen mit der Aussage: »Ich will auch nach Deutschland, aber es ist sehr schwer, ein Visum zu bekommen.« Und Samir ergänzte: »Ich auch. Ich will nach Frankreich. Hier nicht genug Arbeit und zu wenig Geld verdienen. Keine Chance. Besser in Europa.«

»Wie alt sind deine Kinder?«, fragte Ali.

Elke antwortete, sichtlich erfreut, dass er sich dafür interessierte, aber auch leicht schockiert über die Aussage, dass beide Männer so offen zugaben, sie würden gerne nach Europa gehen. Sie dachte noch darüber nach, was das bedeutete und ob sie deswegen die Frauen eingeladen hatten. »Kevin ist 15 Jahre alt und Jessica elf.«

»Ich hab ganz gern Kinder«, sagte Ali. »Willst du eine richtige arabische Hochzeit sehen? Du auch?« Dabei meinte er, dass auch Petra herzlich willkommen sei, die Hochzeit seiner Schwester zu erleben. »Ist am Samstag. Also richtig drei Tage, aber Samstag ist der beste Tag für euch.«

Die Frauen konsultierten sich kurz und antworteten fast gleichzeitig: »Mal schauen …«

Es ging ihnen alles zu schnell. Kaum kennen gelernt und schon zu einer Hochzeit eingeladen? Aber Petra erklärte ihrer Freundin, dass Araber sehr schnell Freundschaften schließen würden und dass sie – wenn sie jemanden mochten – schnell so weit gingen und ihn zu einer Hochzeit oder einem Nachtessen bei sich zu Hause einluden. Und sie mussten beide zugeben, dass das bestimmt interessant sein würde, mal eine Abwechslung zum Hotelleben und vor allem nicht für jede Touristin erreichbar.

Elke war regelrecht überrascht von der offenen und herzlichen Art, wie Ali sie den ganzen Abend behandelte. Gelegentlich berührte er sie beim Reden und Lachen am Arm oder an der Schulter. Sie verspürte jedes Mal ein leichtes angenehmes Frösteln. Und wenn er redete, mit seinen Worten rang, seine Hände zur Verstärkung nahm, dann beobachtete sie ihn genau. Er war makellos im Gesicht. Seine Wimpern, vom Profil aus gesehen, waren so lang, wie sie sich manche Frau nur wünschen konnte. Alis Stimme war deutlich, aber nicht laut, tief, aber nicht unangenehm. Seine Lippen, ja, die hatten es ihr besonders angetan, voll, regelmäßig und mit einer feinen Kontur. Er muss wunderschön küssen können, dachte sie. Bei diesem Gedanken erschrak sie selber. Um Gottes willen, dachte sie gleich und wendete sich von seinem Gesicht ab, wie komme ich dazu, so was zu denken?

Elke wurde mit einer SMS von der ferienhaften und lockeren Stimmung zurückgebracht in eine Realität, die sie im Laufe dieses Abends fast vergessen hatte.

»Wir vermissen dich, Mama!«

Sie schrieb kurz zurück, während sie den Männern erklärte, dass ihre Kinder ihr geschrieben hätten, sie würden sie vermissen: »Ich vermisse euch auch. Ich genieße den Urlaub und es geht mir gut. Rufe morgen Abend an.«

Samir erklärte mit Hilfe seines Freundes, dass er es sehr schön fände, wenn Kinder an ihre Mutter dachten. Die Mutter sei das höchste Wesen in der arabischen Welt und Kinder, die ihre Eltern – und besonders ihre Mutter – liebten, kämen in den Himmel. Er, Samir, liebe seine Eltern über alles und er würde für sie alles tun, auf alles verzichten, damit sie es besser hätten als bisher. Sie hätten viel geopfert, um die sieben Kinder groß zu ziehen. Jetzt dürften sie etwas dafür zurückverlangen. Seine Brüder im Ausland schickten Geld und er versuche, so oft wie möglich bei seinen Eltern zu sein. Seine Schwestern seien auch sehr traditionell und schauten zu ihren Eltern auf, obwohl eine von ihnen schon eigene Kinder hätte.

Und Ali ergänzte: »Ja, Eltern sind heilig. Wir machen alles für sie, weil sie alles für uns gemacht haben.«

Sie zogen noch ein paar Mal an der Wasserpfeife, als Samir aufstand, um Kohle nachzubestellen. Ali profitierte von seiner Abwesenheit, um zu erklären: »Samir ist ein bisschen … Wie sagt man? Ruhig, spricht nicht viel.«

»Schüchtern«, fügte Petra ein.

»Ja, sehr schüchtern. Er kann eine Stunde sitzen und nix sagen. Kein Wort. Er denkt aber viel.«

»Ich lebe in Trennung«, sagte Elke auf einmal und erschrak selber. Dann dachte sie: Oh Gott, was erzähle ich diesem Mann? Warum ist mir das rausgerutscht?

Auch Petra schaute sie verwundert an.

»Ich werde mich vielleicht scheiden lassen. Meinem Mann und mir geht's nicht mehr so gut in der Beziehung. Wir sind seit zwanzig Jahren verheiratet und haben eine große Krise.«

Sie beobachtete Ali genau, seine Reaktion, seine Antwort darauf. Aber er verzog keine Miene, sagte lediglich: »Oh, schade. Scheiden ist schwere Sache. Und Kinder müssen weh haben.«

Als Samir zurückkam, sagte ihm Ali auf Tunesisch: »Meine lässt sich scheiden, deine ist ledig. Es sieht gut aus, mein Freund. Statt nach Frankreich kannst du vielleicht nach Deutschland. Das ist eh besser, in Frankreich wimmelt es von Arabern. Ich glaube, sie werden zur Hochzeitsfeier von Nour kommen.«

Die Frauen ergriffen die Gelegenheit, um unter sich ein Gespräch anzufangen. Sie redeten etwas leiser, aber sie wussten, Ali würde das meiste sowieso verstehen, so redeten sie nur über belanglose Dinge. Eigentlich wollten sie eher den beiden jungen Männern die Chance geben, auch mal unter sich zu diskutieren. Und das taten sie.

»Die hat dich vorhin beobachtet, als könnte sie dich auffressen«, sagte Samir.

»Ich weiß«, antwortete Ali. »Ich habe es bemerkt und das ist gut so. Aber deine scheint etwas weniger romantisch zu sein. Ich glaube, sie ist nicht zum ersten Mal auf Djerba. Aber du kannst sie sicher herumkriegen, überstürz' nur nichts. Aber meine ist wahrscheinlich reif. Heute unternehmen wir nichts. Wir bringen sie zum Taxi und verabschieden uns. Das imponiert den Europäerinnen. Hast du mich verstanden?«

Als die Frauen bezahlen wollten, war die Rechnung schon beglichen.

»Weißt du«, sagte Ali, »hier können wir euch schon einladen, aber nicht im Hotel. Hier kostet es nicht viel. Kein Problem. Wir bringen euch zum Taxi.«

Sie gingen über einen großen Platz, die Frauen in der Mitte, zum Taxistand, an Läden vorbei, wo die beiden Touristinnen sich ständig umdrehten und die Schaufenster bewunderten. Handarbeiten, Kleider- und Schuhgeschäfte, die unglaublich tiefe Preise anzeigten, dann Gewürzläden, die noch um zehn Uhr abends offen hatten. Ramsch und Qualität lagen nebeneinander.

Die beiden Männer verabschiedeten sich mit einem einfachen Händedruck von ihren Begleiterinnen. Ali sagte noch zum Abschied: »Dann hoffentlich bis Samstag bei mir.« Dann drückte er Elke unauffällig einen kleinen Zettel in die Hand.

Der Taxifahrer sagte noch ein paar Worte zu den jungen Männern, die die Frauen nicht verstanden. Die drei Männer lachten kurz und die Frauen stiegen hinten ein.

»Hotel *Sidi Salem*, s'il vous plaît«, sagte Petra.

»Oui Madame!«

Die Frauen diskutierten über den netten Abend. Elke versuchte zu vergessen, dass sie das mit der Scheidung aus welchen Gründen auch immer erwähnt hatte.

Petra fand es ganz nett von Ali, dass er sie zur Hochzeit eingeladen hatte. Sie kannte sich besser mit diesen Gepflogenheiten aus als Elke und schlug ihr vor, dass sie ein paar kleine Geschenke mitnehmen sollten, nichts Besonderes, aber ein paar Süßigkeiten und vielleicht Kaffee und Tee. Das werde in Unmengen verbraucht zu solchen Anlässen. Dann fragte sie Elke: »Du bist wohl einen Schritt weiter in deiner Entscheidung, was?«

»Ja«, antwortete Elke. »Es hat nichts mit heute Abend zu tun, ehrlich, aber ich denke immer mehr, dass ich endlich einen Strich ziehen sollte unter die Beziehung zu Sebastian. Ich sollte neu anfangen. Die

Stimmung auf dieser Insel ist vielleicht auch daran schuld, dass ich mich stark genug fühle für einen solchen Schritt.«

»Heißt das, du willst dich scheiden lassen?«

Elke überlegte kurz. Sie würde nach ihrer Rückkehr als Erstes Sebastian sagen, dass sie sich scheiden lassen wolle, dass sie natürlich das Sorgerecht für die Kinder und das Haus wolle. Er sollte das große Auto und das Sparkonto bekommen. Dann wollte sie mit ihren Eltern reden. Sie könnten sie vielleicht unterstützen, wenn sie nun vier Tage die Woche arbeiten ginge. Vielleicht könnten sie gelegentlich die Kinder nehmen, aber sie waren inzwischen eigentlich groß genug. Es würde alles problemlos gehen. Sebastian würde bald eine neue Partnerin finden. Das mit den Alimenten, na ja, er sollte nur für die Kinder etwas beitragen, für sich würde sie nichts verlangen.

»Ja, ich stelle es mir vielleicht zu einfach vor, aber ja, ich will mich scheiden lassen.«

Elke konnte wieder einmal nicht einschlafen, während Petra schnell die Augen zutat. Sie dachte nach:

Was für ein Abend! So locker, leicht, unbeschwert! Diese Menschen scheinen keine Sorgen zu haben. Vielleicht kommt mir das auch nur so vor, weil ich den ganzen Tag meine Sorgen herumgetragen habe. Den ganzen Abend habe ich nicht ein einziges Mal an meinen Mann gedacht, nur als die SMS von den Kindern kam. Er steckte bestimmt dahinter und hat sie aufgefordert, mir zu schreiben, um mich an sie und vor allem an ihn zu erinnern. Es ist etwas erloschen heute Abend. Nicht wegen Ali, bestimmt nicht. Vielleicht hat er am Rande etwas damit zu tun. Er strahlt eine solche Sorglosigkeit aus. Er kennt keine Probleme, ich glaube zumindest, dass er für sein junges Alter sogar mir einen Rat geben könnte. Jedenfalls freue ich mich wie ein kleines Kind, ihn morgen zu sehen, sein Lachen, seine Gestalt, seine Bewegungen. Und seine zarte, tiefe Stimme, so beruhigend und sicher. Nein, ich habe mich nicht verliebt, ich will es gar nicht. Das wär's ja noch. Ich komme nach Haus und sage meinem Mann, dass ich einen anderen kennen gelernt und mich innerhalb von drei Tagen in ihn verliebt habe. Ich habe mich nicht verliebt, aber ich brauche Zärtlichkeit, das ist nicht wegzudiskutieren. Und ich bin anfällig für Komplimente, Berührungen, nette Worte. Mein Gott, als er mir zum Abschied seine Hand gab, da hat es mich durch den ganzen Körper gezwickt. Wie in der Pubertät. Hoffentlich hat mir das niemand angesehen. Ich freue mich auf morgen. Ich werde täglich stärker und sicherer. Dieser Mann, diese Begegnung tun mir gut! Und trotz der Bedenken meiner Freundin, ich hab's im Griff. Ich bin nicht hinter Sex und Abenteuer her. Ich will nur wieder mal hören, spüren und fühlen, wie es ist, wenn man begehrt wird, wenn man angehimmelt wird, auch wenn es übertrieben ist. Ich will wieder mal Frau sein!

Am nächsten Morgen, Dienstag, ging Elke voller Erwartungen zum Frühstück. Sie wollte so schnell wie möglich Ali sehen, doch weit und breit keine Spur von ihm. Eine junge dunkelhäutige Frau bediente sie mit Kaffee und Milch.

»Ist Ali nicht da heute?«, fragte Elke.

»Non, Madame, il a congé. Frei heute. Er muss zu Hause arbeiten. Hochzeit von Schwester. Viel zu tun.«

Komisch, dachte Elke, er hat es gestern Abend nicht erwähnt. Er hat es bestimmt vergessen. Sie traute sich jedoch nicht nachzufragen, ob er denn morgen wieder hier sein würde. Plötzlich erinnerte sie sich an seine letzten Worte. Er sagte: »Dann hoffentlich bis nächsten Samstag bei mir.« Hieß das, dass er nun die ganze Woche wegbleiben würde? Nein, er wird nur einen Tag frei haben. Schade, dachte sie weiter, dass wir unsere Handy-Nummern nicht ausgetauscht haben. Es fiel ihr auf, dass er gar keins dabei hatte. Jedenfalls hatte es nicht den ganzen Abend gepiepst, so, wie bei vielen anderen Tunesiern an den Tischen neben ihnen. Immer wieder klingelten die Dinger in den verrücktesten orientalischen Tönen und dann stand jeweils einer auf und sprach kurz. Dann kam er zurück und spielte oder rauchte weiter, bis ein anderer Gesprächspartner gestört wurde. Es schienen alles belanglose Anrufe zu sein, denn kaum jemand sprach länger als ein paar Sekunden. Vielleicht waren es die Frauen, die wissen wollten, wann die Männer endlich nach Hause kämen? Was soll das? Einen Abend habe ich ihn erst getroffen und schon vermisse ich ihn? Verflixt!

Petra merkte ihrer Freundin das an und sagte verschmitzt: »Du vermisst ihn schon, was? Ich habe dich gewarnt, diese Jungs haben etwas Unglaubliches an sich, in ihrem Verhalten und in ihrer Seele auch.«

»Er ist nur süß. Aber glaub mir, ich will hier alles andere als mich verlieben. Mach' dir keine Sorgen! Und überhaupt, er ist zwanzig Jahre jünger als ich. So einen Altersunterschied wagen nur Männer, die jüngere Freundinnen haben wollen. Für ihn bin ich eine Großmutter.«

»Dieser Samir ist eine Schlaftablette. Nichts für mich. Ich glaube, ich schreibe heute mal meinem Ex-Wunsch-Liebhaber. Vielleicht freut er sich ja, dass ich wieder auf Djerba bin? Du steckst mich irgendwie an mit deinem Benehmen.«

Sie lachten beide.

»Aber eines sage ich dir, Elke!« Auf einmal wurde Petra ziemlich ernst. »Was auch immer passiert zwischen dir und Ali, ich kann dich ja doch nicht 24 Stunden überwachen, lass ihn nicht näher an dich heran, als es notwendig ist, verstehst du? Verlieb' dich nicht! Wenn es sein muss, dann geh mit ihm halt ins Bett, aber lass deine Gefühle aus dem Spiel! Versuche, wie ein Mann zu sein! Die können das nämlich. Die können dich voller Leidenschaft vernaschen und dann sagen, sie müssten leider gehen, ein wichtiges Fußballspiel laufe im Fernsehen.«

»Wieso weißt du bloß so viel über Männer? Du, die ja selten länger als ein paar Monate mit einem Mann zusammen war?«

»Ich weiß es eben! Ein Mann kann seine Gefühle einfach zurückstecken, wenn es sein muss. Wir Frauen können das nicht. Wir können unseren Körper nicht einfach so hingeben und denken: Es ist ja nur

Sex. Wenn wir es uns auch einbilden, diese Fähigkeit ist den Kerlen vorbehalten.«

»Ach, Petra!«, sagte Elke. »Ich will mich doch nicht verlieben. Mein Gott, ich habe zurzeit andere Sorgen, als dass ich mir noch eine Ferienaffäre antun würde. Ich weiß auch nicht, es ist irgendwie diese Stimmung auf dieser Insel, der Urlaub halt – und diese verführerischen Augen.«

Sie lachte vor sich hin, als wollte sie sagen: Ich kann machen, was ich will, ich werde nicht widerstehen. Und vielleicht wollte sie ja auch nicht widerstehen. Vielleicht wollte sie – endlich – wieder einmal richtig Gefühle zeigen und empfinden. Gefühle, die sie schon länger nicht mehr empfunden hatte und die für sie wie neu, wie erstmalig erschienen.

Petra sah ihr die Nachdenklichkeit an und wiederholte nur: »Sieh mich an! Ich könnte mit irgendeinem dieser Jungs was anfangen und ihn am nächsten Morgen zum Teufel jagen. Problemlos. Dafür leide ich nicht, wenn wir in ein paar Tagen wieder zu Hause sind. Ich liege dann nicht, wie du es tun würdest, Nächte lang schlaflos in meinem Bett und wälze mich herum und denke nur an ihn.« Und dann schloss Petra ernst ab: »Lass deine Gefühle aus dem Spiel, Mädchen!«

Nach einem kurzen Frühstück lagen Elke und Petra wieder auf ihren Liegestühlen und stellten fest, dass es wieder ein sonniger, heißer, wolkenloser Tag werden würde. Auf einmal piepste Petras Handy.

»Wer kann das denn sein? Es denkt doch irgendeiner an mich«, sagte Petra und lachte.

Auf der Anzeige stand »Noureddine«.

Elke sah ihrer Freundin den Schock an und fragte: »Was ist los? Ein Geist?«

»Ja, das kann man wohl sagen! Reine Telepathie. Es ist Noureddine. Stell dir vor, nach zwei Jahren!«

»Lies, was schreibt er?«, fragte Elke und richtete sich in ihrem Liegestuhl auf.

Petra las für sich und lächelte.

»Komm schon! Mach's nicht so spannend! Was schreibt er?«

»Hallo Zicke. Smily. Du warst gestern im *Café de Tunis* mit einer Freundin und zwei Tunesiern. War es schön? Noureddine.«

Elke dachte kurz nach.

»Verflixt noch mal! Wie kann er das wissen? Na klar! Sein schweigsamer Kollege hat ihm erzählt, er hätte sich eine Touristin geangelt, die ihn bestimmt heiraten und nach Deutschland mitnehmen würde. Sie heiße Petra.«

»Das kann nicht sein. Er weiß doch, dass du nicht die einzige Petra auf der Welt bist. Komm, schreib zurück! Komm schon!«

Am liebsten hätte Petra zurückgeschrieben, sie sei gar nicht auf Djerba und er hätte sie verwechselt.

»Vielleicht ist er am Café vorbeigefahren oder war gar dort und hat uns gesehen? Dieser Teufel! Er hätte doch an den Tisch kommen können.«

»Ja, ist ja gut! Schreib jetzt zurück, dass du dort warst und was er so macht. Los, schreib schon!«

»Hallo, Noureddine. Ja, meine Freundin hat einen Kerl kennen gelernt. Er hat uns eingeladen zu Wasserpfeife und Tee, sein Freund war auch dort. Wie geht's dir?« Sie wollte noch ergänzen: »Und wie geht's Frau und Kindern?« – nur so, um herauszufinden, ob Noureddine inzwischen verheiratet war. Dann ließ sie es jedoch sein, fand, dass es aufdringlich und lächerlich wäre.

»Gut, danke.« Das war die knappe Antwort.

»Was sagt er? Was schreibt er?«, fragte Elke aufgeregt.

»Er schreibt, dass es ihm gut geht. Das ist alles, was er schreibt. Er fragt nicht, in welchem Hotel ich bin. Er will nicht wissen, wie es mir geht. Er bittet nicht um ein Date. Typisch, dieser Teufelskerl! Er treibt ein Spiel mit mir. Diesmal, mein Freund, werde ich aber nicht schwach, da kannst du Gift drauf nehmen!«

»Komm, er war nur kurz angebunden, weil er arbeitet. Er kann dir keine langen SMS schreiben. Frag ihn, was er Samstagabend macht!«

Nun saßen beide Frauen auf ihren Stühlen und diskutierten heftig, was wohl die richtige Strategie wäre, diesen Mann am Samstagabend auf diese Hochzeitsfeier mitzunehmen. Einerseits wussten sie nicht, wie es Ali auffassen würde, oder gar Samir, der wenig Redende. Vielleicht würden beide beleidigt sein? Nein, das mit Samstag war keine gute Idee.

Petra schrieb wieder: »Wie geht's deiner Frau und den Kindern?« Dann sagte sie zu ihrer Freundin: »Scheiße, ich habe ihn gefragt, wie es seiner Frau und den Kindern geht! Bin ich blöd?«

»Gut, danke. Zwei Jungs und ein Mädchen.«

Petra lachte. »Jetzt lügt er!« Und sie schrieb noch einmal: »Vor zwei Jahren warst du ledig! Und jetzt schon drei Kinder?« Das kann nicht sein, dachte sie. Der Typ lügt mich an. Er will mich nur fertig machen, er hat sich nicht geändert, ich mich aber auch nicht. Mal schauen, wer hier stärker ist, eine deutsche Zicke oder ein arabischer Macho.

»Die Jungs sind 18 Monate, Zwillinge. Umaima ist drei Monate alt. Und bei dir? Mann und Kinder?«

»Verflucht! Der Mann ist verheiratet und hat drei Kinder! Das gibt's doch nicht!«, sagte sie verärgert und schrieb zurück: »Ja, drei Männer und ein Kind. Smily.«

Elke schaute ihre Freundin fast mit einem bedauernden Blick an.

»Na ja, du hättest vorher zuschlagen sollen.«

Es klingelt bei Petra kurz. Wieder eine SMS mit dem Absender Noureddine, lediglich ein Smily war zu lesen. Tatsächlich, dachte Petra, er hat eine Tunesierin geheiratet, ist glücklich und hat drei Kinder. Ich sollte ihn in Ruhe lassen.

Ihre Freundin versuchte ihr die schlechte Laune zu vertreiben und zeigte auf die anderen Männer, die genauso schön, interessant und rassig seien. Sie würde bestimmt noch einen Flirtpartner finden.

Dann schrieb Petra wieder eine SMS: »He, Noureddine, Glückwunsch zur kleinen Familie! Ist deine Frau von Djerba?« Sie schrieb das nur einfach so, weil sie nicht mehr wusste, was sie ihn sonst fragen sollte.

Piep, Piep.

»Meine Frau ist nicht von Djerba. Sie ist Deutsche, aus Frankfurt an der Oder.«

»Mich trifft der Schlag! Seine Frau ist Deutsche! Er hat's mit einer anderen Deutschen getrieben und die ist dann hier geblieben! Das gibt's doch nicht. Dieser verfluchte Kerl, warum hat er mich abgewiesen? War er damals schon mit ihr zusammen? 18 Monate sind die Zwillinge alt. Ich war vor zwei Jahren hier. Genau, er muss sie damals schon gekannt haben! Jetzt verstehe ich: Ich war da, als er schon mit der anderen zusammen war. Dieser Mistkerl, er hätte es mir sagen können!«

Petra schien recht verärgert zu sein und Elke konnte nicht mehr viel sagen, denn sie sah auch eine gewisse Traurigkeit in den Augen ihrer sonst sehr gefassten Freundin.

Und wieder kam eine SMS: »He, Petra. Das glaubst du doch nicht alles, oder? Ich bin weder verheiratet noch habe ich Kinder. Wo wohnst du denn?«

Die Erleichterung auf dem Gesicht Petras war deutlich zu sehen, aber auch eine Wut auf diesen Mann, der mit ihr und ihren Gefühlen zu spielen schien. Vor allem schien er ihre Reaktionen vorauszusehen. Sie steckte ihr Handy unter die Matratze und erklärte ihrer Freundin, sie wolle sich jetzt erholen und nicht mehr an diesen Typen denken, der sie immer noch zu besitzen glaubte.

Es vergingen keine drei Minuten, da nahm Petra ihr Handy in die Hand und schrieb. Dann ließ sie es wieder sein, dann fing sie wieder an zu schreiben.

Als es wieder piepste und Petra nur mit offenem Mund dasaß, fragte Elke: »Was ist? Was schreibt er so Böses?«

»Du glaubst es nicht! Das ist der eingebildetste Mann, der mir je begegnet ist! So ein Macho, das gibt's doch gar nicht!«

»Was schreibt er denn?«, fragte Elke noch einmal.

»Hör dir das an: He, liebe Zicke! Ich weiß, du willst mich sehen. Schreib einfach, dass du mich sehen willst! Ist das nicht ein Macho?«

»Und jetzt?«, fragte Elke. »Was schreibst du zurück?«

»Gar nichts!«, antwortete Petra. »Der soll schmoren bis ans Ende seiner Tage. Ich bitte sicher nicht auf den Knien um ein Wiedersehen! Was denkt sich dieser Kerl eigentlich?«

Elke sah ihrer Freundin an, wie schmerzhaft es für sie war, nicht zurückzuschreiben. Sie hatte sie selten in dieser Verfassung gesehen, empört, beleidigt, genervt. Und doch waren in ihren Augen ganz leicht Tränen zu sehen. Sie war nicht traurig, nur dermaßen über einen Mann verärgert, den sie sehr gern zu haben schien. Petra schrieb endlich zurück: »Ja, ich will dich sehen!« Danach drehte sie sich um, schaute aufs Meer und wollte nicht mehr reden. Sie stellte ihr Handy auf lautlos, sendete noch schnell einen Smily und hielt das Handy in der Hand.

Keine Minute später vibrierte es: »Ich will dich auch sehen. Hab dich sehr vermisst. Freue mich auf meine Zicke! Smily.«

Sie lächelte und nickte ein.

Am Abend beschlossen die Frauen, noch nach Houmt Souk zu fahren, bevor sie dann zum Essen ins Hotel zurückkehren würden. Sie waren um 17 Uhr schon in ihrem Zimmer und machten sich bereit. Sie duschten und schminkten sich, als wenn sie auf eine Geschäftsreise gingen.

Um 18 Uhr standen sie vor dem Hotel und nahmen ein Taxi. Natürlich war der Taxifahrer ein gesprächiger Mann, als er feststellte, dass sie Deutsche waren. Und natürlich kam irgendeine inzwischen bekannte Version von einem Cousin in Deutschland, einer verflossenen Beziehung zu einer Deutschen und der Wunsch, irgendwann einmal in dieses wunderbare Land zu gehen.

»Ich würde sehr gerne mal in Deutschland Taxi fahren. Die hätten dort Mercedes und BMW als Taxis. Na ja, bei uns hat es sich auch gebessert, dieser Renault war vor ein paar Jahren undenkbar als Taxi. Unsere Regierung hat das ermöglicht.«

Die Frauen hörten eigentlich nicht zu, aber sie trauten sich nicht, diesem älteren Mann mit einem eigenen Gespräch zu zeigen, dass sie an seiner Geschichte nicht interessiert waren.

»Unsere Regierung und in erster Linie unser Präsident hat uns ermöglicht, solche Taxis zu fahren. Ihr könnt über unser Land sagen, was ihr wollt, aber wir sind fortschrittlich. Wir genießen Freiheiten, von denen viele andere Araber nur träumen. Aber der Mensch ist immer unzufrieden, er will immer mehr. Seht mich an! Ich will nach Europa. Mein Wunsch ist, dort Taxi zu fahren. Wir haben ganz gute Ärzte und Professoren und Wissenschaftler, die in Europa geblieben sind. Unsere Regierung hat ihnen die Ausbildung dort ermöglicht und gehofft, sie würden zurückkommen und dem Land in seiner Entwicklung weiterhelfen. Informatikspezialisten, Modedesigner, Unternehmer, Ingenieure, alle blieben sie in diesem Europa. Es muss wohl ganz anders sein als bei uns.« Der Mann redete ununterbrochen, als wenn er einen Vortrag auswendig gelernt hätte. Er stellte keine Fragen, er diskutierte nicht, er trug nur vor.

Im Zentrum des Hauptortes von Djerba angekommen, rochen sie schon den frisch gemahlenen Kaffee von *Ben Yedder*. Sie hörten die laute Musik dieser kleinen Kioske, die neben Zigaretten, Zeitungen und Kaugummis auch CDs und Kassetten von *Om Kalthoum* und mit moderner tunesischer Musik verkauften. Sie sahen Männer auf einem Platz sitzen, der zwischen zwei Straßen lag, Karten und Domino spielend und ewig auf einen Kellner wartend, der ihnen den Tee oder den Kaffee brachte. Sie begegneten jungen Männern mit einem Yasmin am Ohr, die sich nach ihnen umdrehten, einige Worte in Arabisch sagten und dabei lachten, im Wissen oder in der Vermutung zumindest, dass die Frauen nichts verstanden. Dann kamen sie zum großen Platz, wo

Tonwaren ausgestellt wurden. Kleine, mittlere, große, enorme und überproportionierte Aschenbecher, die einen schlicht, farblos, naturbelassen, die anderen mit Ornamenten, Kamelen, Palmen geschmückt, viele davon blau, einige rot-blau und wiederum andere in vier Farben bemalt. Dann Teller, Schalen, Trinkgefäße und allerlei kleine und große Schmuckstücke aus Ton, Holz, Palmgeflecht und Leder. Etwas weiter hinten die Gewürze, die sie anzogen. Dann dieses Café im Zentrum, das von wenigen Touristen besucht war und wo einige tunesische Männer Musik spielten: eine *Darbouka*, ein *Oud* (eine Laute) und ein Sänger, der klassische Lieder sang. Der Duft von Apfeltabak in den vielen Wasserpfeifen zog sie an, so dass sie vorerst einen Tee trinken wollten, unter diesen Bäumen des Cafés.

Zu ihrer Überraschung sprach der Kellner nicht deutsch. Es gab auch kein Bier. Es war ein echt traditionelles Café. Die Theke im Innern des Cafés, wo natürlich niemand zu dieser Jahreszeit saß, wies eine große Vitrine auf, in der viele verschiedene Süßigkeiten lagen. Die Frauen hatten nicht das geringste Interesse daran, aber dort, wo sie sich hinsetzten, hatten sie die Glasvitrine im Blickfeld. Und gelegentlich sahen sie einen Einheimischen darauf zusteuern und nur mit dem Finger auf eine dieser enormen Kalorienbomben deuten. Er bekam dann das begehrte Stück in Zeitungspapier gewickelt und verschwand damit wieder auf der Straße.

Auf einmal dunkelte es. Es verging keine Viertelstunde, da war es Nacht. Sie genossen die milde Luft und diese orientalische Stimmung. Die Männer räumten langsam ihre Läden auf und machten schon zu, obwohl es von Touristen noch wimmelte. Einige wenige hatten noch offen, wie der Gewürzhändler Mabrouk, bei dem sie auf dem Weg zum Taxistand vorbeigingen. Es roch nach Kardamom, frisch gemahlenem Paprika, scharfer Harissa und Fischgewürz. *Haschisch Jebel* (Bergkräuter) und *Ras Hanout* (ein Würzgemisch) verwirrten ihren Geruchssinn. Sie wechselten ein paar Worte mit dem Händler, der recht gut deutsch sprechen konnte und ihnen in allen Details die verschiedenen Produkte erklärte, ohne aufdringlich zu werden. Als sie sich bedankten und ein paar Schritte machten, zerrte sie ein junger Mann fast direkt in seinen Laden: »Teppisch, Madame! Gucken, nur gucken!«

Sie schafften es nur mit Mühe, ihn loszuwerden, und lachten einige Zeit über seine Entschlossenheit, die Frauen in diesen dunklen Hinterraum zu schleppen, der stapelweise wunderschöne Teppiche aufwies. Aber Petra wusste, wie es funktionierte: »Zuerst machen sie dir die schönsten Komplimente, dann kriegst du Tee – und ich behaupte, der Tee ist nicht ganz sauber – und auf einmal unterschreibst du und machst eine Anzahlung. Ehe du gemerkt hast, dass du etwas gekauft hast, bist du schon im nächsten Laden! Diese Araber sind gerissene Händler.«

Sie schlenderten weiter durch die kleinen Gässchen des alten Djerba und kamen an einem winzigen Lokal vorbei, vor dem sich schon eine Schlange von Einheimischen bildete. Es war eine kleine Theke, hinter der zwei junge Männer standen und *Brik* zubereiteten. Im Raum selber standen mehrere Männer und verzehrten die begehrten Eierspeisen, die in ein schlichtes Papier gewickelt waren. Lediglich ein langes Holzbrett bildete die Ablage. Für Tische und Stühle war in diesem kleinen Raum kein Platz.

Sie beobachteten zwischen den anstehenden Kunden die Arbeit dieser zwei jungen Meister. Einer der Jungs hatte ständig ein Teigblatt in der linken Hand und fragte lediglich: »Mit Thunfisch, Ei, Kapern und Harissa?« Und die meisten Kunden bestätigten, sie präzisierten lediglich den Grad der Schärfe mit »Harra« (scharf) oder »Musch harra yässir« (nicht so scharf). Dann, blitzschnell nahm der junge Mann aus den vorbereiteten und ergonomisch perfekt liegenden Gefäßen die Zutaten: Kartoffeln, Thunfisch, Kapern, Harissa, schlug mit der rechten Hand ein Ei auf und warf es in die Teigtasche, die er in seiner linken hohlen Hand hielt. Er klappte die hauchdünne Teigtasche zu und warf sie in das neben ihm liegende große Gefäß mit brodelnd heißem Öl. Sein Kollege übernahm dann die offensichtlich einfachere Aufgabe. Diese war aber auf die Sekunde genau einzuhalten. Lag das Stück zu lange im Öl, wurde die Kruste zu dunkel und die Zutaten, besonders das Ei, wurden zu hart. Also war auch er ein Meister seiner Arbeit. Und so ergänzten sich diese zwei perfekt.

Durch eine kleine türlose Öffnung konnten die Frauen einen anderen Mann beobachten, der im Hinterzimmer die Zutaten vorbereitete: Kartoffeln vorkochen, Petersilie schneiden, die der erste junge Mann mit einer ganz eleganten und sicheren Bewegung auf das Ei streute, bevor er das Täschchen zumachte.

Sie gingen weiter, an Boutiquen vorbei, die am Schließen waren und ihre Waren einholten: Stoff- und Tontiere, Schalen, Aschenbecher, Teekrügchen, Tassen, *Darboukas* (Trommeln) und andere Souvenirs. An traditionellen Läden mit allerlei Lebensmitteln, an Bijoutiers und Goldschmieden. An Künstlern, die ihre Bilder von Djerba ausstellten, darunter waren auch Bilder von traditionellen Hochzeiten, von Pferden, Kamelen, Plätzen und vor allem Palmen und Meer. Immer wieder schauten sie zurück, um den Rückweg nicht zu verlieren.

Es waren nur noch ein paar wenige Touristen unterwegs. Auf einmal waren sie wieder auf dem Hauptplatz und eine lange Reihe von Taxis stand da. Sie nahmen das erste und fuhren ins Hotel zurück.

Als sie ihren Schlüssel abholten, stand an der Rezeption eine schöne junge Frau mit langem dunklem Haar, wunderschönen mandelförmigen Augen und einem eisernen Blick. Ihr Lächeln war künstlich, wie bewusst unherzlich, geschäftlich, ihre Sprache war perfekt, nicht zu leise, nicht zu laut. Eine sehr gut erzogene und ausgebildete Frau, wahrscheinlich eine aus der neuen Hotelfachschule. Jedenfalls sagte Petra zu ihrer Freundin: »Stell dir vor, wie viele Europäer wegen dieser Frau dahinschmelzen. Und es traut sich keiner, sie auch nur öfter anzusprechen als notwendig. Und wehe, einer macht ihr Angebote für einen Spaziergang, sie würde ihn so giftig anschauen, dass er nie mehr in ihre Nähe käme. Diese Kerle haben ihre Frauen voll im Griff, sie wachsen schon so auf, dass sie keinem zu nahe kommen, bis sie ihn in der Eheschlinge haben.«

»Und was ist mit ihren eigenen Landsleuten? Dürfte ein Tunesier die anmachen?«

»Bestimmt nicht! Aber uns Europäerinnen können sie halt haben, ohne heiraten zu müssen.«

Das Abendessen hatten sie schnell hinter sich gebracht. Es gab Hähnchen und Pommes frites. Dann kam der obligate Schlummertrunk an der Bar und ihre Gespräche drehten sich nun immer mehr um Ali, die Liebe, das Verliebtsein und das Aufpassen mit den Gefühlen.

»Samstag Besuch bei Ali und seiner Familie.« Das hatte Ali Elke auf diesen kleinen Zettel geschrieben und sie hatte ihn auf ihren Nachttisch gelegt. Darauf stand auch die Adresse. Ali gab ihr den Zettel, kurz bevor sie in Midoun ins Taxi stieg. Jedes Mal, wenn die Putzfrauen das Zimmer richteten, vermisste sie den Zettel wieder. Er lag immer auf dem Tisch beim Fernseher in einer kleinen Box mit Prospekten. Und jedes Mal legte sie ihn zurück auf den Nachttisch.

Petra hatte keine besonderen Erwartungen an diesen Besuch. Nur aus Solidarität wollte sie mit ihrer Freundin hingehen. Am liebsten wäre sie mit Noureddine ausgegangen, denn sonntags hatte er frei und sie hätten lange unterwegs sein können. Er hätte ihr einige neue Clubs zeigen können. Na ja, sie hatte es versprochen und es wäre unmöglich für Elke, da allein hinzugehen.

Also nahmen sie ein Taxi und gaben dem Chauffeur die Adresse, die Ali ihnen gegeben hatte. Er konnte sie nicht abholen, aus zwei Gründen: Einerseits war er zur Hochzeit seiner Schwester beschäftigt, andererseits hätten alle Angestellten Kommentare abgegeben, wenn er zwei Touristinnen abholen würde. Es war ein ungeschriebenes Gesetz des Hoteldirektors, dass keine offensichtlichen Geschichten mit Gästen angefangen werden durften. Er hatte strengstens verboten, dass ein Angestellter in seiner Arbeits- oder Freizeit hier eine Frau anders ansprach als rein geschäftlich. Wenn ein Mann etwas mit einer Touristin aus dem Hotel anfangen wollte, dann sollte er das gefälligst außerhalb des Hotels organisieren.

Im Taxi dachte Elke darüber nach, wie viele Angebote sie doch in nur einer Woche bekam. Da war dieser Reiter Ramadan, der Barman Salem, auch der Koch, dessen Namen sie sich nicht merken konnte, der täglich die Omelettes für die Gäste zubereitete, und dann sogar dieser süße junge Animateur, den sie zuerst für schwul hielt, denn so schön konnte ein Mann fast gar nicht sein. Sogar er machte ihr Komplimente. Wie leicht war es doch hier für eine reifere Frau, sich einen schönen jungen Mann zu angeln. Und da war natürlich Ali, zu dem sie nun fuhr, mit vielen widersprüchlichen Gefühlen. Sie war sich nun sicher, dass sie ihn sehr gerne hatte, sie könnte sogar sagen, sie hätte sich verliebt, aber das wollte sie einfach nicht. Sie wehrte sich immer noch dagegen, denn es sah so billig aus: eine Krise mit ihrem Mann, ein Urlaub auf Djerba, eine neue Liebe. Das wollte sie nicht so haben. Und sie war sich seiner Gefühle nicht ganz sicher, sie konnte sie nicht einordnen. Er hätte bestimmt eine jüngere Frau haben können. Sie war so verwirrt. Sie konnte sich nicht mehr erinnern, dass jemals in ihrem Leben ein Mann so viele Gefühle und Zweifel, so viele Hochs und Tiefs in so kurzer Zeit bei ihr auslösen konnte. Ihre Entscheidungen wechselten dann auch fast stündlich. Mal sagte sie sich: Klar, den Mann will ich! Er wird mich glücklich machen. Endlich! Und mal fragte sie sich, ob sie noch ganz bei Sinnen war. Wie soll denn unsere Zukunft aussehen? Ich arbeite täglich und er macht den Haushalt? Mit Schürze und Besen? Und wovon sollte er denn leben in Deutschland? Hatte er Chancen auf einen Job in Augsburg? Sie erinnerte sich auf einmal an diese vielen jungen Nordafrikaner, die sie in Augsburg sah, aber denen sie nie die Beachtung schenkte wie jetzt in ihren Gedanken, da sie nun anfing, Ali in ihnen zu sehen. Was taten sie den ganzen Tag? Sie lungerten herum, verkauften irgendetwas, hatten oft mit der

Polizei zu tun. Und hatten die alle deutsche Frauen zu Hause? Hatten sie sie auch so kennen gelernt, wie sie jetzt Ali getroffen hatte?

Ihr Kopf war voller solcher Gedanken, als aus der Ferne Trommel und Dudelsack ertönten. Der Taxifahrer hielt an und sagte, dass er nicht weiterfahren könne, es gäbe zu viele Kinder. Es seien noch zweihundert Meter zu gehen, immer der Musik nach.

Als sie vor dem Haus Alis standen, staunten sie zunächst darüber, wie die Frauen hier angezogen waren. Petra hatte aus Erfahrung genau vorgeschrieben, wie die Kleidung auszusehen hatte, und glücklicherweise hatten beide Frauen lange Kleider dabei. Auf Kopftücher konnten sie auf Djerba verzichten, aber ansonsten waren sie mehr als korrekt angezogen. Diese jungen Tunesierinnen aber hatten enge Jeans, T-Shirts und Blüschen an, die den Oberkörper betonten. Sie waren besonders stark geschminkt und jede von ihnen hatte ein Handy in der Hand. Die älteren Frauen waren dezenter angezogen. Einige von ihnen, die aus Djerba stammten, kamen mit einem weißen Kleid, das auch den Kopf bedeckte, und einem typischen Strohhut. Die Kinder waren auch festlich angezogen, aber eher modern. Die zwei Europäerinnen hatten ein ganz anderes Bild erwartet.

Ali kam ihnen schnell entgegen und begrüßte beide voller Freude. Alle Kinder bildeten einen Schwarm um die einzigen Europäerinnen in dieser Menge, als Ali sie ins Haus begleitete und seiner Mutter und seiner Schwester, der Braut, vorstellte.

Die Mutter verstand kein Deutsch und kein Französisch, aber die Braut war sehr erfreut, mit ihnen ein paar Worte auf Englisch zu wechseln. Sie freute sich, dass zwei Frauen aus Deutschland an ihrer Hochzeitsfeier teilnehmen würden, es sei für sie eine besondere Ehre.

Ali verschwand, nachdem er Elke und Petra neben seiner Mutter zwei Plätze zuwies. Sie bekamen sofort Tee, Gebäck und Mineralwasser. Es war ein großes Zimmer, das voller Frauen war, junge, alte, moderne, traditionelle. Sie sangen, lachten, erzählten. Zwei ganz alte

Frauen lagen in einer Ecke und schienen zu schlafen. Der ganze Lärm ging an ihnen unbemerkt vorbei. Und so beobachteten die Frauen die Europäerinnen, manche voller Neid über die schöne Haut und das leichte, luftige Haar, andere schienen eher Mitleid zu haben. Was wollten sie wohl sagen, wenn sie es könnten?

Petra erklärte ihrer Freundin: »Weißt du, ich kann mir genau vorstellen, was diese alten Frauen denken: Was machen diese zwei Europäerinnen ohne ihre Männer hier? Was wollen sie von unseren Jungs? Wie ungehobelt, unkultiviert müssen sie doch sein, dass sie allein hier auftauchen!«

Und Elke ergänzte: »Stell dir vor, wenn ich Ali heiraten würde und er bestünde auf so eine Hochzeit! Hier in Djerba, in diesem Haus! Mein Gott!«

»Elke!«, rief Petra aus. »Mädchen, du denkst schon ans Heiraten, wo du noch nicht einmal geschieden bist? Was ist mit dir los?«

»Das war doch nur so ein Gedanke …«

Ja, ja, dachte Petra, nur so ein Gedanke. Meine Freundin ist endgültig verloren. Sie spielt schon mit Heiratsgedanken. Sie hat sich das ganz sicher gut überlegt, sie ist nicht die Spontane. Oh Mann, wie wird das bloß, wenn wir nach Hause kommen? Sebastian wird bestimmt mir die Schuld geben. Erstens war es meine Idee, hierher zu kommen, und zweitens habe ich ihm persönlich versprochen, auf sie aufzupassen. Ich werde nie seine Worte vergessen: »Petra, du bist die Erfahrene mit diesem Land und diesen Männern. Du bist die Vernünftige von euch zweien. Also bitte, pass auf sie auf, okay?«

Die Musik wurde immer lauter und die Frauen lockerer. Sie tanzten in Gruppen, gelegentlich mischten sich ein paar junge Männer in die Frauenrunde, aber nur kurz, dann verschwanden sie wieder. Ali kam mehrmals herein, um zu fragen, ob alles in Ordnung sei, ob sie genug zu essen und zu trinken hätten. Dann verschwand er wieder zu den Männern. Er hatte die Aufgabe übernommen, die männlichen Gäste zu bedienen. Freunde, Verwandte und Bekannte seiner Familie und jene des Bräutigams saßen in einem großen leeren Raum im Nachbarhaus und hörten moderne und arabische Musik. Sie diskutierten über Weltpolitik, den Golfkrieg, Israel und Palästina.

Die deutschen Frauen verbrachten einen äußerst interessanten Abend. Elke versuchte gelegentlich mit Hilfe der Braut oder einer anderen jungen Frau, die etwas deutsch oder englisch sprach, ein paar Fragen zu stellen. Selma, so hieß Alis Mutter, wünschte sich nichts Sehnlicheres, als dass ihr Sohn Ali endlich auch heiraten würde. Er hätte so viele Cousinen, die sie ihm vorgeschlagen hatte, aber er hätte immer abgelehnt. Dieser Tourismus sei das Problem, versuchte sie zu erklären. Es sei ein schwieriger Beruf mit unregelmäßigen Arbeitszeiten. Aber er wollte das so, er fühlte sich wohl im Hotel. Und es ging halt viel Geld vom Lohn verloren durch nächtliche Café-Besuche und teure Kleider. Diese jungen Leute wüssten nicht mehr mit dem Geld umzugehen. Sie gaben an einem Abend aus, was sie und ihr Mann als junges Paar in einem Monat verdienten. »Die Jungen haben das Verhältnis zum Geld verloren«, sagte sie mit einer leicht bitteren Note in ihrem Gesicht.

Gegen zehn Uhr abends war es dann so weit. Der Bräutigam wurde von etwa fünfzig Männern vom Nebenhaus in sein neues Zuhause begleitet. Dabei sangen sie ein ganz besonderes Lied, das in vielen Teilen des Landes zu diesem Anlass, und nur zu diesem Anlass, gesungen wird. Sie gingen mit ihm um ein paar Straßenecken, dann ließen sie ihn die letzten Schritte alleine machen, standen noch eine Weile vor dem Haus, um das Lied fertig zu singen, und gingen dann wortlos davon, wieder ins Zimmer, wo sie weiter redeten und Tee tranken.

Es war den europäischen Frauen nicht aufgefallen, dass die Braut schon längst in diesem Haus war, in ihrem neuen Zuhause, wo sie auf ihren Bräutigam, nun ihren Mann, wartete. In der Regel war es für beide das erste Mal, dass sie mit dem anderen Geschlecht so intim würden. Aber bei ihrem Mann, der auch im Tourismus arbeitete, wusste man das nicht so genau. Und bei ihr hatte auch niemand gefragt.

»Früher«, erklärte eine junge Frau namens Jamila den europäischen

Gästen mit einem Kichern, »da kam der Mann wie eine Furie aus dem Haus und klagte die ganze Familie seiner Braut an, er sei um das Wichtigste betrogen worden. Und früher hat man eine solche Frau bestraft, indem sie keinen Mann mehr bekam, Abfindung zahlen musste und die ganze Hochzeit endete in einer Katastrophe. Heute ist man diskreter geworden, die Eheleute arrangieren sich.« Das sagte sie mit einer Art Freude, Genugtuung und etwas Stolz. Sie wollte damit ausdrücken, dass auch die Frauen nun mehr Freiheiten genießen konnten und manchmal schon vor der Hochzeit mit einem Mann etwas hätten, nicht nur die Männer mit einer Frau. »Die meisten Männer auf Djerba«, betonte sie, »haben sowieso irgendwann mal was mit einer Touristin oder mehreren. Aber dann, wenn sie sich zur Heirat entscheiden, erwarten sie Tugend und Jungfräulichkeit.« Zum Glück seien sie, die jungen Tunesierinnen, nicht mehr so unter der Kandare, wie ihre Mütter es waren. Aber sie gab auch gerne zu, dass die Männer früher enthaltsamer und zurückhaltender waren, in den allermeisten Fällen traten sie die Ehe auch »jungfräulich« an. Aber die Zeit stünde halt nicht still und die Welt und die Gesellschaft entwickelten sich.

Als die Frauen über die Braut, Nour, mehr erfahren wollten, erklärte ihre Mutter, die neben ihrer Schwägerin, der Mutter des Bräutigams, saß: »Meine Tochter ist das Goldstück in einem Sack voller Silberlinge.« Und alle Frauen lachten. Dann fügte sie an, dass ihre einzige Tochter, eben Nour, eine wunderbare Tochter, ein lebenslustiger Mensch und eine fleißige und loyale Frau sei. Sie werde bestimmt eine glückliche Ehe haben. Die Schwägerin, eine modern aussehende Frau mit feiner Brille und einem hauchdünnen weißen Kopftuch, ergänzte: »Das kann ich bestätigen. Wir sind alle glücklich, dass unser Samir diese Frau bekommen hat.«

Was den ausländischen Gästen in ihrem Bemühen, alles zu verstehen, entging, waren einige Gesten und Mimiken, kaum bemerkbar, in den Gesichtern anderer Mütter von heiratsfähigen Männern. Sie wollten die Mütter der Brautleute nicht beleidigen, aber eigentlich dachten sie, dass diese Frauen wohl übertrieben. Klar, Nour war eine schöne Frau, aber schöne Frauen haben ihre Macken. Sie ziehen Männer förmlich an und das kann zu Problemen führen. Dazu kam noch, dass Nour in einer Bank arbeitete und viel mit Männern zu tun hatte. Wie lange konnte das wohl gut gehen? Und Samir war gar kein so begehrenswerter Schwiegersohn. Er arbeitete im Tourismus und würde gelegentlich spät nach Hause kommen. Wie käme das später mit den Kindern heraus? Und was wäre, wenn ihm irgend so eine Fremde aus Europa den Kopf verdrehte, wie es so manchem bravem Mann passierte? So begehrenswert ist dein Sohn auch nicht, wollten sie am liebsten sagen.

Petra und Elke fühlten sich wohl, gut verstanden, respektiert und fast ein bisschen zu Hause in dieser Frauenrunde. Aber sie befanden sich nicht in einer typisch arabischen Familie, so, wie sie schon davon gehört und gelesen hatten. Die Frauen sprachen offen und locker über alles, sogar über das Thema Männer, Liebe und Sex wurde leise gesprochen. Nur beim Vater von Ali und den meisten Männern seiner Generation, da spürten sie diesen Abstand. Die jüngeren Männer, auch die verheirateten, hatten eine offene, herzliche Art.

Petra erklärte ihrer Freundin, dass das nicht überall so sei. Es gäbe hier auf Djerba auch Familien, wo junge Männer einer Frau beim Händeschütteln – wenn man zu dieser flüchtigen Berührung bei der Begrüßung überhaupt »schütteln« sagen konnte – nicht einmal in die Augen sähen. Das sei aus reinem Respekt, nicht despektierlich gemeint. Ein Mann wolle sich durch den Blick einer Frau nicht reizen, auf komische Gedanken bringen lassen.

Aber in dieser lockeren Stimmung, diesen familiären Verhältnissen war es einfach, auch längere Zeit zu verbringen, auch wenn man aus Deutschland kam. Die Leute hier hatten sich an westliche Verhältnisse angepasst, vielleicht wegen des Tourismus. Jedenfalls ertappte sich Elke bei dem Gedanken, hier eine Woche verbringen zu wollen. Sie wollte mehr erfahren über diese jungen Frauen, die ständig in die

Küche rannten, beim Vorbeihuschen nett lächelten und den Anschein machten, als würden sie so gerne mit ihr länger reden, aber die Gelegenheit sei halt schlecht gewählt. In eine Hochzeit seien die Cousinen und die Nachbarinnen der Brautleute voll involviert. Es sah so aus, als wünschten sich alle, Elke und Petra wiederzusehen, auch wenn es niemand klar aussprach. Es widerspiegelte ihre eigenen Gefühle und das fand sie schön!

Gegen 23 Uhr verabschiedeten sich die Frauen. Selma, Alis Mutter, umarmte beide ganz herzlich und entschuldigte sich für den unwürdigen Empfang. Es sei halt so viel los zu so einer Hochzeit, sie hätte gerne mit ihnen länger geredet. Aber vielleicht ergäbe sich ja wieder mal eine Gelegenheit. Dabei schaute sie Elke lange und fast fragend an. Ali musste ihr schon die Verhältnisse erzählt haben. Und sie ließ Elkes Hand erst los, als diese sagte: »Ja, ich hoffe, wir werden uns wiedersehen.« Und daraus wurde aus dem Mund einer jungen Übersetzerin: »Ja, Tante Selma, ich komme ganz sicher wieder!«

Ali begleitete sie ins Hotel, blieb aber vor dem Tor stehen, als sie aus dem Taxi stiegen. Petra war so höflich und ging schon mal vor, jedoch nicht so weit, dass sie ihre Freundin nicht mehr sehen konnte. Ali stand da, traute sich nicht, näher zu kommen als notwendig, um mit ihr leise zu reden, denn der Hotelwächter erkannte beide und grinste viel sagend. Er entschuldigte sich auch, dass er keine Zeit für sie gehabt hatte. Er wäre so gerne eine Weile alleine mit ihr gewesen.

»Du hast Sachen gesehen, vielleicht nicht verstanden, ich will erklären, aber keine Zeit leider, viel Arbeit mit Männer.«

»Kein Problem, Ali, es war sehr schön. Danke, dass ich das erleben durfte. Deine Mutter ist wirklich nett und deine Schwester war eine so schöne Braut.« Sie ging einen Schritt auf ihn zu und drückte ihn. Der Hotelwächter schaute zur Seite, sozusagen um Ali die Freiheit zu geben, sich auch auszudrücken. Und Ali nahm Elke in die Arme und flüsterte ein paar Worte in ihr Ohr. Sie lachte herzlich und sichtlich erfreut. Dann küsste sie ihn auf die Wange, lief davon wie ein Teenager und lachte über sich selbst. Sie ergriff regelrecht die Flucht, weil sie spürte, dass jetzt ein kritischer Moment zwischen ihnen beiden war.

»Jetzt ist's um dich geschehen, Mädchen!«, sagte Petra ihrer Freundin, als sie den Zimmerschlüssel abholten.

Der junge Moncef an der Rezeption erkundigte sich höflich und geschäftlich über den Verlauf ihres Abends. Elke wollte schon erzählen, aber Petra schnitt ihr die Worte ab, indem sie kurz und bündig einwarf: »Wir hatten einen schönen Abend, danke.« Dann zerrte sie ihre Freundin an die Bar. »Noch einen Schlummertrunk, obwohl Salem heute arbeitet?«

Sie nahmen einen Drink und redeten. Petra versuchte mit allen Mitteln zu beschreiben, was hier ablief, dass Elke in die klassische Falle des Ich-will-unbedingt-nach-Europa-Tunesiers gefallen war.

Und Elke versuchte zu erklären, dass sie sich unsterblich in diesen Mann verliebt hatte. Er sei ihr immer mit Distanz und Höflichkeit begegnet, mit Respekt und Bewunderung. »Du bist nicht etwa auf mich eifersüchtig, Petra, oder?«

»Um Gottes willen, ich will dich nur von einer ganz dummen Tat abhalten! Was glaubst du, will er von dir? Jetzt muss ich Klartext mit dir reden! Was meinst du, was er jetzt seinen Freunden erzählt? Soll ich es dir vorspielen? Hast du die Nerven?«

Elke lächelte bloß, aber sie hörte ihrer Freundin zu, wie sie Ali nachmachte.

»Freunde, Freunde, ich hab's geschafft! Ich, Ali, der Frühstücksbringer und Kaffee-oder-Tee-Anbieter, habe eine dumme Deutsche gefunden, die eine Krise mit ihrem Mann hat und mich bald heiraten wird! Ich werde in dieses sagenhafte Deutschland gehen und wie mein Bruder Geld wie Heu verdienen. Und sie glaubt bestimmt, dass ich sie liebe. Und dann werden alle lachen und ihn beglückwünschen!«, endete Petra ihr Gespött.

Elke war es sichtlich unangenehm. »Du bist so mies«, sagte sie und ging in Richtung Zimmer. Petra unterschrieb die Rechnung und eilte ihrer Freundin nach. Sie nahm sie noch vor dem Lift in den Arm und versuchte sich zu entschuldigen. Elke wollte im Moment aber nicht reden und Petra akzeptierte das.

Als sie ins Bett gingen, sagte Petra noch: »Gute Nacht, meine Liebe. Ich habe dir das alles nur gesagt, damit ich nicht in einem Jahr den Vorwurf höre, ich hätte dich ins Messer laufen lassen. Aber du bist erwachsen. Es ist deine Entscheidung!«

Elke dachte noch lange nach und schlief spät ein.

Es ist mir egal, was Petra denkt. Ich bin so glücklich und das sieht man mir an. Das gönnt sie mir halt nicht. Sie mit ihrem ewigen Wunsch Noureddine. Ich habe Ali sofort gemocht und er mich auch. Sie turtelt mit diesem Supermann Noureddine seit Jahren herum und bringt es zu nichts mit ihm. Sie ist es, die ausgenutzt wird, nicht ich. Und es werden mich noch viele andere um mein Glück beneiden. Das ist mir egal. Ich muss es nur meinen Kindern erklären, niemand anderem. Ich werde sie auch wegen Ali nicht verlassen, aber er wird einen Platz in meinem Leben einnehmen, einen wichtigen. Seine Mutter ist so was von lieb. Diese Stimmung bei ihnen zu Hause! Die Frauen unter sich, die Männer separat. Warum nicht? Sie haben sich trotzdem köstlich amüsiert. Und die meisten sprechen etwas deutsch. Und ich könnte doch auch mal etwas arabisch lernen. Das wäre eine neue Aufgabe, eine schöne Aufgabe.

Ich weiß, ich weiß, es kommen schwierige Zeiten auf uns zu. Und überhaupt! Vielleicht denke ich viel weiter als er. Vielleicht will er ja nur eine Ferienbeziehung? Ich muss es herausfinden, bevor der Urlaub zu Ende ist. Ich muss endlich mal alleine mit ihm ausgehen. Ich muss mich mit ihm dringend aussprechen. Heute ist Samstag, ich habe noch etwas Zeit. Ich will es genau wissen! Und so kompliziert wird ja das Ganze in Augsburg auch nicht sein. Wieso soll er nicht in einem Café einen Job kriegen, sich dann weiterbilden und mir im Haushalt helfen? Es ist nur schwer, wenn man unflexibel ist. Und wie schön, wenn ich dann mal mit den Kindern hierher komme. Sie werden sich amüsieren mit diesen kleinen herzigen gleichaltrigen Buben und Mädchen. Ich bin drauf und dran, aus einer traditionell deutsch-deutschen Beziehung auszusteigen und in eine multikulturelle einzusteigen. Wie aufregend! Aber zuerst muss ich mir Klarheit verschaffen. Was will Ali von mir? Petra hat Erfahrung, ich sollte doch ein bisschen auf sie hören. Ich will es aber aus seinem Mund hören. Ich werde ihn ausquetschen und ihm stets in die Augen sehen, wenn er mir etwas beteuert. Ich werde nicht gehen, bevor ich Klarheit habe!

Am nächsten Morgen war wieder mal ausschlafen angesagt. Aber kaum wach, dachte Elke schon an Ali, der unten schon Kaffee und Tee anbot. Sie spürte schon eine leichte Hemmung, na ja, keine Eifersucht, aber eine Art spannende Frage, ein Wundern oder noch genauer eine Art Rätseln, ob Ali eine andere Touristin anlächeln würde. Es täte ihr richtig weh, stellte sie so etwas fest, wenn sie jetzt ganz überraschend in den Frühstückssaal eintreten würde.

Aber es war ganz anders. Als die beiden Frauen in den Frühstückssaal eintraten, sah Elke ihm die Aufregung und die Freude an. Er konnte jedoch nicht auf sie zugehen, sein Chef de Service beobachtete alle Mitarbeiter. Und so begnügten sie sich mit einem »Bonjour« und einem viel sagenden Blick.

Während des Frühstücks schrieb Elke auf kleinen Zetteln Nachrichten, die sie ihm unauffällig und klein zusammengefaltet gab, wenn er am Tisch stand und irgendetwas tat, mal war es Kaffee nachfüllen, mal war es Zucker auswechseln, dann glaubte er, einen Fleck auf dem Tisch zu sehen, dann aber tat er so, als wenn er den Tisch neben ihnen nochmals richten müsste.

»Ali, ich habe die ganze Nacht an dich gedacht.«

Ali lachte und zwinkerte Elke zu, nachdem er den Zettel in der Küche kurz lesen konnte.

»Mein Liebster, ich vermisse dich! Kann ich dich heute sehen?«

»17 Uhr *Café de Tunis*«, war die kurze Nachricht, die Ali auf die

Serviette von Elke schrieb. »Bitte komm alleine!«, flüsterte er noch, bevor er seinen Chef im Augenwinkel sah.

Petra schüttelte dabei nur gelegentlich den Kopf und fand dieses Spiel kindisch. Eine Frau in den besten Jahren und ein Kerl mit einem Namensschild schrieben sich Liebeszettel wie in der Schule! Sie war nicht so romantisch. Sie wollte es auch nicht sein. Was hatte man von Romantik schon? Nur einen harten Fall danach. Lieber realistisch und auf dem Boden bleiben, die Liebe in der Seele schmerzte zu sehr. Daher ließ sie selten jemanden an sich heran. Sie würde Noureddine bestimmt keine Zettelchen schreiben und ihm ihre Liebe gestehen. Sie würde ihm vielmehr ins Gesicht sagen: »Lieb' mich auf der Stelle, wenn du ein Mann bist!« Und dennoch, sie beneidete ihre Freundin um diese jugendliche Liebe, dieses naive Verliebtsein, diese Blindheit, die keine Zweifel zuließ, diese Bereitschaft, alles zu glauben und jedes schmeichelhafte Wort eines Mannes für bare Münze zu nehmen, niemals zu glauben, dass dahinter mehr steckte, etwa Taktik, Übertreibung, gar Lüge. Elke war in einer zweiten Pubertät. Sie war definitiv einem Mann verfallen, wie es Petra verhindern wollte. Und sie konnte nur zusehen. Würde sie ihr noch mehr Fragen stellen, sie noch mehr auf den Boden der Realität zurückzubringen versuchen, dann wäre sie, Elke, glatt im Stande, die letzten paar Ferientage nicht mehr mit ihr zu reden. Sie würde sogar an ihrer Freundschaft zweifeln, bevor sie die Worte dieses Mannes hinterfragen würde. Und so ließ Petra es beim Lächeln und Kopfschütteln bewenden.

Als Elke beim Hinausgehen ihren Plan vom alleine ins *Café de Tunis* Gehen erklärte, sagte Petra nur leise: »Dann werde ich mir auch einen Lover suchen. Vielleicht reite ich mit diesem langhaarigen Touareg in die Steppe und liebe ihn unter einer Palme!«

Aber zunächst beschlossen sie, diesen schon wieder warmen, hellen Tag am Pool und am Strand zu genießen und zu beobachten, wie sich eine Touristin nach der anderen einen Freund schnappte. Es schien ein regelrechtes Spiel zu sein. Anfangs bemerkte man das nicht, bis man auf die Details der Annäherung achtete. Aus einem einfachen Gespräch über einen Fototermin, ein Lottospiel, ein paar Trauben oder traditionelle Tücher wurde auf einmal ein intimes, leises Geflüster, und man konnte nur lachen, wenn man die Maschen der Jungs und die Reaktionen der Frauen betrachtete. Das wollten sie heute besonders genau beobachten.

In Augsburg regnete es. Die Kinder saßen seit den Morgenstunden vor dem Fernseher, Sebastian an seinem PC.

Der Frühstückstisch war nicht aufgeräumt. Sebastian konnte nur so viel Motivation aufbringen, um mit seiner Tochter das Zimmer aufzuräumen. Kevins Zimmer stand noch nicht auf dem Programm. Er hatte eine Galgenfrist bis Mittag erwirkt, um sein Zimmer aufzuräumen.

»Wollen wir heute Abend zu McDonald's?«, rief Sebastian aus seinem Arbeitszimmer.

Einstimmig ertönte ein lautes Ja.

Er war froh, dass sie sich keine frisch gemachten Spaghettisoßen wünschten, keinen Salat, kein Risotto, wie sie es sonntags sonst von ihrer Mutter gewohnt waren. Er hatte die letzten zwei Tage eine miese Stimmung, keine Energie, war verschnupft und litt an Schlafmangel.

Ralph hatte sich für nachmittags vier Uhr auf ein Bier angemeldet. Es würde ihm gut tun, seine negativen Gedanken loszuwerden. Aber er wusste schon, was ihm Ralph sagen würde: Er solle sich mit der Situation abfinden, seine Frau wäre doch schließlich in diesen Urlaub wie auf eine Flucht gegangen. Er würde ihm sagen, dass Elke auf jedes kleine Kompliment wie ein pubertierendes Mädchen mit Herzrasen und Schwitzen reagieren würde. Das, was sie vor vielen Jahren kalt gelassen hätte wie eine Kühltruhe, das würde sie in dieser Situation anheizen. Und er würde sagen, dass es nur eine Frage von Tagen sei, bis irgendeiner sie knackte, sie, die nicht einmal vorspielen konnte, dass sie nichts von Ferienliebschaften hielt. Sie würde offen sein für alle und alles.

Trotzdem freute sich Sebastian auf den Besuch, denn zum ersten Mal im Leben stellte er fest, dass Elke ihm nicht nur als seine Frau fehlte, sondern auch als Mutter seiner Kinder, als Begleiterin im Alltag. Auch wenn er früher nicht viel zu Hause war, er wusste stets, dass auf sie Verlass war. Sie war meistens da, wenn er nach Hause kam. Und nun? Seit Tagen stand er alleine auf, ging alleine durch den Tag und alleine in die Nacht, um wieder alleine aufzustehen. Natürlich waren die Kinder da, natürlich waren auch seine Eltern und die vielen Freunde da, aber es war einfach anders. Ohne Elke durch das Leben zu gehen, war sehr gewöhnungsbedürftig. Und er hatte Angst vor der Vorstellung, dass es noch lange so gehen könnte, wenn sie etwa mit dem Entscheid zurückkäme, sie wolle eine Art Auszeit, jeder für sich, für eine Weile nur. Das würde er kaum verkraften. Er hätte sie nicht gehen lassen sollen. Auch wenn Petra dabei war, was konnte ihre Freundin tun gegen einen schönen Mann, einen Animateur, der sie zu einem Drink einlud und dann zum Strand? Sie konnte sie doch nicht mit Gewalt daran hindern. Er hätte mitgehen sollen oder sie hätte anderswohin fahren sollen. Er erinnerte sich so gut an Ägypten, das sie früher mehrmals besuchten. Es war immer dasselbe Theater mit diesen Jungs. Er musste ständig sagen und wiederholen, dass diese Frau seine Ehefrau war, dass sie nicht alleine da war und dass sie keine Kontakte suchte.

Und nun war sie dort, alleine, also mit einer Freundin, noch schlimmer. Wieso sollten die Jungs ihr glauben, dass sie verheiratet war? Und wenn schon, ihr Mann war weit weg. Ein, zwei Gläser und dann würde sie in dieser Lebensphase jedem Mann verfallen. Er erinnerte sich, wie schwer es seinerzeit war, seiner Mitarbeiterin Andrea nicht zu verfallen. Hätten sie keine geschäftliche Beziehung gehabt, was wäre da alles passiert? Sie hätte nur ein Wort sagen müssen und er wäre ihr ins Zimmer und ins Bett gefolgt. Und jetzt wusste er, dass seine Frau in dieser Lage war …

Die Nacht der Nächte

Elke ging in ihrem Zimmer hin und her wie eine Löwin im Käfig. Sie wartete auf Ali. Er versprach ihr, nach Arbeitsschluss sofort bei ihr anzuklopfen.

Petra hatte nach langem Warnen und Zureden freundlicherweise zugestimmt, heute später ins Zimmer zu kommen. Sie sagte zu ihrer Freundin: »Elke, um Gottes willen, denk an Sebastian! Und wenn nicht an ihn, dann an deine Kinder! Mädchen, mach' uns nicht alle unglücklich!«

Und so wartete sie auf ihren Liebhaber, von dem sie so vieles erwartete, was sie die letzten Jahre nicht hatte. Sie stellte sich vor, wie es sein würde – die erste romantische Berührung, dann ein schüchterner Kuss, wie aus Versehen, auf den Mund, die leidenschaftliche Umarmung, dieses Feuer, das durch ihren ganzen Körper fließen würde. Sie wollte brennen, sie wollte lieben, weinen und schreien.

Sie wartete.

Seit Ali sie um dieses Treffen gebeten hatte, konnte sie nicht aufhören, darüber nachzudenken, ob es richtig war.

Ich betrüge meinen Mann! Wenn ich schon geschieden wäre, dann wäre ich frei. Aber ich will mich ja scheiden lassen! Ich kann doch nicht deswegen diese Nacht sausen lassen! Ich werde mit Sebastian nichts mehr anfangen, körperlich. Ich bin somit eigentlich frei. Was soll das alles? Wieso mache ausgerechnet ich mir diese Gedanken? Hat mein Mann denn auf seinen vielen Geschäftsreisen nie etwas mit einer anderen Frau gehabt? Wer sagt mir das? Mal war es Sebastian, der ihr in den Sinn kam, mal waren es die Kinder. Gelegentlich waren es ihre Eltern, die sie schon sah: »Aber Elke, um Gottes willen, Tochter! Was hast du uns angetan?« Es kamen ihr sogar ihre Nachbarn in den Sinn, Heinz und Friederike, erfolgreiche Leute, jung, dynamisch, reich, aber erzkonservativ. Sie hatten schon die halbe Welt bereist und brachten von jeder Reise Hunderte von Fotos mit, aber trotzdem sind sie konservativ geblieben. Sie würden ihr die Leviten lesen.

Sebastian brachte inzwischen die Kinder ins Bett. Er hatte mit ihnen Spaghetti gekocht. Das mit McDonald's ließen sie ausfallen, nachdem Ralph Kuchen mitgebracht hatte. Seine Kinder halfen ihm beim Zwiebeln Schneiden, beim Knoblauch Pressen, nur beim Hacken der frischen Tomaten ließ er sich nicht helfen. Das scharfe Messer war ihm für die Kinder zu gefährlich. Sie hatten selten zusammen gekocht, die Kinder und er, aber heute Abend wollte er es, weil er sich ablenken wollte. In ein paar Tagen würde seine Frau heimkommen. Was würde wohl sein? Würde sie dieselbe sein? Jedenfalls kochten Sebastian und die Kinder mal ganz anders, als sie von Nachbarn und Freunden gewohnt waren. Heute gab es alles frisch! Sie redeten nicht viel. Auf die Fragen seiner Kinder, warum Mama alleine in den Urlaub gefahren sei, hatte er schon eine Woche zuvor geantwortet, dass sie halt mal Ruhe vor ihnen allen bräuchte, auch vor ihm. »Eine Mutter ist eine gestresste Persönlichkeit, wisst ihr. Wenn ich Stress im Beruf habe, kann ich ins Fitnesscenter oder mit meinen Arbeitskollegen etwas trinken gehen und Abwechslung bekommen. Aber eure Mutter ist immer im Haus beschäftigt und hat darum keine Abwechslung. Es wird ihr gut tun, wenn sie mal einen Tapetenwechsel hat.« Er hoffte, dass sie es ihm abnahmen.

An Elkes Zimmertür klopfte es. Ihr Herz pochte im gleichen Rhythmus. Sie ging auf die Tür zu und dachte ein letztes Mal daran, ob das richtig war. Innerhalb Sekunden kamen ihr alle Zweifel wieder in den Sinn. Was ist, wenn es mir gefällt, was heute passiert? Was ist, wenn er mehr von mir will als diese eine Nacht meines Urlaubs? Was ist, wenn ich mich wirklich verliebe? Nein, nein, das wird nicht passieren! Es ist nichts anderes als ein One-Night-Stand, den schon so viele Frauen hatten. Warum nicht auch ich? Verflixt! Was mache ich mir für Sorgen? Ich habe jahrelang keinen tollen Sex mehr gehabt – und das ist es, was ich heute will, nicht mehr und nicht weniger. Ich mache jetzt die Türe auf. Aber … Hat er wirklich keine andere Touristin auf Reserve? Soll ich ihn fragen? Nein, dumme Kuh, was riskierst du da? Nimm einfach! Nimm!

Sie rieb ihre Hände, sie waren feucht. Sie fuhr nervös über ihr Haar. Sie ging einen Schritt zurück. Was ist, wenn Sebastian es erfährt? Wenn Petra sich verplappert? Was ist mit meinen Kindern? Wie könnte ich ihnen in die Augen sehen, wenn ich sage: »Ich verlasse euch« oder »Euer Vater verlässt uns, weil ich …«? Nein, niemand wird es erfahren! Es ist einmalig! Ein einziges Mal! Ich mache es nie wieder! Verflucht, ich kann nicht nein sagen!

Es klopfte wieder.

Sie machte auf.

Sebastian saß am Bettrand bei seiner Tochter.

Jessica sagte: »Papa, diese Schokomousse war lecker. Du solltest Konditor werden!« Sie lachten herzlich. Sebastian bemerkte den nachdenklichen Ausdruck seiner Tochter. »Geht's dir gut, Papa?«

»Ja doch, mein Schatz. Ich vermisse nur – wie ihr auch – eure Mutter!«

Sie gaben sich einen Gute-Nacht-Kuss. Sebastian drehte das Licht aus und ging in sein Arbeitszimmer. Er rief seinen Freund Ralph an. Dieser nahm sofort ab, es klingelte nicht zwei Mal.

»Sebastian, was ist? Ist alles in Ordnung?«

»Ja, alles okay! Mach' dir keine Sorgen. Mann, du hast schneller abgenommen, als ich erwartet habe. Du machst dir wegen uns keine Sorgen, oder?«

»Nein, ich dachte nur, vielleicht … äh, vielleicht hast du von Elke etwas gehört.«

»Nein, bisher nicht. Ein, zwei SMS an die Kinder, dass alles okay sei. Sonst nichts.«

»Und, Sebastian? Hast du dir unser Gespräch überlegt? Bist du zu einem Schluss gekommen?«

»Ja, ich weiß jetzt, was meiner Frau fehlt: Zeit, Liebe, Aufmerksamkeit, Zärtlichkeit. Ich weiß, wie ich es richten kann. Ich werde ihr bei ihrer Heimkehr einen Vorschlag machen. Noch auf dem Flughafen, wenn ich sie abhole. Weißt du, ich habe eingesehen, dass Arbeit, Geld und Karriere allein einen Mann nicht glücklich machen. Ich werde …«

Ralph unterbrach ihn: »Was für einen Vorschlag?«

»Ich werde die Arbeit reduzieren. Ich werde mir einen anderen Job suchen, einen, der mich nicht so sehr beansprucht. Kannst du dir vorstellen, Ralph, was es für mich und die Kinder bedeutet, diese Frau zu verlieren?«

Die beiden Freunde redeten lange. Während Ralph ständig seinen Freund davon überzeugen wollte, dass er sich auf ein Aus einstellen sollte, konnte Sebastian diesen Gedanken gar nicht zulassen. »Ich liebe sie aber!«, schloss Sebastian das Gespräch.

Ali drang schnell ins Zimmer und schloss die Türe hinter sich. Elke verstand das. Sie bereute auch schon, ihn so lange vor der Tür warten lassen zu haben. Hätte ihn ein Angestellter gesehen und ihn verpfiffen, er wäre noch am gleichen Abend seinen Job losgeworden. Es war ihr bekannt, dass es absolut verboten war, als Angestellter in ein Zimmer einer Touristin zu gehen, auch wenn sie ihn dazu eingeladen hatte.

Sie umarmten sich wortlos. Die Flasche, die er in einem Plastiksack dabei hatte, stellte er auf ihren Nachttisch. Sie wollte ihn küssen, aber er riss sich los und ging ins Badezimmer, holte die zwei Gläser, in denen die Zahnbürsten standen, spülte sie nicht einmal und goss Whisky hinein.

Sie schauten sich lange in die Augen. Er wollte schon ansetzen, aber sie hinderte ihn daran und wollte mit ihm anstoßen. Als wenn er sich entschuldigen wollte, lächelte er. Dann tranken sie die Gläser aus, er in zwei Zügen, Elke brauchte etwas länger.

Sie nahm seine Hand und küsste sie. Es war ihm unangenehm. Stattdessen nahm er ihre Hand und küsste jeden Finger. Er streifte mit seinen vollen Lippen über ihr Handgelenk, ihren Unterarm und kam mit seinen zarten Küssen bis zu ihrer Schulter. Es fröstelte sie. Er bemerkte die Gänsehaut, fasste es richtig auf und machte weiter. Sie schloss die Augen. Davon profitierte er oder er fasste es als Aufforderung auf. Sein Mund lag eng an ihrem Hals und streichelte sie, er ließ seine Zunge von ihrem Hals bis zu ihrem Kinn gleiten, bis knapp unter die Unterlippe. Sie machte leicht den Mund auf und stöhnte leise. Ihre Hände hielt er fest in seinen. Dann drehte er sie um, nahm ihre Haare beiseite und küsste ihren Nacken. Wieder hörte er ihr Stöhnen. Sie standen eng aneinandergepresst und sie spürte ihn und seine Erregung. Sie schmiegte sich an ihn, nahm seinen Arm und legte ihn um ihren Bauch. Er presste sie ganz fest an sich. Jetzt stöhnte auch er. Sie legten sich aufs Bett, sie liebkosten einander. Sie hatte Erfahrung mit Männern, Ali schien eher zögerlich vorzugehen und wartete ab, wie sie reagierte. Sie führte sozusagen und er erwies sich als sehr flexibel. Sie liebten sich so leidenschaftlich, dass ihr der Atem weg blieb. Es vergingen Minuten, bis sie endlich schreien konnte, und Ali war verunsichert, ob er ihr wohl wehgetan hatte.

Kurz nach Mitternacht klopfte es. Elke ging zur Tür, machte auf und ohne nachzusehen, wer es war, ging sie wieder ins Bett zurück. Petra stand noch eine Weile staunend in der Tür und beobachtete ihre Freundin, die sich verändert zu haben schien.

»Komm rein und mach' vor allem die Tür zu!«

»Was ist mit dir passiert? Habt ihr getrunken?«

»Das auch, meine Liebe. Ich weiß inzwischen, ich bin noch wer, ich bin begehrenswert und, verflucht, ich kann auch einen Orgasmus bekommen!« Sie lachte laut.

»Erzähl' keinen Quatsch! Sag schon, wie war's?«

»Himmlisch, einfach himmlisch! Der Arme erschrak, als ich schrie. Ich glaube, er hat noch nie eine Frau beim Sex schreien hören. Er fragte mich, ob alles okay sei, und ich beruhigte ihn schnell. Er kannte das echt nicht, dass eine Frau auch ihre Hemmungen ablegen kann. Es war himmlisch! Und bei dir? Wie war's bei dir?«

Petra schaute ihre Freundin nur an. »Bei mir war nix, ich war im Maurischen Café und dann spazieren. Aber sag mal, wie geht's jetzt weiter? Was wollt ihr nun tun? Oder war es das schon? Ein One-Night-Stand?«

»Petra, ich weiß doch auch nicht, wie es weitergehen soll. Wir haben noch kurz geredet, aber er musste schnell verschwinden, wegen seiner Kollegen, die Verdacht schöpfen könnten. Ich weiß wirklich nicht, wie es weitergehen soll. Jedenfalls will ich das wieder erleben, was heute war. Immer wieder!«

Auf einmal stellte Elke fest, dass sie ihre Freundin noch gar nicht näher gefragt hatte, was denn mit Noureddine war. Sie holte es nach: »Nun sag aber jetzt die Wahrheit, da du meine erfahren hast. Wie war's mit deinem Lover?«

Petra schmunzelte, legte sich in ihrem Bett auf den Bauch, nahm das Kissen in die Arme und sagte nur: »Es war nichts Besonderes. Ich bin echt müde. Vielleicht erzähle ich dir das morgen, aber jetzt möchte ich schlafen. Du solltest auch langsam die Augen zumachen, es ist spät!«

Aber Petra schlief nicht ein. Sie dachte über ihr Wiedersehen mit Noureddine nach: Sie wartete im *Café Maure* in ihrem Hotel auf ihn. Sie fragte sich ständig, wie dieses Wiedersehen wohl sein würde. Als er ins Café trat und sich ihre Blicke trafen, schlug ihr Herz wie wild, als wenn sie in ihre Pubertät zurückverwandelt worden wäre. Er war gut angezogen, braun gebrannt, hatte kurze gepflegte Haare, ganz saubere Schuhe, was in diesem Sand nicht so einfach zu bewerkstelligen war. Sein Hemd sah so aus, als hätte es eine Frau gebügelt. Aber als er sie anstrahlte, verwarf sie den Gedanken, dass Noureddine irgendwann mal irgendwas mit irgendeiner Frau zu tun gehabt haben könnte. Sie stand auf und ging auf ihn zu, musste sich beherrschen, dass es nicht aussah, als wenn sie auf ihn zu rennen würde. Er nahm sie in die Arme und drückte sie lange: »Meine Zicke, meine geliebte Zicke!« Er küsste sie drei Mal auf dieselbe Wange und jedes Mal kam sein Mund ihrem näher, aber es war kein Kuss auf den Mund. Sie freute sich auf spätere Küsse.

Sie setzten sich nebeneinander, er hielt noch ihre Hand, als er sagte: »Du siehst so gut aus, ich habe Angst vor dir.«

Als wenn sie auf seine Sprüche vorbereitet wäre, versuchte sie mit gleicher Münze zurückzugeben: »Und du, mein Lieber, solltest schnell meine Hand loslassen, bevor ich dich auf der Stelle vernasche.«

Sie lachten beide und erzählten einander, was sie so taten.

Der junge Kellner, traditionell für Touristen angezogen, mit einem roten Kabbus auf dem Kopf, ein Yasmin hinter das Ohr gesteckt und einem enormen Schnurrbart, unterbrach sie kurz und nahm die Bestellung auf: zwei Gläser Pfefferminztee.

Noureddine arbeitete an der Rezeption des *Dar Djerba* und hatte es inzwischen zum Chef de Réception gebracht – einem der Chefs, musste er präzisieren. Er lebte auf Djerba in einem schönen kleinen Häuschen – allein, wie er mehrmals betonte. Er hatte es gemietet.

»Du weißt ja«, sagte er lächelnd, »die Zeit in der Schweiz hat mir nichts Besonderes gebracht. Ich kann zwar gut kochen, aber nicht waschen, nicht putzen. So bin ich selten zu Hause. Eigentlich schlafe ich nur in meinem schönen kleinen Häuschen. Und du, Petra? Wie lebst du? Ich bin so gespannt!«

»Doch, die Sprache haben sie dir anscheinend beigebracht. Du sprichst perfekt deutsch.«

»Ha, die Sprache habe ich hier am Strand und in der *Bourguiba-School* gelernt, nicht in Europa.«

»Na ja«, fing Petra an. »Ich lebe auch allein.« Dabei schmunzelte sie, als wollte sie ihm damit viel mehr sagen. »Die vielen Reisen nach

Tunesien haben mir noch keinen Partner gebracht. Und auch in Deutschland will mich keiner länger als ein paar Monate. Sie hauen alle ab, wenn ich anspruchsvoll werde, und das werde ich schnell. Ich gebe keinem Mann mehr, als er mir gibt, und bis jetzt habe ich noch keinen gefunden, der mir auch nur annähernd so viel gibt, wie ich brauche.«

Noureddine unterbrach sie kurz: »Du meinst, du meinst das ... Wie soll ich sagen? Äh ...«

»Sei doch nicht so schüchtern! Ja, genau so meine ich es, aber nicht nur. Ich will von einem Mann verführt, verwöhnt und herausgefordert werden, nicht gelangweilt, verhätschelt und nach ein paar Wochen vernachlässigt.«

»Ich glaube, du brauchst einen Mann, der dich führt, der dich beherrscht! Du bist eine Löwin und die Männer, die du hattest, sind alles Hasen. Du brauchst einen Löwen, meine Liebe, einen starken Löwen, der dich zwingt, zu gehorchen, der dir so sehr imponiert, dass du alles für ihn machen würdest! Habe ich Recht?«

»Willst du mir etwa sagen, dass du dieser Löwe sein könntest? Nur weil du Araber bist? Die Löwen sind in Nordafrika ausgestorben.«

Das erwartete Noureddine nicht. »Aber die Löwinnen scheinen in Europa einen neuen Lebensraum gefunden zu haben.«

»Jedenfalls«, fuhr Petra fort, »ich mache ganz brav meinen Job als Lehrerin, spare ganz schön für später und gönne mir gelegentlich auch mal was Schönes. Eigentlich geht es mir gut. Ich müsste zufrieden sein, aber eben ... Ich warte immer noch auf den Löwen!«

»Immer noch so solide. Schön. Du bist eine ganz besondere Frau und ich denke oft an unser letztes Treffen. Weißt du noch?«

»Lass unser letztes Treffen aus dem Spiel! Daran will ich nicht denken. Aber da du es erwähnst ... Warum hast du mich eigentlich nicht küssen wollen, von mit mir schlafen gar nicht zu reden?«

»Tja, ganz ehrlich? Ich wollte dir imponieren. Ich hätte mich später ohrfeigen können. Bei aller Zurückhaltung, ein Mann kann so etwas nicht tun. Ich hätte dich küssen sollen. Darum pass' heute auf! Vielleicht bist du es heute, die sich dafür rächen will und mich abweisen wird?«

Er stellte die Frage und schaute sie mit zusammengekniffenen Augen an, als fürchtete er ihre Antwort. Sie schwieg. Er lächelte: »Wir sprechen dieselbe Sprache, Löwin!«

»Ja«, antwortete sie. »Und der Löwe wird leiden heute, bis er vielleicht, wer weiß, unter Umständen zu seinem Ziel kommt.«

»Weißt du, wie viel schöner es ist, wenn man wie wir so lange warten muss? Weißt du, wie unbedeutend eine Nacht ist, wenn man sie bei der ersten Gelegenheit ergreift? Weißt du, wie uninteressant eine Jagd ist, wenn die Beute leicht ist?«

»Araber! Typisch Araber!«

Sie lachen. Und Petra ergänzte: »Du wirst leiden, mein Freund. Mein nordafrikanischer Löwe.« Innerlich konnte sie sich kaum die Vorfreude auf diesen Mann ihrer Träume verkneifen und sie fragte sich, was es wohl war, was ihn so anders machte als alle anderen Männer, die sie kennen und teilweise lieben gelernt hatte. Es war nicht nur das Exotische, das Dunkle. Es war eben diese Haltung, diese tierische Haltung des Löwen, der sagte: »Wehr' dich ruhig zuerst! Ich werde dich hetzen und schließlich erbeuten. Und vielleicht ergibst du dich freiwillig und fügst dich deinem Schicksal, das ich bin …« Es war diese Arroganz, diese Überheblichkeit und unglaubliche Selbstsicherheit, die dieser Mann hatte, es waren aber auch diese verführerischen Augen, diese Blicke, die ohne Worte eine Frau ausziehen konnten, wenn sie es wollten. Es war die Vorstellung von ihr mit einem wildfremden Mann, trotz ihrer jahrelangen Bekanntschaft, in einem fremden Land, das sie zwar gut kannte, das aber fern ihrer Heimat lag, in einem Haus, das aus anderen Stoffen gebaut war, als sie es gewohnt war, in einem Klima, das so verschieden war zu ihrem Stadtwetter. All diese Dinge ließen sie auf einmal sagen: »Gehen wir an die Bar? Ich würde gern etwas Alkoholisches trinken.«

Er bezahlte die Rechnung und legte seinen Arm um sie, als sie zur Bar gingen. Und wieder wollte der Blick des Kellners sagen: Du Glückspilz! Du hast es geschafft, eine dieser Europäerinnen zu verführen. Ich arbeite noch dran.

Petra dachte gelegentlich, aber nur noch selten, an ihre Freundin Elke und was sie wohl tat mit diesem Ali. Aber sie wollte sich auf ihren eigenen Abend konzentrieren und freuen. Glücklicherweise war Salem, der arrogante Barman, nicht im Dienst, sondern sein älterer Kollege und ein anderer junger Mann, den sie bis heute noch nicht an der Bar gesehen hatte. Er war jung, hübsch, fast schön mit seinen langen Wimpern und seinem athletischen Körper. Und Petra dachte schon daran, ihn als Waffe gegen Noureddine einzusetzen, aber sie befand bald diesen Gedanken als zu weiblich und sinnlos, denn Noureddine wäre im Stande, sie diesem jungen Mann zu überlassen, an dem sie überhaupt kein Interesse hatte. Und so beschloss sie, mit dem Theater aufzuhören, dem Theater wie seinerzeit mit Ralph, als sie Lust hatte, ihn in ihre Wohnung zu lassen, aber aus lauter Spielsucht zu lange darauf wartete, dass er sie fragte. Damals verabschiedete er sich auf einmal und sie stand da, wortlos, den Tränen nahe, und ehe sie sagen konnte: »Komm doch bitte rein!«, war Ralph schon um die Ecke. Dieses Mal würde sie nichts riskieren. Sie wusste genau, was sie heute wollte, und sie wusste auch, dass sie es nicht verspielen würde. Denn bis sie Noureddine wiedersehen würde, das könnte dauern!

Sie bestellen zwei Drinks, für sie ein *Boukha-Orange*. Dieser Feigenschnaps passte einfach in diese Gegend, obwohl sie genau wusste, dass eigentlich gar kein Alkohol in diese Region passen konnte. Aber wenn schon Alkohol, dann ein einheimischer. Noureddine begnügte sich mit einem *Celtia*, einem einheimischen Bier. Und sie redeten weiter.

Noureddine erwähnte endlich seine Familie, die in Tunis lebte. Sein Vater war Schneider, aber nicht irgendeiner! Er schneiderte Anzüge für die oberen Zehntausend von Tunis. Seine Mutter, obwohl sehr gut gebildet, blieb immer bei den sieben Kindern zu Hause.

»Wie geht's deiner Freundin und ihrem tunesischen Zukünftigen?«, fragte Noureddine unerwartet.

»Du weißt aber auch alles! Habt ihr hier eine Art Buschfunk?«

»Wir sind eine große Familie, die Hotelangestellten. Alle wissen, dass ich heute mit dir unterwegs bin, und es finden schon Wetten statt, ob du nicht in einem halben Jahr zurückkommst und mich heiraten willst.«

Aber Petra und Noureddine waren nicht das typische Ferienpaar. Sie waren anders. Realistisch, beide zurückhaltend mit Gefühlen, beide vorsichtig mit großen Worten, beide aber wollten sie heute Abend aus dem Spiel Ernst machen. Sie begehrten einander, aber keiner von ihnen wollte sich vor dem anderen beugen, und so knisterte es den ganzen Abend zwischen ihnen und es versprach, ein höchsterotisches Ende dieser Nacht zu geben.

»Weißt du eigentlich, warum dieses Geschäft hier blüht, obwohl beide genau wissen, warum der andere so begehrend tut?« Noureddine versuchte ihr das zu erklären: »Die Ferienstimmung alleine ist es nicht. Es ist dieses fremde, exotische Element, das die Frauen suchen. Und bei den Jungs ist es – neben einer Möglichkeit, nach Europa zu fliegen – dieses helle Fleisch, diese blauen Augen, die blonden Haare. Und wenn das alles fehlte, dann bliebe noch dieser fremde Name, diese hochkultivierte, zivilisierte Welt namens *Westen*.«

Das sprach er so sarkastisch und zynisch aus, dass sie ihn fragte, was er damit meine.

»Weißt du, ich habe den Westen gesehen. Nichts Besonderes. Oberflächlich gesehen, ist es eine reiche Welt, aber weißt du was? Ich war zwei Jahre dort und habe gerade mal zwei Menschen als Freunde gewonnen. Und ich bin kein kontaktscheuer Mensch. Alles dreht sich ums Geld. Morgens, wenn du aufstehst, denkst du an dein Bankkonto. Am Ende des Monats denkst du an dein Bankkonto und Ende des Jahres genauso. Aber alle Jungs hier wollen dorthin. Was meinst du, wie vielen ich diesen Gedanken auszutreiben versucht habe? Erfolglos. Alle wollen sie weg.«

»Und warum wollen so viele Frauen diese Männer haben? Für eine Nacht oder für länger?«

Noureddine lächelte und sagte: »Wenn sie ihn für eine Nacht gehabt haben, wollen sie ihn danach für immer!«

Und Petra verdrehte nur die Augen und sagte, er solle nicht meinen, dass sie – diese jungen Kerle aus Djerba, Sousse und Hammamet – die besten Liebhaber seien. Sie habe da ihre Erfahrungen. Oft seien die Europäerinnen schon jahrelang nicht mehr berührt worden und da erschiene ihnen jede Berührung wie Erotik und jeder Kuss bringe sie zum Höhepunkt. »Eigentlich seid ihr miserable Liebhaber, Egoisten! Aber anfangs, ja, anfangs, da gebt ihr euch Mühe, damit ihr der Frau imponieren könnt, damit sie sich auf ein zweites und drittes Mal einlässt! Und dann? Auf einmal interessiert euch unser Orgasmus nicht mehr. Dann denkt ihr nur an euch selbst!«

»Das sagst du jetzt aber hoffentlich allen Männern, nicht nur uns Arabern!« Nach einer kurzen Denkpause fügte er hinzu: »Weißt du, es gab Zeiten, da durfte ein Mann bei uns bis zu vier Frauen haben. Er kam niemals dazu, seine Frauen zu betrügen. Wie denn auch? Er hatte immer eine Alternative!«

»Und nun«, antwortete Petra, »seid ihr die gleichen armen Geschöpfe wie die Männer im Westen – eine und nur eine Frau!«

»Ja«, ergänzte Noureddine wieder mit einem sarkastischen Ton, »aber wir haben nun Freundinnen. Ja, ja, auch bei uns hier. Und wir betrügen unsere Frauen mit diesen Freundinnen, die keine Rechte haben, außer das Recht, uns zu befriedigen, und die immer im Dunkeln bleiben müssen, auch wenn sie uns lieben.« Nach einer kurzen Pause fügte er hinzu: »Wie im begehrten Westen …«

»Warum willst du nicht mehr nach Europa? Ich wäre dein Ticket.«

Noureddine lächelte. »Was soll ich in einem Land, das mich nicht will? Auf einem Kontinent, der sich abschottet und uns mit Schikanen und allen legalen und illegalen Mitteln daran hindern will, ihn zu betreten? Vor dreißig Jahren, da waren wir willkommen. Aber als wir zu viele wurden, konnte man uns nicht ins Gesicht sagen: Bleibt, wo ihr seid! Aber man hat Visumspflicht verhängt. Weißt du, was das heißt? Kaum ein Tunesier kann mehr nach Europa, er wird sofort verdächtigt, dort bleiben zu wollen. Und der Verdacht ist berechtigt.« Er lächelte dabei und fuhr in seiner gewohnten Art über sein kurzes Haar, von der Stirn bis zum Nacken. Dann wusste Petra immer, dass er etwas Gescheites sagen würde. Er fuhr fort: »Stell dir vor, wir würden für die Deutschen eine Visumspflicht einführen. Kein Mensch käme mehr zu uns! Aber wir sind nun mal auf euch angewiesen, ihr aber nicht auf uns, in Europa. Visumspflicht ist die politische nette Art, zu sagen: Wir wollen euch nicht!« Nach einer weiteren kurzen Pause sagte er abschließend: »Was sollte ich in einem solchen Land?«

»Wenn du mich heiraten würdest, könntest du nach Europa kommen«, schmunzelte Petra.

»Wie Ali? Ja, ja … Irgendwann werden sie euch verbieten, Nicht-Europäer zu heiraten. Die Schikanen lassen ja heute schon manche Deutsche oder Schweizerin von ihrem Vorhaben zurückschrecken. Irgendwann heißt es: Er muss schon eine Bewilligung in Deutschland haben, wenn Sie ihn heiraten wollen. Aber wie soll er denn eine haben, wenn er nicht unverheiratet nach Europa kommen darf? Tja, das, meine Dame, verschweigt das Gesetz!«

»Erzähl' mir mehr von deiner Familie, bitte. Ich habe keine Ahnung von dir, weißt du das?«

»Na ja, ich hab dir ja gesagt, mein Vater ist ein Schneider für Reiche in Tunis. Ich habe sechs Geschwister, sie leben alle in Tunis in der Nähe meines Elternhauses. Drei meiner Brüder sind auch Schneider geworden. Ein anderer Bruder ist Informatik-Ingenieur, ein Experte auf seinem Gebiet. Meine beiden Schwestern sind Lehrerinnen und ich … Na ja, ich betrachte mich als das schwarze Schaf der Familie. Ich habe es nach meiner Schule nicht mehr in Tunis ausgehalten und kam nach Djerba. Und dann habe ich einen Mann kennen gelernt, der mir ein guter Freund wurde. Er arbeitete mit mir im *Hotel Salem*. Er lud mich eines Tages zu sich nach Hause ein, nach Medenine, und da sah ich seine Schwester. Wir verliebten uns auf der Stelle und …«

Petra unterbrach ihn: »Was? Das gibt es bei euch auch?«

Ohne auf ihre Frage einzugehen, fuhr er fort: »Wir verliebten uns also sofort ineinander und es verging kein halbes Jahr, da waren wir verlobt!«

»Du bist verlobt?«

»Ich war es! Dann kam das mit Europa, mit der Schweiz und dem Fiasko. Wir lösten die Verlobung noch während meines ersten Monats in der Schweiz auf, ihre Familie hatte ihr von mir abgeraten. Sie ist heute verheiratet.«

Petra schluckte nur leer. »So was!«

»Ja, jetzt weißt du, wieso ich ein gebranntes Kind in Sachen Europa bin. Aber du bist ja auch ein gebranntes Kind in Sachen Tunesien. Wann willst du dich endlich verloben und heiraten?« Er lächelte erwartungsvoll.

»Das wird wohl noch lange dauern. Ich weiß, ich weiß, in deiner Kultur ist es schon zu spät für mich. Aber ich kann mich einfach nicht mit einem deutschen Arbeitskollegen oder einem Mann aus der Disko zusammentun und dann heiraten. Das geht nicht! Ich bin vielleicht etwas extravagant. Ich suche noch. Aber die Suche wird bestimmt einmal zu einem Ziel führen.« Sie schaute ihn gespannt an, wollte wissen, ob er sie wohl richtig verstanden hatte. Aber so, wie sie ihn kannte, reagierte er auch, indem er ablenkte. »Was ist mit deiner Freundin?«

Sie lachte verständnisvoll. Das hatte ja auch noch Zeit, sie würde ihn schon noch herumkriegen.

»Ich weiß nicht, sie scheint sich in diesen Kellner Ali verliebt zu haben, aber sie steht vor einer Scheidung, dabei ist sie noch nicht einmal getrennt. Ich weiß nicht, ob das nicht zu schnell ging.«

»Sie leidet bestimmt unter der Scheidung, was?«

Petra ahnte, worauf er hinaus wollte. »Nein, sie ist nicht gekommen, um sich trösten zu lassen, bestimmt nicht, ich kenne sie. Aber es war halt so ein Zufall, na ja.«

»Weißt du, wieso Scheidungen und Trennungen bei euch immer so dramatisch sind? Da gibt es solche, die mit Selbstmord drohen, andere werden depressiv und wiederum andere verfallen dem Alkohol.«

Als er die Antwort nicht sofort gab, schaute sie ihn fragend an: »Warum denn?«

Noureddine machte eine Geste, als wenn ein Lehrer einem Schüler etwas erklären wollte, aber nicht wusste, wie es zu bewerkstelligen sei. Er legte die rechte Hand an die Stirn und fuhr über sein kurzes Haar: »Ihr verbindet euch mit einem Partner, einem einzigen, und dieser Partner ist für euch alles. Ihr lasst Eltern, Freunde, Bekannte einfach beiseite. Euer ganzes Leben besteht nur noch aus zwei Menschen, vielleicht noch den Kindern. Und wenn dieser Partner zu gehen droht, dann fällt die ganze kleine Welt auseinander. Darum werft ihr euch auch schnell in die Arme eines neuen Partners. Bei uns ist das anders. Wir haben Eltern, große Familien, Verwandte, Freunde, Nachbarn, Arbeitskollegen, die unsere Partnerschaft neben unseren Ehepartnern bilden. Wenn mein Vater meine Mutter verlassen würde, klar, es wäre ein Verlust für sie, aber sie würde nicht alles verlieren. Alle anderen wären noch da. Nur ein wichtiger Partner wäre weg. Das verkraften wir besser.«

Petra dachte ungewollt an Ralph. Wenn die zwei sich eines Tages begegneten, das wären die besten Freunde, dachte sie. Ralph, der die Beziehungen der Menschen mit Genen und Natur und Evolution erklären wollte, und Noureddine, der die Probleme auf soziale Begebenheiten reduzierte. Diese zwei Männer an einem Abend im *Café Jeannette*, das wäre der Hammer! Sie lächelte dabei.

»Du musst unbedingt eines Tages Ralph kennen lernen, wir sind die besten Freunde seit Jahrzehnten!«, sagte sie.

Und obwohl Noureddine den Zusammenhang nicht erkannte, antworte er höflich: »In Schallah.« (So Gott will.)

Als Noureddine Anzeichen zum Bezahlen der Rechnung machte, hielt ihn Petra freundlich, aber bestimmt davon ab. »Das mache ich bitte. Und sei jetzt kein Löwe! Das kannst du später sein, okay?« Sie übernahm die 12 Dinar im Wissen, dass das ein horrender Preis für einen Chef de Réception war. »Willst du denn schon gehen?«, fragte sie dann mit leicht erkennbarer Enttäuschung in der Stimme.

»Aber nein! Ich will nur endlich allein sein mit dir. Gehen wir spazieren?«

Das kam ihr bekannt vor. Es kamen Erinnerungen auf an ihren letzten Spaziergang mit Noureddine. Diesmal aber, das wusste sie dank ihrer weiblichen Intuition, dieses Mal würde es anders sein!

Sie verließen die Bar unter den Blicken aller tunesischen Gäste und der Kellner. Sie nahm seine Hand, die er nicht mehr aus ihrer ziehen konnte, obwohl er warten wollte, bis sie draußen wären. Dieser komische Mix aus Scham, Respekt, Rücksicht und Angst vor den Landsleuten war plötzlich wieder da. Aber sie hielt seine Hand so fest, dass er gar nicht anders konnte, als mit ihr wie ein Paar hinauszugehen.

Sie gingen am Pool vorbei, einen kleinen Weg in Richtung Meer. Der Mond schien, es war keine Wolke am Himmel zu sehen. Die Sterne waren zum Greifen nahe. So hell, so deutlich, so strahlend konnten die Sterne nur hier sein.

An der Strandbar waren noch ein paar Leute, leichte Musik lief, nicht laut, eher altmodisch, die Gäste waren auch nicht jung. Die meisten tranken noch einen Schlummertrunk und wollten anschließend ins Bett. Er begrüßte einen der Kellner auf Tunesisch, den er zu kennen schien. Sie wechselten ein paar Worte, lachten gelegentlich, gaben sich klatschend die rechte Hand, während Petra seine linke Hand immer noch festhielt. Es interessierte sie nicht, was die zwei besprachen, woher sie sich kannten und was der Kellner dachte. Sie zerrte leicht an Noureddines Arm und er verabschiedete sich schnell von seinem Bekannten.

Sie gingen über den feinen Sand und Petra zog ihre Sandalen aus. Noureddine wollte auch seine Schuhe und Socken loswerden und sie legten sie an der kleinen Mauer ab, die das Hotelgelände vom Strand trennte.

Dann spazierten sie am Strand entlang, ganz nahe am ruhigen Wasser. Es kühlte sie ab. Wortlos gingen sie Hand in Hand, gelegentlich torkelte Petra ganz leicht und Noureddine fing sie auf. Es sah so aus, als hätte sie mehr getrunken als er.

Als wenn sie sich entschuldigen wollte, sagte sie: »Ich trinke niemals mehr als mein Begleiter, wenn ich ihm nicht vertraue.«

»Du vertraust mir? Mir, einem afrikanischen Löwen, der in dir die Gazelle für heute Nacht sieht?«

»Ja, friss mich! Ich werde mich nicht wehren!«

»Wehr dich doch, kleine zarte Gazelle, dein starker Jäger lässt dir keine Chance!«

Darauf hielten sie inne und sahen sich lange in die Augen. Dann küsste er sie. Sie legten sich auf den Sand hinter ein kleines umgekipptes Fischerboot und der Löwe fraß die Gazelle, die sich nicht zu wehren vermochte.

Auf dem Rückweg vergaß der Löwe seine Schuhe und die Gazelle musste ihn daran erinnern, bevor sie wieder festen Boden unter sich hatten. Der Kellner war immer noch da, allein. Er räumte auf. Und wieder fielen ein paar Worte zwischen den Männern und wieder lachten sie und schlugen die Hände gegeneinander. Obwohl Petra ahnte, um was es ging, wollte sie sich weder interessieren noch ärgern noch fragen. Sie gingen um das Hotel herum zum Haupteingang.

Vor dem Hotel sagte sie auf einmal: »Ich will meine Freundin davor bewahren, einen Fehler zu machen. Ich habe so viel gehört und gelesen über Beziehungen zwischen Deutschen und Tunesiern. Ich will nicht, dass sie einen Fehler macht.«

Noureddine schien nicht daran interessiert zu sein. Er lächelte nur und ging mit ihr weiter. Petra bestand aber darauf, dass er ihr seine Meinung dazu sagte. Sie ergänzte: »Seit ich mich für Tunesien interessiere, bin ich halt in verschiedenen Internet-Foren gewesen und habe die Schauergeschichten gelesen, die die Frauen da erzählen. Ich will nicht, dass Elke eines Tages auch so etwas schreiben muss!«

Noureddine lächelte immer noch ohne Worte und ging mit ihr weiter in Richtung Hotel.

Dann provozierte sie ihn: »Ist der Löwe nach dieser leichten Jagd so erschöpft, dass er nicht mehr reden kann?«

Da lachte er und antwortete: »Petra, das sind doch alles nur Schauergeschichten, wie du es selber sagst. Was glaubst du, was die Jungs erzählen, wenn sie nach so einer gescheiterten Deutschland- oder Österreich-Ehe zurückkehren? Sie sagen, dass sie enttäuscht waren, dass es unglaublich hart war, dass ihre Frauen sie nicht unterstützt haben in diesem fremden Land, dass sie alles gegeben haben und nichts bekamen. Einer ging sogar so weit, zu behaupten, seine deutsche Frau habe ihn ausgesperrt, fast verhungern lassen und dann geschlagen. Geschlagen, verstehst du? Bis das ein arabischer Mann von sich sagt, muss es entweder stimmen oder er hat noch etwas ganz anderes erlebt, was er nicht erzählen darf. Was soll ich dir sagen? Beide gehen von falschen Voraussetzungen aus. Oft scheitern sie an den gleichen Dingen, an denen sie mit eigenen Landsleuten auch gescheitert wären, aber sie schieben es auf die Tatsache, dass er Tunesier und sie Europäerin ist.«

»Gib mir bitte einen Tipp! Wie soll Elke feststellen, ob Ali sie liebt oder einfach nur nach Deutschland will?«

»Es ist ganz einfach, Petra: Ein Mann kann eine Frau nach drei Tagen nicht lieben. Er ist entweder verliebt, was nicht lange andauert, oder er will nach Deutschland oder er will Sex oder er will Geld von ihr. Liebe ist nach einem Urlaub einfach nicht drin! Und das gilt auch für sie. Was will sie von ihm? Liebt sie ihn, nur weil sie ihn fünf Mal Frühstück servieren sah? Oder will sie Zärtlichkeit, Aufmerksamkeit, Zuneigung, Anhimmelung, Sex? Frag sie doch!«

Als sie sich verabschiedeten und der Wächter Noureddine ein Zeichen gab, er dürfe auch ins Hotel hinein, wenn er wolle, sagte Noureddine leise zu seiner Begleiterin: »Was für ein toller Abend! Sehe ich dich noch einmal, bevor du abreist?«

»Was für eine Frage! Schön, dass mein Löwe auf den Geschmack gekommen ist und die Jagd wiederholen will.«

Sie lachten beide und vereinbarten, dass sie noch vor ihrer Abreise zu ihm nach Hause käme. Er bot ihr an, ihre Freundin mitzunehmen, aber sie schlug es definitiv ab. Sie wollte alleine zu ihm kommen.

Aus dem kleinen Häuschen des Hotelpförtners erklang aus einem kleinen Kassettenrecorder leise arabische Musik. Sie standen da und Petra fragte Noureddine: »Was singt sie denn?«

Dieser senkte den Kopf und versuchte, ein anderes Thema anzuschneiden. Als sie darauf bestand und ihn von unten ins gesenkte Gesicht sah, antwortete er: »Ach, ein Liebeslied, wie so viele. Om Kalthoum sang fast nur Liebeslieder.«

»Ja, und was singt sie denn gerade jetzt?«

»Also gut«, antwortete Noureddine und hörte noch einmal kurz hin. »Du hattest mit mir die schönste Geschichte aller Zeiten …« Dann, als Petra weiterhin fragend schaute: »Jahre vergingen wie die Sekunden in deiner Liebe …«

»Das ist so schön!«

Und dann schloss Noureddine: »Und wenn ich wieder lieben könnte, ich würde dich lieben!«

Sie waren beide einen Moment lang still, doch dann, als wenn sie die ernste Situation unter ihnen auflockern wollte, sagte Petra lachend: »Ihr könnt ja lieben! Aber das singt eine Frau!«

»Aber ein Mann hat es geschrieben. Das Gedicht ist nicht von ihr. Natürlich können wir lieben – oder wir konnten es zumindest, als wir echte Araber waren.«

Der Wächter gab nochmals Zeichen, er könne problemlos passieren, aber Noureddine winkte ab und verabschiedete sich endgültig für heute Abend, aber nicht ohne Petra lange in die Arme zu schließen.

Es war kein lüsternes Umarmen und Betatschen, es war eher ein sinnliches, liebevolles Drücken, das sie spürte.

Er sah ihr lange nach, wie sie zur Eingangstür des Hotels ging, teils mit gesenktem nachdenklichem Haupt, teils zurückblickend, lächelnd, winkend. Er spürte in sich dieselbe Freude, die er auch in ihrem Gesicht sah. Und obwohl er sich weigerte, es als »Glück« zu bezeichnen, konnte er diesem Gefühl keinen anderen Namen geben.

Als Petra am Einschlafen war oder zumindest den Anschein machte, schaute Elke sie nur staunend an. Sie bewunderte sie für ihre fast leichtfertige, gedankenlose Haltung zum Thema Ferienflirt und was alles daraus werden konnte. Sie, Petra, schien sich nichts daraus zu machen, sie schien fähig zu sein, dieses Abenteuer als einmalige Sache zu genießen und bald zu vergessen. Sie schien es zu tun. Ging ihr Noureddine wirklich nicht näher? Und Elke machte sich wieder ihre Gedanken.

Oh, mein Gott! Was habe ich getan? Wieso konnte ich nicht mehr widerstehen? Es war so schön! Ich habe noch nie in meinem Leben, meinem über vierzigjährigen Leben, so etwas Sinnliches, Zärtliches und gleichsam Leidenschaftliches erlebt. Liegt es an der Sonne, die diese Männer in sich tragen, oder ist es ihre natürliche Art, eine Frau zu begehren? Vielleicht bin ich nur blind vor Liebe und Verliebtheit? Vielleicht will er nur nach Europa arbeiten gehen? Ich habe von diesen Leuten gehört und gelesen. War Evas Mann nicht so einer gewesen? Sie hatte ihn auch im Urlaub kennen gelernt, in Hurgada. Es schien, als wäre sie die glücklichste, begehrteste Frau der Welt. Doch dann ließ er sie nach Erhalt seiner definitiven Aufenthaltsbewilligung wie eine heiße Kartoffel fallen und nahm sich eine jüngere, eine Türkin oder Albanerin, die seinem Glauben angehörte.

Verflixt, wie kann ein Mann so leidenschaftlich eine Frau lieben und nur hinter einem Papier her sein? Das kann nicht sein. Ali muss mich lieben. Jedenfalls werde ich es herausfinden, bevor ich abreise. Wie schön wäre das doch! Ein Mann, der dir die Sterne herunterholt, der dich in jeder Hinsicht befriedigt, mit dem du so viel erleben kannst! Ich werde ihm Deutschland zeigen, die großen Städte, ihm, der nur kleine Dörfer kennt. Ich werde dabei sein, wenn er zum ersten Mal Schnee sieht. Das Oktoberfest werde ich mit ihm erleben. Das wird o Gaudi! Oh je! Meine Eltern! Die werden mich enterben und danach nie mehr mit mir reden. Und meine Schwiegereltern erst! Aber mit ihnen habe ich sowieso nicht viel zu tun. Wann habe ich sie das letzte Mal gesehen? Letztes Jahr zu Weihnachten?

Der nächste Morgen war dann auch voller Spannungen. Als die zwei Frauen im Frühstückssaal ankamen, war es nicht mehr die gleiche Stimmung wie die Tage zuvor. Es war nicht mehr so, dass sie einfach in einem Hotel frühstückten. Elke nahm sozusagen das Frühstück bei ihrem Geliebten ein, wenn auch in aller Öffentlichkeit.

So war sie dann auch nicht ganz auf das Gespräch mit ihrer Freundin konzentriert, die ständig wissen wollte, wie es denn weitergehen sollte. Sie hielt Ausschau nach dem Mann, der ihr letzte Nacht die Sterne vom Himmel herunterholte. Und sie sah ihn! Es vibrierte in ihrem Herzen und ihrem ganzen Körper, aber sie wusste, dass sie sich beherrschen musste. Sie lächelte, sandte unauffällig Küsschen, er aber schien ganz gefasst darauf zu reagieren und bediente sie fast wie immer. Nur dieses Lächeln, dieses vergnügte, genügsame, selbstsichere Lächeln trieb sie noch zur Weißglut. Am liebsten hätte sie ihn umarmt, geküsst und ihm schöne Komplimente gemacht, aber sie wusste, dass sie ihn nicht vor seinen Kollegen und vor allem nicht vor seinem Chef intim ansprechen durfte. So wartete sie einen günstigen Moment ab, um zu fragen, ob er am Abend Zeit hätte.

Und er sagte klar, aber kurz gebunden: »Ja, sicher.«

»Siehst du Noureddine wieder?«, fragte Elke.

»Ja, wir haben für heute Abend vereinbart, dass ich zu ihm gehe. Willst du mitkommen?« Sie erwartete ein Nein.

»Um Gottes willen, nein! Ich will doch deinem Glück nicht im Weg stehen. Nimm dir deine Zeit mit deinem Lover.«

»Er ist nicht mein Lover! Wir haben uns echt gern. Ich würde ihn heiraten, wenn er es wollte.«

Elke musste schlucken. »Was?«, rief sie laut aus, dann redete sie leiser: »Du würdest ihn heiraten? War er so gut?«

»Elke, für dich mag Sex im Moment im Vordergrund stehen, aber ich liebe diesen Mann. Und ich könnte jeden dieser Männer hier haben, aber ich will nur Noureddine – weil er anders ist als alle anderen.«

»Wie Ali auch. Er ist ganz anders als alle hier.«

»Wie willst du das wissen? Du hast doch nur ihn kennen gelernt.«

»Täusch' dich nicht! Einen kenne ich mindestens noch: Ramadan.«

»Den schönen langhaarigen Pferdeflüsterer?«

Sie mussten lachen, aber Petra schien nachdenklich zu sein. Ihre Verständigung mit ihrer Freundin schien schlechter zu werden. Wenn es um Männer ging, schien ihre Freundschaft nicht stark genug zu sein, um offen über alles zu reden.

»Was war nun mit Ramadan?«

»Na ja«, fing Elke an. »Er hat mich geküsst. Es war eine schöne romantische Stimmung in diesem kleinen Häuschen.«

»Ich habe dich gewarnt!«, unterbrach Petra.

»Ich weiß, aber ich dachte, es wäre nichts dabei. Ein Kuss, ein Flirt, etwas Schmusen tut jeder Frau gut, die in Scheidung lebt.«

»Scheidung?«, fragte Petra erstaunt. »Hast du es dir über Nacht überlegt?«

Elke warf ihr einen giftigen Blick zu. »Du musst gar nichts sagen! Dein Lover – ich nenne ihn trotz deiner Beteuerungen einen Lover – ist auch nicht anders als dieser Ramadan. Was meinst du, was er von dir will? Er will dich verführen, um nach Deutschland zu gehen, oder etwa nicht?«

»Bestimmt nicht! Dein Ali will das vielleicht, aber nicht Noureddine.

Das hätte er früher schon haben können, aber er hat es nie gewollt. Stell dir vor, es soll schon mal so etwas gegeben haben, dass sich zwei Menschen einfach ineinander verlieben, ohne Hintergründe.«

»Willst du mir etwa sagen, dass Ali nicht mich liebt, sondern Deutschland?«

Petra überlegte kurz, wie sie es ihrer Freundin sagen wollte. »Nun ja, ich bitte dich doch ... Du bist 45 Jahre alt. Und er? Keine dreißig, vielleicht sogar erst knapp über zwanzig.«

»Er ist 25!«, präzisierte Elke.

»Meine liebe Freundin«, sprach Petra zu Elke wie zu einem kleinen Kind. »Du bist verliebt. Du hast wieder einmal richtig schönen Sex gehabt und jetzt denkst du, dass du diesen Mann liebst. Das mag ja sein. Aber du denkst auch, dass er dich liebt! Doch da könntest du dich täuschen. Sieh ihn doch an! Er ist so scharf auf Europa wie alle hier.«

»Außer Noureddine natürlich«, fügte Elke lächelnd und etwas gereizt hinzu.

»Weißt du was, Elke? Wir sollten dieses Thema lassen. Ich gehe jedenfalls heute Abend zu Noureddine. Was planst du mit Ali? Gehst du heute Abend mit ihm aus?«

»Du hast es mir soeben verdorben!«, warf sie ihr vor.

»Ach was!«, warf Petra lachend ein. »Ich gönne dir dein Glück. Und überhaupt: Männer sind es nicht wert, dass sich zwei so gute alte Freundinnen – mit alt meine ich langjährig – streiten müssten. Ich wollte dich ja nur vor einer Dummheit bewahren.«

Sie schwiegen eine Weile, aber beide dachten sich ihren Teil. Elke war sich sicher, dass ihre Freundin nur eifersüchtig war. Sie sah sie lieber traurig, einsam, vor einer Scheidung, weinend und voller Kummer. Sie wollte nicht ihr Glück, sondern ihr Unglück. Dann konnte sie sie immer trösten. Petra war eine gute Trösterin. Sie kam sich dann stark und überlegen vor. Seit ihrer Jugendzeit war es Petra, die Ratschläge zum Thema Jungs gab. Alle mussten ihren Ratschlägen und Entscheidungen folgen, sonst hätte sie sie als »dumme Kühe« bezeichnet. Sie war immer selbstsicher, zumindest nach außen hin. Und wenn sie mal verliebt war, dann diktierte sie ihrem Freund die Bedingungen: Er musste sie zwar abholen und wieder heim begleiten, aber er durfte für sie nicht bezahlen, ihr kein Feuer geben, ihr keine Tür aufmachen. Sie war die selbstständige, emanzipierte »Zicke«. Aber gelegentlich war sie auch sehr sensibel, schwach, abhängig und auf Harmonie und Zärtlichkeit angewiesen. Und in diesen Momenten kam dann immer irgendein Macho, der sie verletzte. Mit jedem Mal wurde sie härter, männlicher. Elke war schon sehr interessiert, was Noureddine für ein Mann war, der ihr diese Hingabe wieder einflößte. Sie erkannte ihre Freundin nicht mehr. Sie fand Noureddine einen wunderbaren Mann, für den sie alles täte, den sie sogar heiraten würde. Dieser Mann musste es ihr echt angetan haben.

Und Petra dachte: Meine Freundin muss ja ziemlich verzweifelt sein! Den erstbesten Hilfskellner gerade mit ins Bett zu nehmen und den Pferdemenschen zuvor auch noch zu küssen! Sie hat innerhalb eines einzigen Urlaubs zwei Männer vernascht, den einen leicht, den anderen heftig. Wieso tut sie sich das an? Und wieso tut sie das ihrem Mann an? So war es nicht gemeint, als ich ihr riet, sie solle sich amüsieren. Ich dachte, sie hinge noch zumindest an ihren Kindern. Was soll nun aus ihr und den Kindern werden? Will sie diesen Kaffeebringer etwa heiraten und nach Augsburg verfrachten? Damit er dort in einem Hotel weiter Kaffee serviert und sich eine Jüngere anlächelt? Was will sie mit diesem Typen? Klar. Sie will Sex. Dann soll sie sich gefälligst vier Mal im Jahr hierher begeben und ihn eine Woche lang auskosten. Das ist mehr als manche Frau auf dieser Welt von ihrem Ehemann hat. Aber dieser Typ in Deutschland? Unmöglich! Und was fällt ihr ein, ihn mit Noureddine zu vergleichen, einem echten Mann, der nicht nur ein guter Liebhaber ist, sondern auch denkt, Freundschaft und Humor kennt, intelligent ist und so einfühlsam.

Nach dem Frühstück war wieder das tägliche Programm festgelegt: Pool, Strand, das Abwimmeln von verschiedenen Angeboten von Kamelreiten bis zum Kauf von frischen Trauben, sobald sie sich zum Strand begaben.

Während sie auf ihren Liegestühlen lagen, erschrak Elke auf einmal. Ihr wurde plötzlich bewusst, dass sie ihre Kinder anrufen wollte und es schlicht vergaß. Genau in diesem Moment piepste ihr Handy, das sie nicht auf lautlos gestellt hatte.

»Wir vermissen dich, Mama. Du hast versprochen, anzurufen!«

Ihr wurde fast schlecht bei dem Gedanken, dass sie ihre eigenen Kinder vergessen hatte. Dass sie an Sebastian nicht dachte, das konnte sie noch nachvollziehen. Aber ihre Kinder!

Petra war am Dösen und so ging sie kurz in die Empfangshalle, setzte sich auf ein Sofa und holte tief Luft, als sie das Telefon auf der anderen Seite läuten hörte.

Sebastian nahm ab. Sie grüßte ihn kurz und nicht allzu herzlich, dann verlangte sie die Kinder. Sie sprach mit ihnen, einem nach dem anderen, und hatte gelegentlich ein Lächeln auf den Lippen, gelegentlich Tränen in den Augen. Sie entschuldigte sich für die Verspätung und versuchte es damit zu erklären, dass die Verbindung von Tunesien nach Deutschland nicht immer klappen würde, was die Kinder nur halbwegs glaubten. Dann beschrieb sie ihnen Land und Leute. Es sei ganz toll hier und sie müssten auch mal mitkommen. Die Menschen seien freundlich, redeten eine lustige Sprache und dachten auch ganz anders als sie in Deutschland. Das Wetter sei toll, das Meer auch. Sie erhole sich gut und denke viel an sie.

Als das Gespräch beendet war, war sie regelrecht am Weinen. Der Chef de Réception sah sie mitleidig an, traute sich aber nicht, zu fragen. Er hatte keine Ahnung, ob sie mit einer kranken Mutter, ihrem Ehemann oder ihrem Chef gesprochen hatte. Er begnügte sich mit einem mitfühlenden Lächeln, als sie seinen Blick traf. Dann ging sie wieder auf ihren Liegestuhl zurück und war froh, dass ihre Freundin nichts von ihrer Abwesenheit bemerkt hatte.

Am Abend gingen Elke und Ali Hand in Hand am Hafen spazieren. Gelegentlich begegnete ihnen ein Bekannter Alis und er zog dann schnell seine Hand aus ihrer. Er erklärte ihr, dass er nicht wolle, dass halb Djerba wüsste, mit wem er spazieren ging. Wenn ihnen jedoch junge Kollegen entgegenkamen, umarmte er sie und drückte sie ganz fest an sich, als wenn er sagen wollte: Die gehört zu mir!

Die laue Nacht zog auch Einheimische an die neu gestaltete Strandpromenade von Houmt Souk und es waren ziemlich viele Leute unterwegs. Gelegentlich traf Elkes Blick die Augen einer Tunesierin. Sie fragte sich, was diese Frauen wohl dachten. Sie, die Tunesierinnen, durften höchstens mit ihrem Mann spazieren gehen, aber manche Touristin ging während ihrer Urlaubswoche mit drei verschiedenen Männern aus. Was dachten diese Frauen über die Deutschen und Europäerinnen? Sie nahmen ihnen ihre schönsten, jüngsten und erfolgreichsten Männer weg, Heiratskandidaten, die dann fehlten. Sie nahmen ihnen ihre Söhne und manchmal ihre Väter weg, in dieses ferne Europa, das kaum jemand hier aus eigenen Mitteln erreichen konnte.

Die Blicke waren oft giftig, fragend, manchmal glaubte sie ein Kopfschütteln zu erkennen. Es war ihr unangenehm geworden. Die älteren Männer schienen sich auch ihren Teil zu denken. Was wollten sie ihr sagen? »Lass diesen Jungen in Ruhe!« Oder: »Ja, nimm ihn mit! Er soll ruhig in Europa Geld verdienen und seine Familie unterhalten. Einer weniger, der hier nach Arbeit ansteht.«

»Willst du in die Disko?«, fragte Ali überraschend.

»Warum nicht?«, antwortete Elke.

»Aber wir müssen ein Taxi nehmen, ist ein bisschen weit, okay?«

Sie bezahlte das Taxi. Sie bezahlte die Drinks an der Bar. Es war für sie selbstverständlich. Inzwischen kannte Elke Alis Lohn und hätte sich nie und nimmer getraut, sich von ihm einladen zu lassen. Als sie sich an einen Tisch in einer ruhigen Ecke setzten und an ihren Drinks nippten, sahen sie wie ein Paar aus. Natürlich sah man den Altersunterschied, natürlich sah man, dass Elke ihm regelrecht um den Hals fiel und nur Augen für ihn hatte, natürlich sah man ihm die Freude und den Stolz an, eine solche Frau ausführen zu dürfen – oder von ihr ausgeführt zu werden.

Elke hatte eine enge schwarze Hose an, die ihren Unterkörper betonte. Sie trug eine rote Bluse, die ebenfalls ihre prallen Brüste auffallen ließ. Ihre eleganten Schuhe machten aus ihr eine ansehnliche Persönlichkeit unter diesen meist jungen und locker bekleideten Frauen. Und so mancher Blick ging in ihre Richtung, als sie zum ersten Mal auf die Tanzfläche gingen.

Zunächst ging es rockig zu. Elke hatte schon Monate, nein, mehr als ein Jahr, nicht mehr getanzt und war nun richtig gut drauf. Dann kam endlich ein langsames Stück und Ali wusste nicht, wie er reagieren sollte. Sie zog ihn ganz nahe an sich heran und er schaute herum, als wenn er nach Bekannten Ausschau halten würde. Könnte ihn jemand erkennen?

Warum fürchtet er sich, jemanden zu sehen, den er kennt, fragte sich Elke. Sie fasste es aber so auf, wie ihr Petra schon einmal erklärt hatte: »Die Jungs wollen nicht von Freunden und Bekannten gesehen werden, bevor sie definitiv sagen können: Ich habe sie! Denn es ist für sie nicht einfach, zuzugeben, dass sie mit einer Frau getanzt und geschmust haben, die sich im Laufe des Abends für einen anderen Mann entschieden hat. Darum traut sich kein anderer an dich heran, so lange du mit einem unterwegs bist. Kommst du aber am nächsten Abend alleine in die Disko, dann bist du wieder Freiwild. So viel Respekt und Disziplin haben sie. Wie die Wölfe, die gehen auch erst an ein Weibchen, wenn sie sicher sind, dass das Männchen alt und grau oder gestorben ist.«

Elke hatte Mühe, sich vorzustellen, wie Ali hier lebte, zwischen dem Hotel voller Europäer und einer traditionellen Familie, zwischen Disco und Moschee. Was machte er jeden Abend nach der Arbeit? War sie wirklich seine erste richtige Frau, die er gern hatte, oder waren vor ihr schon andere Touristinnen da, mit denen er einen Versuch unternommen hatte? Hatte er womöglich schon viele Frauen wie sie gestern Nacht verwöhnt? Woher hatte er diese Uhr? Die sah nicht gerade billig aus. Auf einmal sah sie alles an ihm, was eine Deutsche oder eine Schweizerin ihm hätte schenken können: diese Jeans und dieses enge T-Shirt, eben diese Uhr, dieses Handy, die Sonnenbrille, die er nachmittags trug und von der er sich erst trennte, wenn es dunkelte. Aber es war ihr plötzlich egal. Hauptsache, er war mit keiner verheiratet oder verlobt oder einer versprochen! Hauptsache, sie konnte ihn nun für sich allein haben! Pech für die anderen, wenn sie nicht so entschieden und direkt waren. Sie wollte ihn, definitiv.

Auch Ali machte sich seine Gedanken. Sie war nun seit Tagen in diesem Hotel. Wie oft hatten sie wohl ein Kellnerkollege, ein Barman oder dieser schlimme Ramadan angesprochen? Vielleicht war sie ja auch irgendeinem dieser Männer gefolgt, einem näher gekommen? Egal, Hauptsache er war es, der sie nun hatte, verpflichtet und gebunden! Er durfte jetzt nur keinen Fehler machen. Er wollte sie nicht brüskieren. Das sei die Kunst mit den Europäerinnen, sagte ihm einmal ein Freund, nicht zu früh von Heirat und Europa zu reden, aber um Gottes willen auch nicht zu spät!

Sie redeten mal laut, mal leise. Und immer wieder, wenn ein Stück gespielt wurde, das einem von ihnen gefiel, wurde das Gespräch unterbrochen und dafür getanzt. Es wurde ein schöner lockerer Abend. Sie küssten sich dann vor dem Hotel, außer Sichtweite des Wächters, und erstarrten in einer endlosen stillen Umarmung, im Wissen, dass es ihr letzter Abend war.

Elke verbrachte die Nacht alleine. Petra kam nicht ins Hotel. Sie hatte ihrer Freundin am späten Abend geschrieben: »He, Elke-Schatz! Ich bleibe bei Noureddine. Zahnbürste hat er … Bis morgen! Werde rechtzeitig da sein zum Packen. Mach' mir keine Schande. Smily!«

Elke versank zunächst in Gedanken, bevor sie einschlafen konnte. *Oh je, ich habe mich endgültig verliebt! Dieser Mann lässt mich nicht mehr in Ruhe. Seine Augen sind es, diese liebevollen, erotisierenden, begehrenden Augen. Eine dunkle Welt versteckt sich hinter ihnen. Aber ich will meine Angst ablegen und in diese Dunkelheit eintauchen. Seine Berührung ist es auch, elektrisierend, fröstelnd, schauernd. Seine Hände sind so was von fein und elegant. Sein Lachen, sein Lächeln und seine Grimassen sind es auch. Und dann sind da seine Lippen, die ich nicht mehr loslassen will, sein lustiges Haar, gekräuselt und kurz, so schön zum Streicheln. Sein wunderschöner athletischer braungebrannter Körper lässt mich schmelzen. Und seine Liebe, seine unendliche Liebe hat mich gefangen. Ich kann nichts dafür. Er hätte jede Frau verführt. Nun ja, jetzt hat es halt mich erwischt. Zum Glück!*

Es ist mir absolut egal, was Petra von mir hält, es ist mir gleich, was alle anderen denken. Altersunterschied hin oder her. So doll sieht man das jetzt nicht. Klar, wenn ich mal sechzig bin, ist er vierzig. Aber das geht noch so lange. Ich werde ein schönes neues Leben anfangen. Und wenn es nur ein paar Jahre sind, ich werde jeden Tag und jede Nacht, jede Minute genießen.

Ich werde schon keinen Fehler machen und alles für ihn tun. Ich werde meine Persönlichkeit behalten und meine Forderungen stellen. Alle, die mir abraten werden, sind bloß neidisch. Sie würden ihn genau so gern nehmen wie ich! Und wenn es Beziehungen gab in dieser Art, die nicht geklappt haben, so gibt es bestimmt welche, die funktionieren. Warum nicht unsere? Wir dürfen uns nicht beeinflussen lassen, wir dürfen es uns nicht ausreden lassen, weder von meiner Familie noch von seiner. Weder von meinen Freunden noch von seinen. Denn meine Freundinnen hätten es auch getan und seine Freunde haben auch schon versucht, sich eine Europäerin zu angeln.

Wir haben uns getroffen. Wie schön hat er mir dieses Stück aus dem Lied übersetzt: »Ein Zufall hat uns die Existenz geschenkt und beschloss, dass wir uns trafen, und so trafen wir uns …«

Was für ein glücklicher Zufall. Danke, Gott!

Sie ertappte sich dabei, auf einmal an Gott zu glauben. Das war nicht einfach so ein Ausrutscher. Sie wollte irgendjemandem dafür danken, was ihr Gutes widerfahren war. Und da kam ihr Gott in den Sinn, nicht aus Gewohnheit, sie war es nicht gewohnt, »Gott sei Dank« zu sagen. Es war vielmehr aus innerer Überzeugung, dass dieser Zufall nicht einfach so geschehen konnte. Jemand wollte, dass diese schöne Begegnung stattfand. Und sie lächelte beim Gedanken, was wohl Pfarrer Matzinger dazu sagen würde: »Siehst du, Elke, wir alle haben einen Moment in unserem Leben, früher oder später, an dem wir nicht anderes können als an *ihn* und *seine Macht* und *seine Güte* zu glauben!«

Der Abschied

Der Tag des Abschieds kam unweigerlich, obwohl ihn alle Beteiligten wegwünschten. Nach einem verkürzten Frühstück ohne Ali, der frei hatte, nahmen die beiden Frauen ihr Gepäck mit zur Rezeption, beglichen die Rechnung für Extras und Minibar und warteten wortlos auf den Hotelbus, der sie zum Flughafen fuhr.

Wortlos schauten beide aus dem Fenster und sahen das Meer vorbeisausen, in dem sie gebadet hatten. Sie fuhren am Casino vorbei, in dem sie einen Abend verbracht hatten, den sie aber nicht gerne in Erinnerung behielten. Sie dachten aber beim Anblick dieses Gebäudes beide an das Abenteuer.

Sie wollten sehen, was hier auf Djerba als Casino galt, denn Petra hatte es auch noch nie betreten. Sie gingen an die Bar und wurden sofort von zwei Tunesiern angesprochen, die sich zu ihnen setzten. Die Jungs bestellten dann auch gleich die Getränke bei einem jungen Kellner und unterhielten sich mit den Touristinnen. Sie waren anscheinend – so sagten sie jedenfalls – Informatiker auf Geschäftsreise. Sie kamen aus Sfax, hatten sie erzählt, um hier eine Woche lang verschiedene Softwarekunden zu betreuen.

Nach einer Weile präsentierte der Kellner die Rechnung – und zwar den Frauen. Elke wollte schon bezahlen, da nahm Petra den Zettel und gab ihn, vor den Augen des Kellners, einem der Jungs: »Ihr habt bestellt! Und wir haben nur den Orangensaft getrunken, keinen Schnaps.«

Die Männer warfen ihr einen giftigen Blick zu, der Kellner grinste vor sich hin und die Frauen zogen schnell davon.

Als sie ausstiegen und ihre Koffer in Richtung Abfertigung rollten, stand Ali mit einem großen Lächeln, aber einem traurigen Blick da. Elke konnte nicht anders als ihn zu umarmen und zu küssen und ließ ihn nicht mehr los. Mit jedem Schritt, den sie in der Warteschlange taten, zog sie ihn an ihrem Arm mit weiter. Sie redeten ununterbrochen, während Petra gelegentlich nach hinten schaute, ob Noureddine wohl kommen würde. Er hatte es ihr in den frühen Morgenstunden versprochen. Er werde – komme, was wolle – noch zehn Minuten zum Flughafen kommen. Sie wusste, dass er arbeitete, aber er würde es schaffen, seinen Arbeitsplatz für eine Stunde zu verlassen. So lange brauchte er nämlich zum Flughafen und zurück, einschließlich der zehnminütigen Verabschiedung. Noureddine gab selten ein Wort, aber wenn er es tat, dann hielt er es. Das hatte er ihr gesagt.

Sie waren schließlich dran mit der Gepäckabgabe und Ali ging leicht zur Seite, um nicht für einen Passagier gehalten zu werden. Er beobachtete in der langen Schlage die Frauen, die einen Tunesier im Schlepptau hatten. Es fiel ihm auf, wie zahlreich sie erschienen waren, diese Ferienbekanntschaften, und er fragte sich, wie viele dieser Frauen sich wohl, so, wie Elke, verliebt hatten und versprachen, wiederzukommen. Und wie viele unter diesen Paaren hatten schon, so, wie sie zwei, Heiratspläne?

Die Uhr hinter der unbeteiligt aussehenden Mitarbeiterin zeigte 10.34 Uhr. Um 10.45 Uhr wollte Noureddine spätestens da sein, denn danach mussten sie in die Zollhalle, wo er keinen Zutritt mehr hätte, und dann hätten sie sich mit winken und lächeln begnügen müssen. Petra schaute kurz auf ihre Uhr, als sie in ein Café gingen und mit Ali noch etwas zu trinken bestellten.

»Vielleicht konnte er nicht frei kriegen?«, sagte Elke. In ihrem Ton war eine Art Mitgefühl zu hören, andererseits war da eine unterschwellige Idee von: Der kommt doch nicht wegen dir! Meiner ist bereits da …

Sie bezahlten die Rechnung. Ali nahm das Handgepäck seiner Freundin in die Linke und ihre Hand in die Rechte und ging mit ihr in Richtung Abflughalle. Petra saß noch da und wollte bis zur letzten Minute warten. Sie schaute zuversichtlich um sich herum, als wenn sie an keinen Zufall, keine Verspätung, keinen Unfall, keinen Stau, keine sonstige Verhinderung glauben könnte. Er hätte geschrieben, wenn er nicht kommen könnte. Noureddine war kein Tunesier in dieser Hinsicht, sondern Schweizer. Seine Uhr war seine Seele, sein Wort war sein Gewissen. Er würde seinen Chef erschlagen, um sich verabschieden zu kommen.

Es war nun exakt 10.45 Uhr. Sie stand auf und ging in Richtung Zoll- und Polizeikontrolle. Elke hatte Ali schon geküsst, umarmt, gestreichelt, mit ihm geredet, Vereinbarungen getroffen, geheult und ihre Tränen weggewischt. Petra stand noch vor der Tür. Der Beamte stand fragend vor ihr.

»Encore une minute!«, sagte sie.

In diesem Moment umarmte jemand sie von hinten und Elke sah ihr die Freude an, keine übertriebene Euphorie, sondern eine beruhigende leichte Emotion, die ihrer Freundin so gut stand, die sie noch nie in ihrem Gesicht gesehen hatte.

Noureddine küsste sie ein einziges Mal auf den Mund, lange, leise, leidenschaftlich, und hielt ihr Gesicht in seinen Händen. »Ich muss wieder gehen.« Dann flüsterte er ein paar Worte in Petras linkes Ohr. Sie vergoss nur eine kleine Träne und hatte dieses unglaublich glückliche Lächeln auf dem Gesicht. Sie ließen ihre Hände lange aneinander, dann drehte er sich um und ging langsamen und sicheren Schrittes davon, dabei rückte er die Krawatte seiner Uniform zurecht und verschwand, ohne zurückzuschauen. Sie begleitete ihn mit den Augen, bis sie von einem »S'il vous plaît, Madame!« aus ihrem Traum zurückgeholt wurde.

Die zwei Freundinnen saßen nun wortlos in der Wartehalle und waren glücklich, dass der Flug keine Verspätung hatte. Petra schaute sich um, während Elke noch ein Liebes-SMS schrieb. Sie dachte sich beim Anblick so vieler Frauen, die traurige Gesichter und geschwollene Augen aufwiesen, dass es wohl einige Abenteuer gab diese Woche. Aber sie war glücklich, nicht zu ihnen zu gehören. Ihre Freundin Elke, ja, die gehörte zu ihnen. Pah, eine Nacht mit irgend so einem

Kellner oder – noch schlimmer – einem Animateur und schon waren diese Frauen hin und wollten alles geben, ihn einladen, noch mal nach Djerba kommen, ihm Kleider und Dinge bringen, die er wie eine Bestellung aufgab, gerade nach dem Sex bei einer Zigarette. Und diese dummen Kühe schrieben brav alles auf, sie gingen sogar so weit, zu sagen: »Aber Schatz, brauchst du nicht noch …?« Sie, Petra, zählte nicht dazu. Noureddine hatte noch nicht einmal einen Kaugummi von ihr verlangt. Im Gegenteil: Er hatte sie gefragt, ob er für sie etwas Spezielles besorgen solle, was nicht jedermann hier bekäme. Und sie überlegte. Sie hatte auf dem Markt diese arabische Musik geliebt. Da war ein Mann mit einer *Darbouka*, einer mit einem *Bendir*, einer spielte *Oud*, einer eine *Gasba* (Querflöte) und schließlich sang einer. Sie wollte diese Szene auf einem Foto oder einem Bild festhalten. Noureddine hatte ihr dann bei einem ihm bekannten Künstler ein Bild gekauft, das eine arabische Musikerszene darstellte. Dafür wollte er nichts.

So geht das, meine Damen, geben und nehmen, nicht nur geben, wollte sie allen sagen, die mit Einkaufslisten nach Hause gingen, um das nächste Mal am Flughafen ihren Lover zu empfangen, der als Erstes fragte: »Hast du alles?«

Zwischen uns, dachte sie, zwischen Noureddine und mir könnte es klappen. Er könnte mich besuchen, ein Mal im Jahr, vielleicht zu Weihnachten, um mit mir im Schnee zu waten, durch die beleuchteten Einkaufsstraßen zu schlendern, in die warmen Weinstuben zu gehen. Und ich könnte drei Mal im Jahr nach Djerba kommen. Während er arbeitet, könnte ich baden, mich erholen, abends für ihn kochen. Das wäre eine echte bikulturelle Beziehung. Nicht so etwas, wie Elke will: ihn nach Deutschland importieren, monatelang sitzen lassen und sich ihrem Alltag widmen, dann verlangen, dass er voller Motivation mit ihr leben sollte. Wie kann ich ihr das bloß ausreden?

Elke hatte in der Tat diesen traurigen Gesichtsausdruck und die geschwollenen Augen. Sie hatte auch diesen Einkaufszettel in der Handtasche. Und im Flugzeug sah sie der Steward mit einem Blick an, den nur Petra zu deuten wusste. Verwechsle mich ja nicht mit einer, die sich in einen deiner Landsleute blind und einseitig verliebt hat, Junge, wollte sie ihm sagen. Und sie unternahm einen letzten Versuch, sozusagen auf neutralem Boden, wenn auch in der Luft, mit ihrer Freundin über die Chancen einer Zukunft mit Ali zu reden.

»Elke, Schatz! Willst du dir nicht alles noch mal überlegen? Mit Sebastian erst einmal eine richtige Trennung vereinbaren, dann nochmals über alles nachdenken?«

»Petra, glaub mir, mein Entschluss ist gefasst! Und auch du kannst mich nicht davon abhalten. Ich habe mir alles genau überlegt.«

»Wie genau?«, unterbrach sie Petra. »Du willst eine zwanzigjährige Ehe beenden nach gerade mal zehn Tagen Urlaub? Wie genau hast du es dir überlegt?«

»Willst du den Plan wissen, den wir gestern ausgeheckt haben bei mehreren *Boukha*-Orange?«

»Ich bin gespannt!«

Und Elke erzählte ihr voller Begeisterung. Ali und sie hätten über alles gesprochen. Er hätte ihr von seinen beruflichen Chancen auf Djerba berichtet, die Aussichten seien schlecht. Er könne nach Jahren erst Chef de Service werden. Dazu müsse er sich weiterbilden, hart arbeiten, kriechen, womöglich jemanden schmieren und viel Glück haben. Und auch dann würde sich sein Lohn nicht wesentlich verbessern. Er würde immer noch fast alles ausgeben, denn die Einnahmen seines Vaters aus dem Laden wären nicht besonders hoch. Und trotz der Unterstützung seines Bruders aus Belgien müsse er seinen Eltern, insbesondere seiner Mutter, monatlich unter die Arme greifen. Wenn er aber in Deutschland wäre, würde er jeden erdenklichen Job machen und – so hatten ihm Freunde berichtet – jeden Monat noch genug auf die Seite bringen, um seine Familie zu unterstützen.

»Ich werde dir für deine Hilfe ewig dankbar sein!« Das habe Ali zu Elke gesagt. Und Elke war sich sicher: Diese Augen logen nicht. Er würde anfangs halt auf ihre Kosten leben müssen, aber sobald er einen Job hätte, würde er sich an den Haushaltskosten beteiligen, ihr auch im Haushalt, im Garten und vielleicht auch mal mit den Kindern helfen. Natürlich könne er einen Teil seines Lohnes nach Hause schicken.

»Aber sag mal«, unterbrach sie Petra erneut, »was habt ihr für einen Plan ausgeheckt bezüglich Sebastian?«

»Nun, ich werde sofort die Scheidung einreichen. Das wäre aber sowieso gekommen. Das hat nichts mit Ali zu tun. Natürlich wird Sebastian die Verbindung herstellen, aber das ist mir schlussendlich egal. Dann werde ich im November noch einmal hierher kommen und bei Ali wohnen, in einem kleinen Häuschen. Dann werden wir uns so richtig kennen lernen. Und wenn ich geschieden bin, bringe ich die Papiere mit und wir heiraten hier, damit er mit mir ausreisen kann.«

»Das ist der Plan?«

»Das ist der Plan!«

Petra dachte: Ich werde mich verstecken müssen! Alle werden mich verdächtigen, ich hätte sie dazu ermuntert, sich einen jungen Tunesier zu angeln, oder zumindest werden sie mir den Vorwurf machen, ich hätte sie nicht davon abgehalten. Verflucht, sie ist doch aber alt genug! Ich höre Sebastian schon kopfschüttelnd sagen: »Ich habe dir vertraut, und was ist nun?« Und ihre Mutter wird weinend flüstern: »Du hättest auf meine Tochter aufpassen sollen! Du bist doch diejenige, die Erfahrung hat mit diesem Land und diesen Männern.« Oh je! Und Ralph wird mir eine Predigt halten.

Die Sehnsucht

Kaum auf dem Flughafen München gelandet, schaltete Elke ihr Handy wieder ein. Es vergingen keine drei Minuten, da piepste es – eine SMS mit dem Absender, den sie gespeichert hatte unter »Ali Habibi«.

Sie las die Nachricht und auf ihrem Gesicht konnte ihre Freundin nur eine unglaublich glückliche Grimasse erkennen.

»Als du durch den Zoll gegangen bist, wanderte mein Herz mit dir! Ich werde leiden, bis du zurückschreibst.«

Sie konnte noch nicht antworten, da piepste es wieder.

»Bitte, bitte, bitte, habibi, schreib mir zurück und lass mich nicht schmoren!«

Während die zwei Frauen auf ihr Gepäck warteten, schrieb sie zurück: »Ali, habibi, ich vermisse dich, seit wir uns verabschiedet haben. Ich rufe dich heute Abend an!«

Sie wusste, dass er jemanden neben sich hatte, der besser Deutsch konnte als er, denn so einen Satz konnte er alleine nicht schreiben, und dann noch fehlerfrei! Aber sie war sich sicher, es war keine Frau. Es musste ein Freund gewesen sein, der ihm seine Worte richtig in die Tastatur des Handys getippt hatte.

Auch Petra schrieb eine kurze SMS. Auf die Frage »Wem hast du geschrieben? Noureddine?« antwortete sie wie automatisch, während sie sich auf das Rollband konzentrierte: »Ralph, wie immer, wenn ich von irgendwoher zurückkomme.«

Dann entdeckte Elke durch die Scheibe das Gesicht ihres Mannes, der sie voller Erwartungen und Fragen anblickte. Sie lächelte zurück und drehte sich sofort um.

»Es fällt mir alles auf einmal so schwer«, sagte sie zu Petra.

Als die beiden Frauen durch die Gepäckkontrolle gingen und auf Sebastian trafen, begrüßte ihn Petra nur kurz und verabschiedete sich.

Sebastian versuchte, so zu tun, als ob nichts wäre, und wollte seine Frau auf den Mund küssen. Elke hielt ihm jedoch die linke Wange hin und gab ihm einen kaum hörbaren, kaum spürbaren Kuss. Er nahm ihr das Gepäck ab und sie gingen wortlos in Richtung Parkgarage.

»Wie war's denn?«

»Gut.«

»Die Kinder warten zu Hause. Ich wollte sie nicht mitnehmen, ich weiß auch nicht wieso. Ich ließ sie vor dem Fernseher.«

»Ist wahrscheinlich besser. Wir haben zwei Stunden Zeit, um zu reden.«

»Müssen wir denn reden?«

»Ja, müssen wir!«

Sebastian verstaute das Gepäck im Kofferraum seines Mercedes und traute sich kaum, Elke in die Augen zu sehen. Er hatte eine Vorahnung. Alles, was er sich auf dem Weg zum Flughafen ausgedacht hatte, schien nun völlig daneben zu liegen. Er hatte gehofft, sie würde ihn herzlich empfangen, ihn sehnsüchtig küssen und mit Worten wie »Wir schaffen es schon!« beruhigen. Doch nichts dergleichen. Er spürte meterweit ihre emotionale Kälte. Hatte sie in diesen zehn Tagen einen definitiven Entschluss gefasst, sich zu trennen? Hatte sie sich in einer so kurzen Zeit von der Ehefrau in eine Ex-Frau verwandeln können? Als er den Motor anließ, bat sie ihn, noch nicht abzufahren.

»Ich muss dir sofort etwas sagen.«

»Ich kann auch zuhören, während ich fahre«, antwortete er gefühllos.

»Ich habe einen Mann kennen gelernt.«

Sebastian drehte den Schlüssel um. Der Motor war still, das Auto war still, die ganze Garage war still. Es kam ihm vor, als hätte die ganze Welt still gehalten, um zuzuhören.

»Was?«, fragte er leise.

»Ich habe einen jungen Mann kennen gelernt und habe mit ihm etwas gehabt.«

Sebastian hob die Stimme: »Du willst mir sagen, du hast in diesem kurzen Urlaub einen Mann kennen gelernt, dich mit ihm getroffen, viel mit ihm geredet und dann mit ihm geschlafen? Alles in nicht mal zwei Wochen?«

»Ja.«

»Du hast mich mit einem wildfremden arabischen Mann betrogen, der auch noch viel jünger ist als du?«

»Ja.«

»Hör auf, ja zu sagen! Ich hab's verstanden!«, schrie er.

»Und du hör auf, zu wiederholen, was ich gesagt habe!«, schrie sie zurück.

»Ich glaube es nicht! Meine eigene Frau! Aber danke für die Offenheit. Und wie war's?«

»Was meinst du?«

»Na, wie war es? Du weißt schon, was ich meine.«

»Sei nicht albern.«

»Nein, sag nur? Wie war er? Ich ertrag's schon.«

»Darüber will ich nun wirklich nicht reden.«

»Verflucht! Wie war es?« Er schrie sie an.

»Na gut!«, schrie sie zurück. »Wenn du es ertragen magst: Es war geil, es war toll, es war himmlisch. Ich habe einen Mega-Orgasmus bekommen, und nicht nur einen!«

Sebastian stieg aus dem Auto und hielt seine Hände vors Gesicht, dann strich er sich über den Kopf, rieb die Hände aneinander, steckte sie schließlich in die Taschen. Nach einer wortlosen Pause stieg er wieder ein. Er drehte den Schlüssel und startete den Motor.

»Willst du wirklich fahren?«

»Ja, kein Problem.«

Er fuhr ab. Es vergingen ewig lange Minuten, bis er fragte: »Was kann dir dieser Mann bieten? Schönen Sex, okay. Und was noch? Kann er dir ein Haus bieten, einen Mercedes, ein sorgenfreies Leben? Meinst du, dieser gute Sex hält an? Hatten wir nicht auch anfangs geilen Sex? Oder hast du das vergessen?«

Elke schwieg und schämte sich dafür, dass sie ihren Mann so verletzt hatte mit ihrer Aussage über die Nacht mit Ali. Nach einer Weile sagte sie leise und ruhig: »Ich brauche kein Haus. Eine kleine Wohnung tut es auch. Ich brauche keinen Mercedes. Ein Polo ist auch okay. Und ein sorgenfreies Leben? Ha, zuerst mal ein Leben!«

Als sie zu Hause ankamen, standen die Kinder schon draußen und warteten auf ihre Mutter. Sie stürzten sich auf sie und umarmten und küssten sie beide gleichzeitig.

»Ich hab euch so sehr vermisst!« Elkes Tränen vermischten sich mit einem freudigen Lachen.

Noch am selben Abend, nachdem sie die Kinder ins Bett gebracht hatte, wollte Elke hinausgehen. Sie zog ihren Mantel an. Saukalt hier, dachte sie.

Als Sebastian sie fragte, wohin sie wolle, antwortete sie kurz angebunden: »Zu Petra.«

»Die hast du jetzt zehn Tage ununterbrochen gesehen. Wieso musst du schon wieder zu ihr?«

Als keine Antwort kam, fügte er hinzu: »Verstehe, du willst mit ihr über deinen neuen Mann reden. Du willst mit ihm telefonieren. Du vermisst ihn wohl so sehr, was?«

»Sebastian! Lass uns diese Geschichte in Würde hinter uns bringen, okay?«

Bevor er noch etwas sagen konnte, schloss sie die Tür hinter sich. Und Sebastian griff zum Hörer und rief seinen Freund Ralph an. Sie unterhielten sich lange, sehr lange. Sie befanden, dass nichts mehr zu retten war, dass die Ehe schon länger zerrüttet war und diese Ferienbegegnung nur noch dazu kam, als Auslöser halt. Sebastian beteuerte auch seine Liebe nicht mehr wie noch vor ein paar Tagen. Er hasste sie zwar nicht, aber er war äußerst beleidigt, gedemütigt und entwürdigt. Ausgerechnet mit einem unausgebildeten nordafrikanischen Moslem wollte sie sich zusammentun.

»Sie hat mir doch glatt davon vorgeschwärmt, wie einfach diese Menschen leben können und wie zufrieden sie sind. Kannst du dir vorstellen, wie blind die Frau gewesen sein muss, dass sie Ferienstimmung und Alltag nicht auseinander halten konnte?«

Petra wohnte nicht weit weg von Elke und so war sie nach nur ein paar Minuten bei ihr. Als Erstes musste Elke ausführlich über Sebastians Reaktion berichten, dann aber drängte Elke auf den Anruf, den sie Ali versprochen hatte. Als er mit »Allo?« abnahm, war sie erleichtert, erfreut und ganz entzückt.

»Ich bin's, Ali, die Elke. Wie geht's dir, Habibi?«

Petra war so höflich, trotz ihrer enormen Neugier, aus dem Wohnzimmer zu verschwinden und in ihr Arbeitszimmer zu gehen. Sie setzte sich vor ihren Computer, nachdem sie die Bürotür zugeschlossen hatte, und startete den PC. Sie wusste, dass dieses Gespräch lange dauern würde. Sie wollte die Gelegenheit nutzen, um Noureddine zu schreiben.

Nach einem langen Seufzer schrieb sie:

Mein Liebster!

Was soll ich sagen? Es waren die schönsten Tage meines Lebens, die ich bei dir verbringen durfte. Ich wollte, es hätten Monate und Jahre daraus werden können. Du hast mich verführt, in eine schöne Welt entführt, mich vergessen lassen, in was für einer düsteren Welt ich lebe. Du hast mich eingeführt in eine Welt voller Sonne, ohne Sorgen, mit viel Zuversicht, Freundschaft und Liebe. Du hast mir mit keinem Wort gesagt, dass du mich liebst, für dich ist diese Aussage ja so folgenschwer, aber ich spürte tags und nachts, morgens und abends, dass du mich von ganzem Herzen liebst, wie ich dich auch!

Ich bin gut nach Hause gekommen. Was heißt eigentlich nach Hause? Seit unserer neuen Begegnung fühle ich mich nur noch bei dir zu Hause. Aber ich überleb's, glaub mir. Ich bin ja aus hartem Holz geschnitzt. Nur werde ich dich so sehr vermissen, bis ich wieder Urlaub kriege und dich besuchen kann.

Hast du viel Arbeit? Viele neue Gäste? Hoffentlich keine einzige attraktive Deutsche, hoffentlich nur alte dicke Frauen, auf die du nicht stehst!

Ich umarme und küsse dich und denke an dich. Morgen schreibe ich wieder, vom Büro aus …

Und deine Worte, die du mir ins Ohr geflüstert hast im Flughafen vor diesem ungeduldigen Beamten, sie klingen noch in meiner ganzen Seele!

Petra

Als sie bemerkte, dass es im Wohnzimmer ruhig war, dachte sie, das Gespräch sei beendet und ging zu Elke. Diese hatte den Hörer noch am Ohr, schien zuzuhören, hatte Tränen in den Augen und hielt sich den Mund zu, damit Ali sie nicht schluchzen hörte.

Petra deutete die Frage nur an: »Was ist los?«

Und Elke winkte nur mit der Hand ab. Dann endlich sagte sie mit einem großen Lachen, vermischt mit Tränen: »Ich liebe dich auch!«

Die zwei Freundinnen redeten noch eine Weile. Petra hatte sich damit abgefunden, was ihre Freundin nun vorhatte, und versuchte nicht mehr, es ihr auszureden. Sie wollte ihr nur noch Ratschläge geben, wo sie sich Informationen holen und wo sie sich bei Erfahrungsgruppen melden konnte. Das Wort »Leidensgenossinnen« lag ihr auf der Zunge, aber sie beherrschte sich.

»Es gibt bestimmt auch in Augsburg viele Frauen, die dieselbe Erfahrung gemacht haben. Tausche dich mit ihnen aus, das wird bestimmt sinnvoll sein.«

Und die beiden Frauen saßen da, lange Zeit wortlos. Dann sagte Elke: »Ich will nochmals hin. In vier Monaten. Ich will zwei Wochen mit ihm alleine wohnen und leben. Ich will sicher sein. Er hat dann Urlaub, den ganzen Monat November.

Elke blieb bewusst noch eine Weile bei Petra, damit sie sicher sein konnte, dass Sebastian schlief, wenn sie nach Hause kam. Und so war es dann auch. Sie ging ins Badezimmer und dann legte sie sich ins Bett und konnte kaum einschlafen. Die Kinder, das wusste sie, schliefen schon tief. Ihr Mann war inzwischen auch eingeschlafen und so war sie alleine. Sie kam sich auch alleine vor, aber nicht einsam. Ihre letzten Gedanken galten Ali.

Ralph hatte seinem Freund Sebastian geraten, sich sofort einen Anwalt zu nehmen. Aber Sebastian versuchte noch mit ihm herauszufinden, woran es wohl gelegen hatte, dass ihre Beziehung trotz so vieler vermeintlich guter Jahre, trotz eines so großen und interessanten Bekanntenkreises, trotz der gesunden, fröhlichen Kinder und dem gesicherten Leben in die Brüche ging.

Und Ralph hat mehrmals eine Erklärung abgegeben, immer wieder: »Ich sagte dir doch, Sebastian, Frauen begnügen sich nicht mehr mit einem gesicherten Leben, gesunden Kindern, einem eigenen Auto. Sie wollen mehr. Sie wollen Zärtlichkeit, sie wollen, dass ihr Mann ständig um sie herum ist. Sie wollen nicht die halbe Welt, sondern die ganze. Kennst du eigentlich das Lied von Bob Dylan?« Und er sang ihm einen Teil davon vor. Es war eigentlich kein Singen, eher ein Zitieren:

You say you're lookin' for someone
Who will promise never to part,
Someone to close his eyes for you,
Someone to close his heart,
Someone who will die for you an' more.
You say you're looking for someone
Who'll pick you up each time you fall,
To gather flowers constantly
And to come each time you call.

»Willst du denn nicht verstehen, Sebastian, du wirst ihre Wünsche nie erfüllen können! Kein Mann kann das. Auch nicht ihr nordafrikanischer Lover. Er wird ihr auch nur einen Teil von dem bieten, wonach sie sucht. Den anderen Teil vermisst sie im Moment nicht. Aber irgendwann will sie auch von ihm mehr Zeit, mehr Zärtlichkeit, mehr Geld, mehr Sicherheit. Und er wird dann auch passen müssen. Und sie wird endlich erwachsen werden!«

Ralph hatte Elke nie richtig gemocht. Er hatte sie akzeptiert, damals als Freundin seines besten Freundes und später als dessen Frau und noch später als Mutter seines ersten Patenkindes, aber niemals als Frau. Da hatte er mit der »Zicke« Petra einfacheres Spiel. Petra war für ihn berechenbar, greifbar, er konnte ihren Gedanken und ihrer Logik folgen. Bei Elke hatte er immer das Gefühl, sie redete aus dem Herzen. Das tönte schön, wenn man in sie verliebt war, aber grässlich, wenn man mit ihr ernsthaft über die Problematik der zwischenmenschlichen Beziehungen diskutieren wollte.

Das Lied von Bob Dylan war für Sebastian zwar kein Trost, aber es half ihm, den Irrtum und diese Blindheit, die er bei seiner Frau festgestellt hatte, zu verstehen. Und plötzlich war ihm die Idee mit dem Anwalt gar nicht mehr so fremd.

Ich kann diese Frau nicht mehr zurückgewinnen, dachte er vor sich hin. Also werde ich versuchen, meine Haut so teuer wie möglich zu verkaufen. Ich rede morgen früh mit unserem internen Juristen, dem gerissenen Klaus. Der wird mir helfen, alles aus den Klauen dieser verliebten Hexe zu retten. Was glaubt sie eigentlich? Bin ich das Opferlamm, das sich freiwillig hinlegt und schlachten lässt? Nein, meine Teure, du wirst mit dem gesetzlichen Minimum hier rausgehen. Und die Kinder? Du wirst schon sehen! Kann er für meine Kinder sorgen, dieser Typ? Wie kann sie es mir zumuten, meine eigenen Kinder eines Tages von einem Araber entgegenzunehmen, der nichts anderes im Kopf hat, als ihre Mutter auszunehmen? Sie muss verrückt geworden sein! Kein Mann auf der Welt kann einer Frau den Kopf so verdrehen, in so kurzer Zeit!

Als Elke die Angelegenheit mit ihren Eltern besprechen wollte, sagte ihre Mutter nur: »Mensch, Elke, bist du denn verrückt geworden? Was denken all die Nachbarn?«

»Die Nachbarn?«, schrie Elke fast. »Du fragst nicht, wie die Kinder damit zurechtkommen oder Sebastian oder ich? Du denkst an die Nachbarn und somit an dich!«

»Deine Mutter meint es ja nur gut mit dir«, fügte ihr Vater hinzu. »Aber wir werden halt alle durch so eine Entscheidung betroffen. Wir alle werden Fragen beantworten müssen.«

»Dann schickt sie zu mir, die Fragenden! Ich erkläre es ihnen gerne!«

Das Gespräch war kurz, von giftiger Stimmung, von fehlendem Verständnis geprägt. So ging Elke dann wieder mit der inneren Sicherheit, dass sie in Krisensituationen nicht auf ihre Eltern zählen konnte. Aber auf wen konnte sie denn zählen? Sie kannte so viele Frauen, Nachbarinnen, alte Bekannte, Schulfreundinnen, aber wenn sie sagen müsste, wem sie sich in einer Krise anvertrauen würde, blieb niemand anderes übrig als Petra. Und wer wusste, ob Petra ihr auch nicht irgendwann den Rücken zuwenden würde.

In ihrem Gespräch vor ein paar Tagen, als sie Ali anrief, fühlte sie so etwas wie Abneigung, ein Wunsch nach Distanz, eine Art von: Lass uns mal ein paar Wochen einander nicht sehen … Als sie sich von ihr verabschiedete, war ihre Umarmung nicht so herzlich wie sonst. Sie dachte, sie wären die dicksten Freundinnen, aber irgendetwas ist zwischen ihnen und mit ihrer Beziehung passiert auf diesem verflixten Djerba. Waren es die beiden Männer?

Elke wusste, wie hart die Zeit sein würde, wenn die Trennung, die sie vor ein paar Tagen mit Sebastian besprach, in die Phase der Scheidung, der Abklärungen, der Anwälte eintrat. Sie war sich sicher, das alles zu überstehen, um ihren geliebten Ali bald zu sehen, ohne schlechtes Gewissen.

Und Sebastian hatte sich auch verändert. Er wohnte seit einer Woche nicht mehr im Haus, hatte ein möbliertes Zimmer bezogen, packte das Notwendigste und sprach zuvor mit den Kindern: »Papa geht für ein paar Wochen auswärts schlafen, denn Papa und Mama verstehen sich nicht mehr so gut. Und das machen Erwachsene, wenn sie ein Problem miteinander haben. Sie trennen sich, leben eine Weile jeder für sich und versuchen es dann noch einmal. Wenn es beim zweiten Mal wieder nicht klappt, dann trennen sie sich definitiv.«

Er sprach mit ihnen wie mit kleinen Kindergartenkindern und er wusste nicht, ob er lachen oder weinen sollte, als ihm seine elfjährige Tochter sagte: »Papa, wir wissen, was los ist! Wir wissen von Ali und wir wissen, dass ihr an Scheidung denkt. Das ist eure Sache. Ein Drittel meiner Klassenkameradinnen haben geschiedene Eltern. Wir wollen dich nur einfach immer sehen, okay?«

Er umarmte seine beiden Kinder mit Tränen in den Augen und versprach: »Ich werde immer für euch da sein und ich werde Augsburg unter keinen Umständen verlassen, okay?«

Als Sebastian aus dem Haus ging und in der nicht allzu weit entfernten Adelgundestraße ein Zimmer nahm, hatte Elke ein schlechtes Gewissen. Sie hatte das Haus und den ganzen Komfort behalten. Aber sie sagte sich auch, dass sie die Verantwortung für die Kinder hatte. Gelegentlich fragte sie sich schon, wie ihr Noch-Mann das alles verkraftete, wie er da in einem kleinen Zimmer ohne Fernseher lebte. Oft aber gelang es ihr, ihre Gedanken zu verdrängen, indem sie sich sagte, dass es sowieso nicht so weitergegangen wäre zwischen ihnen und dass es nur eine Frage der Zeit gewesen wäre, auch ohne Ali, bis sie sich getrennt hätten. So hatte sie zumindest eine Aufgabe, ein Ziel, eine Vision. Und sie zwang sich zu dieser egoistischen Haltung: Es geht um mein Leben. Sebastian ist erwachsen, er wird sich durchschlagen. Ich muss mich um die Kinder und um mich sorgen!

Noch immer plagte sie die Frage, ob das alles richtig war, was sie vorhatte. Sie kämpfte mit sich. Ein kompliziertes Leben mit Schikanen, mit behördlichen Problemen, mit vielen Ungewissheiten kam auf sie zu. Mal hatte sie Angst vor dieser Zeit mit Ali, mal war sie sich sicher, dass es aufregend, interessant und schön werden würde.

Wenn in den nächsten Tagen und Wochen Sebastian vorbeikam, rief er immer vorher an. Sie versuchte ihm zu erklären, dass er, so lange sie nicht geschieden seien, einfach in das Haus kommen dürfe, ohne vorher anzurufen. Aber Sebastian hatte allem Anschein nach schon einen Schlussstrich unter die Sache gezogen. Er diskutierte auch nur noch über formelle Sachen, wie zum Beispiel über Trennungsvereinbarungen, Güterverteilung, Besuchsrecht und Unterhaltszahlungen. Er fragte niemals in ihren gemeinsamen Gesprächen, wie sie denn ihr Leben mit diesem tunesischen Mann organisieren wolle.

In der Annahme, es würde ihm nicht viel ausmachen, so, wie er sich verhielt, erwähnte sie einmal, dass Ali bereits am Deutschlernen sei und sich auf Augsburg freue.

Sebastian unterbrach sie aber gleich. »Das ist eure Sache. Ich möchte nicht darüber reden.«

Was ihn besonders freute, war, dass sie jedes Mal etwas Feines gekocht oder gebacken hatte, wenn er vorbeikam. Keiner der beiden wusste genau, wie weh es dem anderen tat, dass die Trennung nun konkrete Formen annahm. Jeder spielte denjenigen, der es bereits verkraftet und verdaut hatte. Sie verabschiedeten sich jeweils lediglich mit einem Kuss auf die Wange und jeder dachte sich danach seinen Teil. Jeder von ihnen war sich sicher, dass der andere sich ständig fragte, warum denn diese Scheidung überhaupt sein musste. Aber es gab keinen Weg mehr zurück, auch wenn sie es gewollt hätten. Von Woche zu Woche kamen sie mit den Bestimmungen für ihre Scheidung weiter. Sebastian schien alles mit einem Juristen abzusprechen, denn jedes Mal kam er mit einem reiferen Dokument daher. Und so schlich sich diese Überzeugung langsam und unbemerkt ein, dass an einer Scheidung nicht mehr zu rütteln war. Sie hatten sich aber niemals getraut, einander direkt zu fragen, ob es denn einen anderen Weg gäbe. Sebastian war überzeugt davon, dass Elke so sehr verliebt und entschlossen war, ihren nordafrikanischen Ferienlover zu heiraten. Und Elke verstand vollends, dass ihr Noch-Mann keine Sekunde daran dachte, sich alles noch einmal zu überlegen nach so viel Demütigung.

Die zweite Reise

Elke saß alleine im Flugzeug und versuchte sich mit dem Lesen der Bord-Zeitschrift abzulenken. Ihre Gedanken auf der Zugfahrt zum Flughafen waren dieselben wie jetzt: Angst und Hoffnung, schlechtes Gewissen und Vorfreude. Nach vielen langen Diskussionen mit ihrem getrennt lebenden Mann, ihren Eltern und Schwiegereltern und einigen Freunden entschied sie sich für diese zweite Reise, um ihren Geliebten wiederzusehen.

Elke hatte überlegt und nachgedacht und abgewogen. Dann war sie sich sicher: Sie wollte diesen exotischen jungen Mann wieder treffen – und sei es nur für zwei Wochen Liebesaffäre. Sie träumte jede Nacht von ihm und dachte täglich an ihn. Sie schrieb ellenlange E-Mails und SMS, sie telefonierte stundenlang mit ihm. Sie ging sogar so weit, dass ihre Gespräche am Telefon immer erotischer wurden. Sie schämte sich manchmal, wusste nicht, wieso dieser Mann sie dermaßen verändert hatte. Sie, die so auf ihre Worte bedacht war, schrieb auf einmal Dinge wie: »Ich spüre dich neben mir liegen, ich höre deinen Atem und fühle deine Lippen an meinem ganzen Körper.«

Und nun saß sie im Flugzeug und kaute an diesem etwas zäh gewordenen Fleisch. Der Reis schmeckte aber ganz ordentlich. Das Gemüse – Erbsen und Karotten – war etwas fad, aber sie hatte Hunger. Als sie am Morgen aus dem Haus ging, hatte sie lediglich einen Kaffee getrunken und konnte vor lauter Aufregung nichts essen.

»Ich verändere mein Leben!« Das war der Satz, den sie ihrer Mutter zum Schluss an den Kopf warf, nachdem sie, ihre Mutter, Elke den Vorwurf gemacht hat: »Ihr jungen modernen Frauen haltet keine Krise mehr aus mit euren Männern! Meinst du, ich hatte es immer schön mit deinem Vater? Wie wäre es gewesen, auch für dich, wenn ich einfach alles aufgegeben hätte und mir einen schönen Araber oder Spanier angelächelt hätte? Wir waren oft in Spanien, wie du dich erinnerst, und auch schon ein Mal in Ägypten. Mir hätte das nie passieren können. Niemals hätte ich dich und deinen Vater verlassen. Niemals!«

Als sie von den Stewardessen verabschiedet wurde und die ersten Stufen der Treppe hinter sich brachte, fühlte sie sich wie zu Hause, als wenn sie schon zum hundertsten Mal hier landete, dabei war es erst ihre zweite Landung auf Djerba.

Das Buspersonal kam ihr bekannt und freundlich vor, die Beamten am Zoll und bei der Polizeikontrolle kamen ihr heimisch und fast verwandt vor. Ich bin zu Hause, dachte sie, als sie auf ihr Gepäck am Rollband wartete.

Sie hatte einiges mitgenommen und hoffte, dass der Zöllner nichts sagen würde. Ali bat sie um ein neues Handy, ein paar Jeans, T-Shirts und einen digitalen Fotoapparat. Dann nahm sie noch ein paar Altkleider ihrer Kinder mit. Sie hatte ihnen erklärt, dass in Tunesien viele arme Kinder diese Kleider noch jahrelang tragen würden. Ihre Kinder hatten sich sehr darüber gefreut, dass nun arme Kinder ihre Kleider weiterhin tragen konnten.

Dann hatte sie Honig dabei, echten Bienenhonig. Ali hatte ihr erklärt, dass der Honig in Tunesien oft gepanscht würde. Es gäbe keinen richtig guten natürlichen Honig. Die meisten Verkäufer fügten so viel Zucker hinzu, dass er nicht mehr gesund wäre. Und natürlich nahm sie europäischen Kaffee mit. Es gäbe zwar Kaffee auf Djerba, aber seine Tante sei überzeugt, dass die Qualität in Europa besser sei. Und sie wäre ein echter Fan, eine Süchtige nach diesem Kaffee.

Dann nahm sie aber auch Geld mit. Ali hatte ihr vorgeschlagen, ihre zwei Ferienwochen nicht im Hotel zu verbringen. Er hätte einen Freund, der einen kleinen niedlichen Bungalow vermietete. Dreihundert Euro die Woche. Dazu käme noch der Einkauf. Ein Mietauto wäre toll, aber ist nicht unbedingt nötig. Und so läpperten sich die Summen zusammen.

Zwischendurch fragte sie sich schon, wie das wohl weitergehen sollte, wenn sie mal geschieden war. Ob sie dann noch jedes Mal so viel mitbringen könnte? Aber dieses Mal ging es.

Sie stand nun mit ihrem Koffer, einem Beautycase und einem kleinen Rucksack da und wartete auf Ali. Sie stand beim Café, wo sie vereinbart hatten, sich zu treffen. Aber Ali kam nicht.

Sie geduldete sich und dachte, dass er wohl kein Taxi gefunden hatte oder dass der Bus sich verspätete. Sie versuchte ihn auf seinem Handy anzurufen, aber da kam nur eine Mitteilung von *Tunisie Télécom*, die wahrscheinlich bedeutete, dass er im Moment nicht erreichbar war. Sie wusste inzwischen, dass die meisten Tunesier Prepaid-Karten benutzten, und vielleicht war seine Karte gerade leer.

Sie setzte sich ins Café. Da sie noch kein Geld gewechselt hatte, antworte sie auf die Frage des Kellners, was sie trinken wolle: »Rien, j'attends. Schukran.«

Eine halbe Stunde war vergangen. Sie fing an, sich Sorgen zu machen. Er würde es doch nicht vergessen haben? Oder hatte er dringend arbeiten müssen? Nein, das konnte unmöglich sein. Er hatte ihr noch gestern Abend am Telefon gesagt, dass er auf sie warten würde. Er würde den ganzen Morgen im Flughafen verbringen, um ja nicht zu spät zu kommen, und sie hatte so herzlich darüber gelacht und gesagt: »Du musst nicht den ganzen Morgen auf mich warten. Ich lande um 13.50 Uhr und da wäre es schön, wenn du um zwei da wärst.«

Nun war es bald drei Uhr nachmittags. Kein Ali.

Plötzlich, wie im Traum, sah sie ihn mit einer Frau auf dem Gehweg stehen und reden, lachen und mit seinen Armen fuchteln, als würde er ihr etwas erklären. Sie stand auf und wollte auf ihn zu gehen, aber aus irgendeinem Grund blieb sie stehen und beobachtete die Szene. Dann sah sie, wie er die junge Frau zum Abschied küsste, auf die Wangen, vier Mal, so, wie das in Tunesien üblich ist. Und dann kam er endlich zum Café, wo sie abgemacht hatten.

Als er Elke sah, ging er schneller auf sie zu. Angekommen, entschuldigte er sich für die Verspätung. Er sei aufgehalten worden. Sie küssten sich, umarmten sich und Elke musste es sofort loswerden: »Wer war diese Frau?«

»Ah, das ist nur eine Touristin vom Hotel. Sie hat ein Taxi zum Flughafen genommen und ich bin mitgefahren.«

Er bemerkte sofort, dass Elke nicht so sicher war, ob sie ihm die Geschichte abnehmen sollte. Er sollte doch heute gar nicht im Hotel sein, gar nicht arbeiten. Er wollte ja den ganzen Morgen auf sie im Flughafen warten.

»Bei Allah, kein Problem! Du denkst nicht, ich habe eine andere Freundin, oder?«

Bei diesem Blick, der eindeutig log, aber so verführerisch aussah, beschloss sie, die Sache zu vergessen und sich mal richtig auf ihn zu freuen. Sie umarmte ihn wieder und küsste ihn.

»Hast du alles? Auch Kaffee?«

»Ja, Ali, ich habe alles dabei.«

»Gut. Wir gehen. Ich habe ein schönes kleines Haus für uns. Klein, aber sehr schön. Im Al-Jazira Quartier, ganz nahe am Strand. Wir sind ganz alleine!«

Kaum im Häuschen angekommen, legte Elke die Sachen beiseite. Sie machte nicht einmal ein Fenster auf, sondern stürzte sich auf Ali. Sie schleppte ihn in eines der Zimmer, das wie ein Schlafzimmer aussah, erkannte trotz des hellen Tages kaum etwas darin und küsste ihn innig und gierig. Sie liebten sich fast wortlos, kurz und heftig. Danach packte sie aus, während Ali sofort unter die Dusche ging, als wenn er sich etwas vom Leib waschen wollte.

Später saßen sie auf der kleinen Veranda und tranken ein Bier, das er zuvor eingekauft hatte. Er brachte Mandeln und Oliven heraus und sie sprachen zum ersten Mal richtig seit ihrer Ankunft. Sie planten die zwei Wochen. Morgen Abend Besuch bei seiner Familie. Das müsse sein, sonst wären sie beleidigt, aber ab Montag könnten sie dann für sich sein. Elke fragte Ali, was sie noch seinen Eltern schenken könnte, neben den Kleinigkeiten, die sie mitgebracht hatte. Er antwortete ihr, dass sie wirklich sehr großzügig sei und dass es eigentlich gar nichts mehr bräuchte. Sie könnte höchstens noch einen kleinen Einkauf machen, vielleicht bei seinem Vater. Und er erklärte ihr, wie das so funktionierte mit den arabischen Haushalten: Ein Mal im Monat gehe der Mann einkaufen, meistens auf Kredit. Dann bezahle er den Vormonat und beziehe fast alles, was seine Familie den ganzen Monat über benötige. Das koste bei seiner Familie etwa achtzig Dinar. Den Rest kaufe man täglich frisch, Brot, Milch und Eier, Dinge halt, die man nicht einen Monat im Voraus einkaufen könne.

Und da hatte sie die Idee! Am nächsten Morgen gleich nach Kaffee und Butterbrot ging sie mit Ali zum Laden seines Vaters. Sie wusste, dass er auch sonntags arbeitete. Sonntags lief der Laden am besten. Sie begrüßten sich mit einer kurzen höflichen, aber herzlichen Zeremonie und sie zog eine Liste hervor, die sie am Abend zuvor mit Alis Hilfe aufschrieb, und bat Ali, seinem Vater beim Herunterholen, Abpacken und Abwiegen zu helfen: fünf Kilo-Büchsen Tomatenpüree, fünf Harissa-Büchsen, fünf Liter Olivenöl, das war der teuerste Artikel, zehn kleine Thunfisch- und Sardinenbüchsen, fünf Kilo Zucker, zehn Päckchen Tee, je fünf Grüntee und Schwarztee, fünf verschiedene Biscuitsorten, fünf Kilo gemischte Bonbons, zwei Büchsen Schamia, Marke Ghazala. Dann je fünf Kilo Reis, Mehl, Teigwaren, Marke Spiga, zehn Kilo Couscous. Schließlich drei Kilo Kichererbsen, zwei Kilo weiße Bohnen, zehn Stück Seife, Marke Lux, zwei Flaschen Shampoo, zwei Kilo Omo und ein Bad- und WC-Reiniger. Das war's. Eine Rolle WC-Papier nahm sie selber aus dem Regal. Petra hatte ihr erklärt, dass in den meisten traditionellen tunesischen Häusern kein WC-Papier zu finden sei. Dafür gäbe es immer einen Krug Wasser. Elke bevorzugte das Papier.

Und wieder schrieb der Vater jeden Betrag auf diesen grauen Halbkarton und rechnete zusammen: 102 Dinar und 738 Millimes, umgerechnet 65 Euro.

Elke dachte: Wie schön ist es doch, so einen Betrag auszugeben und zu wissen, eine ganze Familie konnte nun davon einen Monat lang zehren!

Natürlich rundete Alis Vater ab auf 100 Dinar, bedankte sich ganz herzlich und sagte seinem Sohn, er solle ihr sagen: »Du hast mir Geld gegeben für Dinge, die ich selber mitessen werde. Es ist mir sehr unangenehm.«

Elke genoss den herzlichen Empfang, die Aufmerksamkeit und die Bewunderung, die ihr alle Familienmitglieder und eingeladenen Nachbarn entgegenbrachten. Sie fühlte sich unglaublich wohl in dieser doch so fremden und andersartigen Welt. Sie fand aber mehr Gemeinsamkeiten als Unterschiede. Natürlich sprachen die Leute hier anders, natürlich aßen sie schärfer, natürlich glaubten sie an etwas anderes und natürlich verhielten sich Männer und Frauen anders als in Augsburg. Aber sie mussten aufstehen und arbeiten und ihren Lebensunterhalt verdienen, so, wie die Deutschen. Sie hatten Ängste, Sorgen, Kummer, aber auch Freuden, Lachen und Liebe, so, wie die Europäer auch.

Und so blieben sie sitzen, bis tief in die Nacht. Das kleine Häuschen war voller Leute. Sie fragte sich gelegentlich, was Ali eigentlich schon über sie erzählt hatte, aber sie erfuhr nicht, was diese Menschen von ihr hielten, was sie über sie und Ali dachten, was sie erwarteten und was sie unter keinen Umständen akzeptieren würden.

Petra hatte ihr mal erzählt, dass es in traditionellen arabischen Familien nicht in Frage käme, dass ein unverheiratetes Paar in einem Zimmer schlief. Diese Leute wussten doch von dem Häuschen, das Ali in ihrem Auftrag gemietet hatte, oder etwa nicht? Sagte er vielleicht, er würde sie am Abend ins Hotel zurückbringen und bei Freunden übernachten? Sie hatte keine Ahnung, was er seiner Familie über sie gesagt hatte. Was bedeutete sie ihm? Was hatte er seiner Schwester erzählt, einer Frau, die nur zwei Jahre jünger war als er? Und was dachte dieser alte Mann mit traditioneller tunesischer Kleidung, Alis Vater, über sie? Hielt er sie für eine Schlampe, die sich seinem Sohn anbot, oder dachte er womöglich, dass sie eine gute Geldquelle war? Oder war er froh, dass sein Sohn endlich eine Frau gefunden hatte, wenn schon keine Tunesierin, dann halt eine Europäerin, Hauptsache eine Frau, die ihn versorgen könnte?

Aber die Stimmung war zu schön, zu friedlich und zu harmonisch, als dass sie jetzt mit solchen Fragen kommen könnte. Also beschloss sie, gar nicht danach zu fragen, und genoss das Lachen der Kinder, das Staunen der Mütter über ihr relativ kurzes Haar und ihren Schmuck, den Respekt der Männer, die sie lediglich begrüßten und sich dann in ein anderes Zimmer, zu den anderen Männern, verkrochen. Sie fühlte sich wohl und aufgehoben.

Kurz bevor sie gingen, fragte Elke, ob sie zu seinem Vater ins Zimmer gehen dürfe. Er hatte sich soeben noch einen Tee kommen lassen, somit schlief er noch nicht, obwohl er am nächsten Morgen früh raus musste.

Sie gingen gemeinsam zu »Ammi Abdallah«, wie man ihn hier liebevoll nannte – Onkel Abdallah. Sie wollte ein paar Worte mit diesem etwa sechzigjährigen Mann wechseln, der älter aussah. Sein Rücken war schon etwas gebückt, seine Haare weiß, sein Gesicht mager und voller Falten. Es war aber ein sympathisches, freundliches Gesicht.

Sie nahmen auf dem Boden Platz, während Ammi Abdallah an seinem Bettrand saß. Es schien, dass er seit einiger Zeit sein eigenes Zimmer hatte, während Alis Mutter in einem der anderen zwei Zimmer schlief. Merkwürdig, dachte Elke, aber das wird wohl seinen Grund haben, und so befremdend war es für sie auch wieder nicht. Sie wusste, dass ihre Eltern auch schon getrennte Schlafzimmer hatten, weil ihr Vater so stark schnarchte und ihre Mutter oft länger aufblieb, um zu lesen. Oder aber es war ihr Vater, der länger fernsehen wollte, und da kamen ihnen die zwei Schlafzimmer gelegen?

Jedenfalls wollte sie einiges über diesen Mann wissen, über seine Vergangenheit und seine Zukunftspläne.

Von der Zukunft konnte er nur sagen: »Allah allein weiß es.«

Von der Vergangenheit konnte er einiges erzählen. Als er noch ein Kind war, glich Djerba einer Steppe, auf der ein paar Häuser verstreut waren. Man musste stundenlang laufen oder mit einem Eselskarren fahren, bis man wieder eine Siedlung antraf. Damals, als er ein Kind war, zählte Houmt Souk gerade mal ein paar Hundert Einwohner.

Dann erzählte er von der aufregendsten Reise, die er je gemacht hatte. Als er etwa zehn Jahre alt war, durfte er einmal auf dem Rücken eines Kamels seinen Großvater bis an die libysche Grenze begleiten. Dort übernachteten sie in einem Zelt. Er durfte auf der Reise mit den Männern kochen, Tee trinken und am Abend, als sie vor der Grenze bei Ben Guerdane lagerten, auch das Feuer entfachen. Am nächsten Morgen mussten sie sehr früh aufstehen. Er ging mit ein paar Onkeln wieder in Richtung Zarzis und sein Großvater verabschiedete sich von ihm mit den Worten: »El Ogba lik, yä ouildi!«, was etwa so viel bedeutete wie »Gott möge machen, dass du das auch erlebst!« Die Reise seines Großvaters ging nämlich nach Mekka. Er ging auf Pilgerfahrt, auf dem Rücken eines Kamels, über viertausend Kilometer weit.

Dann fiel dem alten Mann doch noch etwas für die Zukunft ein: »Ich wollte, ich könnte eines Tages den Wunsch meines Großvaters erleben, dass ich mit meiner Frau das Haus Gottes betreten darf, in der Nähe der Ka'aba beten darf, die Hadj-Reise antreten und gesund zurückkehren darf.«

Seine Augen wurden etwas feucht. Und Ali begnügte sich damit, zu sagen: »In Schallah, yä Baba!« (So Gott will, Vater!)

Dann lockerte der Vater die Stimmung etwas auf, als er feststellte, dass Elke und Ali gesenkten Hauptes dasaßen, indem er sagte: »Aber ich würde bestimmt nicht auf dem Rücken eines Kamels dorthin reisen. Ich würde fliegen!«

Da lachten alle und Elke war insgeheim daran, sich zu fragen, was das wohl kosten würde, diesem liebenswürdigen Menschen dieses Geschenk zu machen. Sie würde bestimmt mit Ali oder sonst jemandem noch darüber reden. Sie würde es herausfinden und ihn eines Tages überraschen. Sie sah schon sein Gesicht und das seiner Frau, wie sie ihnen ankündigen würde, sie würde ihnen die Hadj-Reise schenken …

Die nächsten Tage verbrachte sie mit Ali alleine. Täglich holte er morgens ein frisches Brot, Streichkäse, Eier und etwas Süßes zum Frühstück. Täglich ließ er sie ausschlafen, denn er war das Frühaufstehen gewohnt. Und jeden Abend saßen sie auf der kleinen Veranda und redeten. Sie sprachen über Djerba, über Augsburg, über Tunesien und Deutschland, über Afrika und Europa. Sie sprachen auch über Elkes bevorstehende Scheidung und ihre Kinder, über das Haus, das sie behalten würde, über ihren Job, den sie nun ausbauen musste, mindestens auf 70 Prozent. Dann sprachen sie über Alis Pläne, darüber, ob er sich vorstellen konnte, nach Augsburg zu kommen.

Elke sah ihm die Freude an seinen leuchtenden Augen an. Es war klar, dass er nach Deutschland wollte. Und Elke musste nur noch herausfinden, ob sie Mittel zum Zweck war oder ob er sie wirklich liebte und Deutschland nur ein erwünschter Nebeneffekt war. Sie war nicht so naiv, zu glauben, dass sie hierher ziehen könnte, und auch nicht naiv genug, um an eine Fernbeziehung zu denken. Es war ihr sonnenklar, dass sie ihn nach Deutschland mitnehmen musste, wenn sie mit ihm zusammen sein wollte. Und er wünschte sich dieses Deutschland. Wo war das Problem?

Das Problem war Petras letzte E-Mail, die sie Elke einen Tag vor ihrer Abreise geschickt hatte. Sie las sie zu Hause, las sie im Flughafen, las sie wieder im Flugzeug und hatte sie immer in ihrer Handtasche:

Meine liebe Elke!

Bitte tue mir den Gefallen und drucke diese E-Mail aus, nimm sie mit und lies sie in Tunesien, immer wenn du einen Hauch von Zweifel hast, okay?

Ich weiß, du wirst mich vielleicht für diese Nachricht hassen oder mich für immer aus deinem Herzen ausschließen, aber ich kann nicht anders, ich muss dir das schreiben, d. h. eigentlich weiterleiten. Als wir damals nach Djerba flogen, solltest du dich erholen, deine Gedanken sammeln, deine Zukunft planen und vielleicht eine Entscheidung bezüglich deiner Ehe treffen. Du hättest dich auch amüsieren können, denn um deine Ehe stand es nun wirklich nicht zum Besten, du hättest von mir aus einen jungen Mann eine Woche lang jede Nacht in dein Schlafzimmer lassen können. Aber du solltest dich doch nicht verlieben! Elke! Wo führt das bloß hin. Deine Scheidung ist eingereicht, jedoch noch nicht entschieden, und du bist nicht nur mit einem neuen Mann zusammen, du willst ihn sogar heiraten und ihn hierher bringen. Ich habe – bitte verzeih, wenn das für dich ein Problem ist – mit Noureddine darüber gesprochen. Und auch er rät dringend ab. Er sagt, er wäre bereit, dich zu treffen, wenn du Ratschläge brauchst, aber um Gottes willen, mach' keinen Fehler! Du hast sie doch gesehen, all diese Frauen, die sich dort unten einen Boy geangelt haben. Was wurde aus all diesen Beziehungen? Du hast es gelesen und erfahren an so vielen Bekannten. Es funktioniert einfach nicht. Und wenn du meinst, du seiest die Ausnahme, dann sage ich dir, dass alle meinen, sie seien die Ausnahme. Denk an deine Kinder! Natürlich werden sie Ali anfangs mögen, er ist ein Charmeur. Aber du wirst bei einer Heirat keine Unterstützung für dich erhalten, lediglich für die Kinder wird Sebastian zahlen müssen. Also wirst du fast hundert Prozent arbeiten müssen, um dich und ihn durchzubringen.

Noureddine prophezeit, wie es herauskommt: Zuerst wird er ganz lieb sein mit dir hier in Augsburg. Er wird für dich kochen und dir den Haushalt schmeißen, während du arbeitest. Er wird dich lieben und dir keinen Wunsch offen lassen. Dann wird er einen Job finden. Er wird auch dann nichts zum Haushaltsgeld beitragen. Er wird sich gute neue teure Markenkleider kaufen, den Rest seines Lohnes schickt er dann nach Hause. Und wenn du ihn darauf ansprichst, wird er dir sagen, du seiest eine herzlose Deutsche, die nicht verstehen könne, dass er seine Familie unterstützen müsse. Nach ein paar Jahren wird er seine unbefristete

Aufenthaltsgenehmigung erhalten. Dann bist du für ihn nichts mehr als Ballast und er wird dich ganz schnell gegen eine junge Frau austauschen oder er wird in Tunesien heiraten und seine junge Frau mit nach Deutschland nehmen. Noureddine kennt so viele solcher Fälle. Er war selber mal in Europa und hat einiges gesehen und erlebt. Wenn du nicht mir glauben willst, dann glaub bitte seinen Worten und Erfahrungen!

Sag Ali einfach, du hättest es dir noch mal reiflich überlegt. Du könntest dir vorstellen, mit ihm alle sechs Monate eine oder zwei Wochen auf Djerba zu verbringen. Sag ihm aber, dass eine Heirat ausgeschlossen ist. Er wird es verstehen. Und wenn er dich wirklich liebt und nicht Deutschland, dann wird er darauf eingehen.

Amüsiere dich, so gut du kannst, Elke, aber mach' keinen Fehler! Versprich es mir!

Deine Freundin Petra.

Elke dachte nicht daran, auch nur ein Wort aus dieser Mail ihrem Ali vorzulesen. Sie würde ihre Pläne durchziehen, wie sie es mit Ali am zweiten Abend ihres Aufenthalts besprochen hatte, genau auf dieser Veranda, wo sie nun alleine saß, in die Weite schaute und ganz entfernt den Leuchtturm von Djerba sah. Sie würde genau das tun, was sie besprochen hatten: Sie würde alle notwendigen Papiere einholen, sich erkundigen, alles vorbereiten. Und er würde hier auch alles Notwendige tun. Dann würde er in etwas mehr als einem halben Jahr sein Heiratsvisum auf der deutschen Botschaft in Tunis abholen. Es war noch so viel zu tun, aber sie wollten die Strapazen, von denen er und sie schon oft gehört hatten, auf sich nehmen. Elke hörte es bei Bekannten, in Foren und bei verschiedenen Ämtern. Ali erfuhr es durch Freunde, die er bis Tunis begleitete. Sie wurden teilweise schikaniert, nach neuen Papieren gefragt, hingehalten, mit teuren Taxen belegt. Aber sie alle hatten durchgehalten, so würde er es auch schaffen.

Die Tage vergingen wie im Flug. Elke fühlte sich frei, konnte sich bewegen, wie sie wollte. Sie ging alleine auf den Markt. Was sie zuvor als Touristin sah, kam ihr nun – sozusagen aus dem Blickwinkel einer Fast-Einheimischen – viel einleuchtender vor, so zum Beispiel, warum sich bei dieser relativen Hitze die Männer und die Frauen immer in dicke dunkle Kleider hüllten. Sie sah in diesen Menschen nicht mehr die Gastgeber, sondern fast schon Landsleute. Wenn sie nach einem Laden fragte, dann nicht, wie es eine Touristin tat, sondern wie eine vom Festland, die Djerba noch nicht so gut kannte. Ein paar Worte in Arabisch konnte sie auch schon. Wenn sie in einen Laden ging, um Gewürze zu kaufen, sagte sie stets »aslema« und zum Abschied »bisslema«.

Es störte sie nicht mehr, dass das Fleisch beim Metzger von Fliegen befallen war. Sie hatte gesehen, wie Alis Familie dieses Fleisch konsumierte und trotzdem nicht krank wurde.

Sie wusch es dann auch richtig gut, bevor sie es kochte, an jenem Abend, als sie Ali mit *Marget Jilbana* überraschte. Sie hatte heimlich seine Schwester gefragt, wie sie es kochen sollte. Sie goss reichlich Olivenöl in eine Pfanne, gleichzeitig Tomatenmark und Harissa sowie Zwiebeln und eine frisch gepresste Knoblauchzehe. Als alles zu schmoren begann, warf sie das gewürfelte Lammfleisch hinein und ließ es »mijoter« – das sagte ihr ihre »Schwägerin«. Sie ließ alles schmoren und rührte es gelegentlich um. Dann würzte sie es mit dem eben selber gekauften Gewürz. Sie fragte den Händler, wofür welches Gewürz war. Dann gab sie Wasser dazu und wartete auf ihrer Veranda, vernahm den feinen orientalischen Geruch, an den sie sich bald gewöhnt hatte. Später gab sie die frischen grünen Erbsen hinein. Frisches Brot gab es auch dazu und Ali war überglücklich.

Als wenn sie ihn beruhigen wollte, sagte sie nach dem Essen: »Das werde ich in Augsburg für dich jederzeit kochen und noch andere tunesische Sachen. Ich werde *Couscous* kochen lernen, Fisch mit diesem feinen Gewürz, *Slata Meschouia*, alles werde ich lernen. Du wirst deine Heimat nicht vermissen, zumindest nicht die Küche.«

Die letzte Nacht war gekommen. Am Abend schon fragte Elke ihren Geliebten: »Ali, sag ehrlich: Liebst du mich?« Und seine Antwort war prompt: »Klar, ich liebe dich!«

Sie erkannte jedoch an seinem Ton und seinem Blick, dass sie wohl nicht dieselbe Liebe meinen konnten. Aber Elke begnügte sich damit, zu glauben, dass Männer sowieso etwas anderes unter Liebe verstünden als Frauen. Und arabische Männer wuchsen mit einer anderen Art Liebe als europäische Frauen auf. Also wollte sie sich nicht groß Gedanken darüber machen, ob er sie wirklich liebte, ob er sie so sehr liebte wie sie ihn, ob er überhaupt mit diesen Gefühlen einer deutschen 45-jährigen Frau zurechtkam. Sie entschied, die letzte Nacht mit ihm zu genießen und seine Liebe so zu empfinden und in Erinnerung zu behalten.

Der Abschied nach diesen zwei Wochen fiel beiden sehr schwer. Am Samstagmorgen nahmen sie ein Taxi in Richtung Flughafen. Ali vereinbarte mit dem Fahrer, dass er fünf Minuten in Houmt Souk anhalten sollte, Elke wollte sich von seiner Familie verabschieden.

Zuerst wurde sie von Nour, der Schwester Alis, herzlich umarmt und geküsst und unter Tränen beschworen, sie solle bald wiederkommen. Dann, während sie sich mit einem Taschentuch die Tränen wegwischte, wurde sie von Alis Mutter gedrückt. Sie wollte sie nicht mehr loslassen, bis ihr Mann sagte: »Yizzi!« (Genug!) Er gab Elke lediglich die Hand und verschwand nach einem höflichen »Bon voyage« in seinem Zimmer, um den Frauen noch die Gelegenheit zu geben, sich auszuheulen.

Dann fuhren sie weg. Elke schaute noch lange mit feuchten Augen hin, wie die zwei Frauen ihr winkend, weinend und lachend gute Reise wünschten. Auch Ali konnte sich nicht zurückhalten und vergoss noch im Taxi eine Träne. Er war froh, dass es der Fahrer nicht bemerkte, er hätte bestimmt eine Bemerkung gemacht. Der Fahrer blieb jedoch ruhig, sagte kein Wort, schaute geradeaus und wusste, wenn er jetzt eine Frage stellen würde, dass Elke einen richtigen Heulanfall bekäme. Er hatte wohl Erfahrung mit solchen Szenen.

Am Flughafen angekommen, vergaß Elke vor lauter Trauer, den Taxifahrer zu bezahlen.

»Schatz!«, machte Ali sie aufmerksam und sie gab Ali das Geld, das er dem Taxifahrer überreichte.

»Bon voyage!«, wünschte dieser und fuhr davon.

Und wieder hieß es: Schlange stehen vor der Gepäckabfertigung. Keiner der beiden wusste, in welche Richtung sie schauen sollten. Sie hielten gelegentlich einander die Hand, Elke legte ihren Kopf wortlos an Alis Schulter und vergoss wieder einige Tränen der Trennung. Und wieder erkannte und verstand nur Ali die Blicke der Angestellten, die ihm wohl sagen wollten: Du hast es geschafft, Junge! Jetzt weint sie.

Kurze Zeit danach ein letzter flüchtiger Kuss, bevor sie dem grimmig aussehenden Polizisten ihre Bordkarte und den Pass zeigen musste, immer wieder zurückblickend.

Sie saß keine fünf Minuten im Flugzeug, schon kamen ihr die wildesten Gedanken:

Wohin geht Ali jetzt? Mit wem? Zu wem? Bleibt er mir treu, wie ich ihm? Hält er durch bei diesen vielen Weibern, die um ihn buhlen werden, ihn mit Geld und Europa-Aussichten locken werden? Ja, er bleibt mir treu, denn seine Familie mag mich. Wie könnte er jemals seiner Mutter oder Nour sagen, dass wir nicht mehr zusammen sind? Sie würden ihn erschlagen.

Sie lachte innerlich.

Ich habe ihn auch mit der Freundschaft zu seiner Familie gefangen. Oh je, der Scheidungstermin beim Richter ist nächste Woche.

Sie konnte ihre Gedanken kaum ordnen.

Meine Kinder! Ich werde Ali sofort anrufen, wenn ich in München lande. Ich will alles noch mal von ihm hören, unseren definitiven Plan!

Die Scheidung

Und so kam es unweigerlich zu diesem Termin beim Richter. Ein kleiner Raum mit drei Tischen war der Ort, wo ihre zwanzigjährige Ehe geschieden wurde. Der Richter saß mit seiner Schreiberin an einem Tisch. Ein sanftmütig aussehender älterer Mann, dieser Richter, mit einem verständnisvollen Blick. Ihr Anwalt, den Elke der Form halber nehmen musste, weil sie sich doch nicht traute, dort alleine aufzutauchen, saß an einem kleinen Tisch neben ihr. Und am Tisch neben ihrem saßen Sebastian und sein Anwalt. Dieser hatte eine grimmige Visage und brachte kaum den Mund auf, wenn er etwas vorlas und plädierte.

Alles ging wie ein Film an ihr vorbei. Gelegentlich dachte sie, das können doch nicht Sebastian und sie sein, hier in diesem Raum, die über juristische Details redeten oder vielmehr ihre Anwälte reden ließen. Sebastian saß da, ohne Worte, etwas nachdenklich, aber nicht betrübt, zeigte kaum Emotionen und sah so aus, als betrachtete er die ganze Angelegenheit wie etwa eine Projektbesprechung. Erst als die Sache mit den Kindern zur Sprache kam, hörte er aufmerksam den Ausführungen beider Seiten zu, als wenn er nichts verpassen wollte. Sebastian war ein guter Vater, genau wie Elke eine sehr gute Mutter war. Und als die Angelegenheit zu Ende war, ohne Zwischenfälle, nur gelegentlich mit einer Präzision des einen oder anderen Anwaltes, der ein Potenzial für Missverständnisse und Missinterpretation witterte, gingen sie hinaus. Die Anwälte wechselten noch ein paar Worte unter Kollegen und Elke und Sebastian verabschiedeten sich am Haupteingang des Amtsgerichts.

»Die Kinder, pass' mir auf die Kinder auf, nur darum bitte ich dich! Und wenn dein Zukünftiger ihnen jemals etwas antun sollte, dann glaub mir, wirst du mich nicht wiedererkennen!« Das waren seine letzten Worte, bevor er in sein in der Nähe geparktes Auto stieg und abfuhr.

Sie stand noch kurz da und vergoss ein paar Tränen, nicht besonders viele, es waren auch eher Tränen der Erleichterung. Aber seine Worte hämmerten noch in ihrem Ohr und sein Gesicht, sein ernster Blick, stand noch vor ihren Augen, als ihr Anwalt sie am Arm nahm und sie zu ihrem Auto begleitete.

»Ist alles in Ordnung? Möchten Sie selbst nach Hause fahren oder soll ich Ihnen ein Taxi besorgen?«

Der Richter hatte zuvor in einzelnen Gesprächen mit den Kindern geredet und festgestellt, dass sie beide dem Wunsch ihrer Eltern zustimmten, nämlich, dass sie bei der Mutter im Haus blieben und dass ihr Vater sie grundsätzlich wöchentlich besuchen oder sie abholen durfte.

Als sie nach Hause kam, wusste sie, dass das die erste Nacht sein würde, wo sie als allein stehende, allein erziehende Frau ins Bett ging. Natürlich war der Bescheid des Richters noch nicht mitgeteilt, natürlich war die Scheidung noch nicht rechtskräftig, aber jetzt führte kein Weg mehr zurück. Jetzt stand auch fast nichts mehr im Weg, was Ali und sie betraf.

Selbstverständlich werde ich auf die Kinder aufpassen, dachte sie. Was meint dieser Mann eigentlich? Dass ich meine Kinder wegen Ali vernachlässigen würde? Ich bin ja keine Zwanzigjährige, verflucht! Ich muss Ali anrufen und ihm Bescheid sagen!

Petra saß vor ihrem PC und schrieb wieder einmal eine E-Mail:

He, du Nachtschwärmer!

Ich habe deine Antwort-SMS auf meine Nachricht erst heute Morgen gesehen. Du warst ja lange weg. Warst du in der Disko? Ich war gestern im Kino und habe einen wunderschönen tunesischen Film gesehen! Es ging um einen Prinzen, um Sufis, orientalische Mystik. Es gab tolle Musik und echt schöne Gespräche.

Elke hat sich scheiden lassen. Sie hat heute mit mir telefoniert und geheult. Nicht wegen der Scheidung, sondern wegen Ali. Sie hat ihn am gleichen Abend noch angerufen, doch er nahm sein Handy nicht gleich ab. Also schrieb sie eine SMS. Dann probierte sie wieder, ihn auf dem Handy zu erreichen. Plötzlich meldete sich eine Frau. Es war aber keine Familienangehörige. Die Frau an Alis Handy behauptete, sie sitze zufälligerweise im gleichen Café und am selben Tisch und Ali hätte sein Handy liegen lassen und da hätte sie einfach mal abgenommen. Was für eine blöde Erklärung! Jedenfalls hat Ali nicht mehr zurückgerufen und Elke ist zu Tode betrübt.

Das kann doch wohl nicht sein! Er wird doch nicht jetzt schon krumme Dinger drehen, oder? Ich meine, sie haben noch vor ein paar Monaten vereinbart, dass sie das nächste Mal mit Heiratspapieren kommt. Was soll das? Tust du mir einen Gefallen? Wenn du mal mit einer Frau unterwegs bist, nimm dein Handy mit. Ich könnte ein solches »Hallo, Noureddine ist nicht da, ich habe per Zufall sein Handy abgenommen« nicht ertragen. Smily.

Ich denke viel an dich, viel zu viel, viel zu oft, viel zu schöne Dinge … Ich schmachte in der Erwartung deiner erhofften Antwort (um es arabisch auszudrücken).

Noureddine antwortete noch am gleichen Abend:

Liebste Zicke!

Gestern Abend waren wir alle mit den neuen Arrivées so sehr beschäftigt, dass sich keiner von uns traute, sein Handy auch nur anzuschauen. Später gingen wir alle ins Hotel Manara gegenüber zu Said, er macht die besten Cocktails auf der Insel. Und in der Tat, es wurde spät …

Hör zu, sag deiner Freundin, sie soll die Finger von diesem Typen lassen! Das kann unmöglich gut gehen! Wenn er nach ein paar Monaten das Bedürfnis hat, sich an eine neue Touristin ranzumachen, damit er eine Alternative hat, falls Plan A misslingt, dann kann doch das keine Basis für eine Ehe sein. Ist sie denn blind oder was? Das merkt ja jedes Kind, dass hier was faul ist! Ich kann dir prophezeien, was er ihr sagen wird:

»Oh, mein Schatz, du weißt doch, ich liebe nur dich! Ich war wirklich in diesem Café, aber mit anderen Freunden, und ließ kurz mein Handy liegen!« Stell dir vor, kein Tunesier lässt sein Handy liegen und geht aufs WC! Er nimmt es sogar mit ins Bett! Von wegen: »… und da nahm diese blöde Kuh einfach mein Handy ab. Du glaubst mir doch, oder? Ich liebe dich!«

Und sie wird beim Weinen lachen und sagen: »Ja, mein Schatz, ich glaube dir! Ich liebe dich auch.«

Mann, was sind das für Frauen?

Etwas Angenehmeres: Ich kann im März Urlaub nehmen, bevor die Hauptsaison beginnt. Sollte ich kein Visum für Deutschland kriegen, wärst du bereit, nach Tunis zu kommen? Das ist näher für dich. Und Tunis stellt eine Seite Tunesiens dar, die du noch nicht kennst. Ich würde dir diese Seite meiner Heimat gerne zeigen.

Ich denke nie an dich – und wenn, dann ganz schlechte Sachen!

Drei Mal Smily!

Im März

Es war März und schon acht Monate her seit Elkes erster Begegnung mit Ali. Elke hatte in unzähligen Telefonaten und E-Mails mit Ali den Plan ihrer dritten Reise nach Djerba besprochen und beschrieben. Sie hatte nun alle Papiere organisiert, er auch, Ehefähigkeitszeugnis, Arbeitszeugnisse, Geburtsurkunde. Auf beiden Seiten wurde je ein ganzes Dossier mit den erforderlichen Bestätigungen und Dokumenten fein säuberlich gesammelt. Bei Elke fanden diese wertvollen Papiere in einer Aktentasche Platz, während Ali sie lediglich – mangels Alternative und nicht aus mangelndem Respekt – in einem gelben bereits benutzen Briefumschlag verstaute.

Sie nahm den Flug München-Djerba, Ankunft 13.50 Uhr, und ihr Termin bei der deutschen Botschaft in Tunis war am Donnerstagvormittag. Die Aufregung war groß. Hatte sie auch wirklich alle Papiere dabei? Waren alle Dokumente richtig übersetzt, datiert und abgestempelt?

Am gleichen Tag flog Petra nach Tunis. Die beiden Freundinnen hatten vereinbart, sich am Mittwoch in Tunis zu treffen und einen schönen gemeinsamen Abend zu verbringen. Dann könnte Elke endlich mal Noureddine kennen lernen.

Als Petra am Flughafen Tunis-Carthage landete, stellte sie schon an den Gesichtern, dem Aufzug, dem Verhalten und vor allem der Anwesenheit von modern gekleideten Frauen fest, dass sie wohl nur eine Seite Tunesiens kannte: die südliche. Der Flughafen war schon mit einem südeuropäischen vergleichbar.

Noureddine erwartete sie in der Empfangshalle, umarmte sie lange und küsste sie zärtlich. Er hatte einen perfekt sitzenden Anzug an, dunkelblau elegant, sowie ein weißes Hemd, das nur eine Frau gebügelt haben kann – seine Mutter! Seine Schuhe waren, wie immer, blitzblank sauber. Sie bewunderte seine Art, sich zu pflegen und auf sein Äußeres zu achten, denn sein Inneres – das wusste sie bereits – war makellos.

Als sie aus dem Flughafen herauskamen, war die laute Stadt schon zu hören, eine gewisse Hektik, die der Süden nicht besaß, war ebenfalls bemerkbar. Ihr fiel besonders auf, wie viele Europäer hier waren, die nicht den Anschein machten, Touristen zu sein. Geschäftsleute, Männer und Frauen, die hier zu leben schienen. Und die vielen dicken Autos fielen ihr auch auf.

Auf der Fahrt in die Stadt sah sie große Werbetafeln, dreispurige Straßen, schöne Bauten zwischen Moderne und arabischer Architektur. Es kam ihr gar nicht wie das Tunesien vor, das sie sonst nur aus dem südlichen Teil kannte. Sie wurde zu keiner Zeit angegafft, sie fiel nicht auf, sie fühlte sich fast vernachlässigt. Jeder ging hier irgendeiner Beschäftigung nach und kaum ein Mann drehte sich nach ihr um, so, wie auf Djerba oder in Zarzis oder wie damals, als sie sich vor ein paar Jahren fast aus Versehen auf einem einheimischen Markt in Gabes befand.

Sie hatte die Touristengruppe auf einer Rundfahrt kurz verlassen, um nach einem Laden für Kopftücher zu suchen, und war plötzlich in einer Menge von Männern und Frauen, die selten eine Europäerin gesehen hatten. Das war ihr dann doch zu unangenehm, als sie von oben bis unten gemustert wurde. Und wenn sie sich umdrehte, weil sie einen interessanten Artikel vor einem Stand vermutete, stellte sie fest, dass die ganze Gasse nach ihr sah. Sie war dann doch froh, wieder die Touristengruppe gefunden zu haben.

Hier in Tunis aber schien eine Europäerin kein Grund zur Aufregung zu sein. Sie fuhren vom Flughafen in Richtung La Marsa, dann bogen sie an einem großen Kreisverkehr rechts in Richtung Medina ab, der Altstadt von Tunis, danach in die Avenue Khereddine Pacha und schließlich in die Avenue Mohamed V. Das Hotel befand sich auf der linken Seite und sah ganz gemütlich aus.

»Ich hoffe, es gefällt dir in diesem *Maison Blanche*«, sagte Noureddine, als sie mit ihrem Koffer und einer Handtasche vor dem Empfang stand. Nachdem sie eingecheckt hatte, verließ er sie und versprach, sie am Abend abzuholen. Seine ganze Familie sei gespannt auf sie, sogar sein Vater.

Elke traf inzwischen im Haus von Ali ein, wo sie von einem riesigen Aufgebot an Menschen erwartet wurde. Nachbarn, Freunde, Verwandte kamen sogar vom Festland her, um sie zu sehen, die Zukünftige ihres Verwandten und Freundes Ali.

Es war wie die Hochzeit Nours, nur gab es keine laute Musik und keinen Tanz. Den ganzen Abend saßen wieder die Frauen im Haus, während die Männer sich in ein Nachbarhaus zurückzogen und lediglich gelegentlich etwas abholen ließen, Tee, Gebäck, Essen und Trinken.

Ali hatte ihren Plan inzwischen allen mitgeteilt. Sie wollten also am Mittwoch nach Tunis fahren, entweder mit dem *Louage* – dem Überlandtaxi – oder mit dem Bus. Sie würden bei einem Freund der Familie übernachten. In ein Hotel konnten sie noch nicht, zumindest wusste Ali, dass die meisten Hotels noch ein Dokument verlangten, wonach das Paar verheiratet war. Unverheiratete Paare bekamen sogar in Tunis nur selten ein Doppelzimmer. Am Donnerstagvormittag müssten sie dann bei der deutschen Botschaft vorstellig werden und die Unterlagen abgeben, persönlich, das ging natürlich nicht per Post. Sie würden dann am Donnerstag Nachmittag wieder nach Djerba zurückfahren.

So feierten sie bereits eine Art Verlobung, von der die wenigsten wussten, wie sie funktionieren würde. Gingen die zwei noch beim Imam vorbei? Wollten sie nur auf der Gemeinde heiraten? Gab es denn überhaupt noch ein Fest, wenn Elke am Samstag wieder abflog?

Sie war so froh wegen ihrer Eltern, die spontan zusagten, sich um die Kinder zu kümmern. Sie, die Kinder, fragten sie in letzter Zeit öfter, wie das denn sein würde, wenn ihr tunesischer Mann hier wäre, ob sich etwas ändern würde. Und sie beteuerte ihnen mehrmals, dass sich gar nichts ändern würde. Es würde nur besser werden.

»Wir sind dann nicht mehr alleine, wir haben einen Mann im Haus, und was für einen! Einen netten lieben Mann, der lustig und freundlich ist, der gerne Computerspiele spielt und gerne im Garten ist. Wisst ihr, er hat in seinem Elternhaus einen winzigen Garten, vielleicht vier Quadratmeter groß, aber er pflegt ihn besser als sein eigenes Zimmer. Er geht nicht ein Mal vorbei, ohne irgendetwas zu tun, Wasser zu geben, etwas wegzuschneiden. Und wenn alles stimmt, dann streichelt er nur mal so die Petersilie oder die Zwiebeln. Er liebt sein Gärtchen. Und dann ist er sehr sprachbegabt. Er lerne von Monat zu Monat besser Deutsch, ihr werdet mit ihm reden können. Er erzählt wunderbare Geschichten von Prinzen und verzauberten Gazellen.«

Petra und Noureddine waren unterwegs zu seiner Familie. Sie hatte sich besonders schick angezogen, ein schwarzes Abendkleid, dunkle Schuhe, eine dezente Bluse, weit oben zugeknöpft.

»Du siehst gut aus«, gab Noureddine zu.

»Dein Vater ist Schneider der Oberen Zehntausend, also will ich dich nicht blamieren.«

Noureddine lächelte und meinte: »Ich weiß das sehr zu schätzen, dass du auf meine Kultur Rücksicht nimmst. Ich weiß das echt zu schätzen! Du bist eine intelligente Frau, zu aller Schönheit noch dazu.«

»Hör auf mit dem Blödsinn! Du machst mich ganz verlegen.«

Kurz bevor sie ankamen, sagte sie ihm noch: »Hör zu, mein Schatz, wenn ich irgendwann mal drauf und dran bin, einen Fehler zu machen, dann hau' mir eins oder huste ganz laut oder mach' dich sonst irgendwie bemerkbar, okay?«

»Häbibti! Wir gehen nicht zu einem Richter! Es ist nur mein Vater und, bei allem Respekt zu ihm, wir dürfen uns frei bewegen und ausdrücken.«

Seine Mutter empfing sie an der Haustüre mit einem herzlichen

Händedruck und einem »Bonsoir et bienvenue, Madame«. Dann trat eine seiner Schwestern, eine schlanke junge Frau mit kurzem schwarzem Haar und einer modernen Brille hervor. Eine Lehrerin, dachte Petra sofort. Neila begrüßte sie ebenfalls auf Französisch und dann überraschte sie Petra mit den deutschen Worten: »Hoffentlich gefällt es Ihnen bei uns in Tunis.«

»Aber ja, das ist eine ganz andere Seite Tunesiens. Ich kannte bisher nur den Süden. Es ist sehr interessant.«

Noch unterwegs zum Salon sagte Neila ihrem Bruder: »Du musst ihr unbedingt das Bardo-Museum zeigen. Unsere Geschichte ist so alt wie die Deutschlands und mindestens genauso interessant.«

Im Salon warteten der ältere Bruder Noureddines und der Vater. Moncef, der Informatik-Ingenieur, hatte Jeans an und einen leichten Pullover über einem schönen blauen Hemd. Er begrüßte Petra freundlich und stellte ihr seinen Vater vor: »C'est papa.«

Der Vater, ein Mann um die siebzig, war schlank, hatte einen gepflegten Schnurrbart, volles weißes Haar und eine traditionelle tunesische Jebba an. Er musterte sie mit seinen intelligenten Augen und einem strengen Blick. Dann sagte er – wieder auf Deutsch: »Herzlich willkommen!«

Petra staunte, wie gut diese Familie verschiedene Sprachen beherrschte. Und um ein Gespräch anzubahnen, fragte sie Noureddine, wieso denn alle hier so gut deutsch sprechen konnten.

Noureddines Vater ließ seinen Sohn jedoch nicht erklären und übernahm: »Ich habe auch deutsche und andere europäische Kunden, wissen Sie? Sie sind Geschäftsfreunde von meinen tunesischen Kunden. Sie bringen sie zu mir. Und eine Hand wäscht die andere, wie in Ihrem Land auch.« Dabei lächelte er verschmitzt. Es war mehr ein schlaues, hinterlistiges Grinsen als ein Lächeln.

Sie wollte noch wissen, wie es käme, dass dieses Haus so modern, so europäisch gebaut war. Es war ein Haus, das man auch in Deutschland hätte vorfinden können, dreistöckig und mit viel Holz.

Und Noureddines Vater ließ wieder niemanden zu Wort kommen und erklärte selber: »Ich habe das Haus vom Staat abgekauft. Es wurde von französischen Kolonialisten gebaut in den vierziger Jahren. Ich habe es dann übernehmen können, das war 1958. Die Leute, die hier wohnten, mussten fluchtartig weg. Sie hinterließen einen Keller und einen Dachboden voller Bücher. Die sind jetzt alle in unserer Bibliothek. Aber denken Sie nicht böse über uns. Ich habe mit allen Mitteln versucht, die ehemaligen Besitzer oder ihre Nachkommen zu finden. Ich gab sogar Inserate in Frankreich auf. Ich wollte ihnen ihre Bücher und ihren Wein, den sie auch im Keller zurückließen, wiedergeben. Aber meine Suche blieb erfolglos. Das können Sie mir glauben, Mademoiselle.«

Wer konnte an den Worten dieses Mannes zweifeln? Er redete bestimmt, klar, überzeugt und überzeugend, fast manipulierend.

Petra fummelte in ihrer Handtasche herum, da bekam sie einen Schlag auf das Knie. Noureddine machte nur ein verneinendes Zeichen mit dem Kopf, kaum sichtbar für die anderen. Dann flüsterte er ihr ins Ohr: »Wir rauchen nicht vor unserem Vater.«

Sie flüsterte zurück: »Was? Ihr seid doch erwachsen!«

»Ich erkläre es dir später.«

Später wollte er ihr erklären, dass sie seit ihrer Jugend niemals vor ihrem Vater rauchen durften. Und obwohl er wusste, dass zwei Söhne und eine Tochter rauchten, würde er es heute noch nicht akzeptieren, wenn sie sich eine Zigarette anzünden würden. Möglicherweise könnte er sich daran gewöhnen, wie viele seiner Freunde in seinem Alter, die damit zu leben gelernt hatten, dass ihre Kinder vor ihnen rauchten. Aber seine Kinder täten das niemals. Es wäre ein Tabubruch, den niemand von ihnen wagte.

Dieser Vater schien nicht nur streng gewesen zu sein, er schien es heute noch zu sein. Als wenn es der alte Fuchs bemerkt hatte, fragte er: »Rauchen Sie, Mademoiselle?«

»Ja«, antwortete Petra.

»Hol' deiner Freundin einen Aschenbecher!«

Noureddine stand schon auf, aber Petra hielt ihn zurück: »Nein, wirklich nicht, ich rauche nur gelegentlich, jetzt nicht, vielen Dank, nein.«

Noureddine setzte sich wieder.

Sie tranken Tee, Wasser und Fruchtsaft. Es gab kleine arabische Patisserie auf dem Tisch, aber niemand nahm davon, denn das Abendessen war in der Küche fast fertig. Es gab natürlich *Couscous.*

Dann erzählte der Vater stolz, wie er an der Befreiungsbewegung gegen Frankreichs Armee teilnahm. »Ich war einer der ersten Gefolgsleute Bourguibas. Während er in Frankreich diplomatische Wege suchte, Tunesien vom Joch der Franzosen zu befreien, gehörte ich zu denen, die hier den Franzosen die Hölle heiß machten. Ich war 14 Jahre alt, als ich zu kämpfen begann. Ha, ha! Ohne uns wären sie heute noch Kolonialmacht. Und jetzt heiraten unsere Jungen ihre Mädchen. Wie die Zeiten sich doch ändern.«

Nach dem Essen bat der Vater Noureddine und Petra ins Nebenzimmer, sein Arbeitszimmer. Er entschuldigte sich bei seinen anderen Familienmitgliedern, aber er wollte mit den beiden alleine reden. Noureddine wischte seine leicht feuchten, nervösen Hände an seiner Hose ab und ging hinter seinem Vater her.

Petra verstand im Laufe des Abends immer besser, wieso die ganze Familie diesen Mann so unglaublich respektierte, fast fürchtete. Er hatte alles für sie getan. Er hatte jahrzehntelang Tag und Nacht gearbeitet, um ihnen allen eine gute Ausbildung zu ermöglichen. Er hatte niemals eines der Kinder geschlagen, darauf bestand er, also war ihr Respekt nicht auf Gewalt und Drohungen gebaut.

Er setze sich in seinen Sessel, um ihn herum Zeichnungen, Stoffreste, Scheren und andere Schneiderutensilien, Ellen, Plastikmeter, Nähzeug und viele Zeitschriften. Er fragte Petra direkt und ohne Umschweife: »Was wollen Sie von meinem Sohn, Mademoiselle?«

»Vater, wir sind ...«

Doch Noureddine wurde sofort unterbrochen: »Lass sie doch reden! Sie kann doch für sich reden oder bist du ihr Anwalt?« Dabei zeigte er wieder dieses Lächeln, bei dem man nicht einordnen konnte, ob es nett gemeint war oder gemein und zynisch.

Petra antwortete langsam und fast selber eingeschüchtert, denn sie erwartete nie und nimmer eine solche Frage: »Ich liebe Ihren Sohn. Und wenn ich irgendwie kann, werde ich versuchen, ihn davon zu überzeugen, mit mir nach Deutschland zu gehen.«

»Sie müssen etwas ganz Besonderes in Deutschland haben, dass Sie ihn aus diesem wunderschönen Land herausholen wollen, wo es 300 Sonnentage im Jahr gibt und das Brot 30 Cents kostet.«

Petra war auf einmal verwirrt. Einerseits war sie auf so ein Gespräch nicht vorbereitet, andererseits stellte sie sich plötzlich die Frage, was sie denn in Deutschland festhielt. Als sie zu lange zögerte, kam ihr der Alte entgegen: »Was verdienen Sie in Deutschland? Als möglicher Schweigervater darf ich Sie das fragen.«

»Klar«, antwortete Petra immer noch verwirrt. »Etwa dreitausend Euro netto. Das ist überdurchschnittlich.«

»Das spielt keine Rolle, Mademoiselle.«

Petra musste über ihren Schatten springen und einfügen: »Bitte, nennen Sie mich Petra!«

»Na gut, Petra, wie viel davon können Sie monatlich sparen? Sie müssen es mir nicht sagen, aber ich will Ihnen nur aufzeigen, dass es nicht darauf ankommt, wie viel man verdient, sondern wie viel man sich zu sparen leisten kann. Die meisten Europäer bringen prozentual gesehen gleich viel wie die meisten Tunesier beiseite, bescheidene zehn Prozent, wenn's hoch kommt. Bei Ihnen wären das dreihundert Euro, bei einem Tunesier fünfzig Dinar. Nehmen Sie Noureddine. Er hätte es zu etwas bringen können, wie seine Geschwister, aber er entschied sich für den Tourismus. Na gut, sein Problem. Er verdient fünfhundert Dinar. Und was kann er beiseite legen für später? Für Kinder? Fürs Alter? Kaum was! Ihr jungen Leute seid überall gleich. Wir Alten mussten noch überall durch, wir hatten keine Kreditinstitute oder den Kauf auf Rechnung und Kreditkarten. Wir konnten nur das ausgeben, was wir schon hatten. Das galt für Deutschland genauso wie für Tunesien. Und heute? Ihr lebt alle über eure Verhältnisse.«

Er schwieg eine Weile und die jungen Leute sahen sich an, ohne zu verstehen, worauf der Alte hinauswollte. Petra wirkte nervös.

»Sagen Sie bitte, Petra, was kostet ein Haus in Ihrer Stadt?«

»Oh, ich denke, gegen die dreihundert, ich meine dreihunderttausend Euro.«

»Sehen Sie? Das sind hundert Monatslöhne. Das gleiche Verhältnis haben wir hier: Ein Haus kostet fünfzigtausend Dinar, hundert durchschnittliche Monatslöhne.«

Die zwei waren immer noch verwirrt und hatten keine Ahnung, was ihnen der Alte sagen wollte.

»Hört zu, ihr zwei. Wenn ihr euch füreinander entscheidet, dann überlegt euch, ob ihr nicht hier in Tunesien etwas aufbauen wollt. Djerba ist schön. Ich verbringe gerne meine Ferien dort. Auch Zarzis ist toll. Noureddine will in dieser Gegend bleiben. Er hat ja bekanntlich eine schlechte Erfahrung mit Europa gemacht, mit der Schweiz. Hast du es ihr erzählt?«

»Ja, Vater.«

»Also, wenn ihr euch eines Tages entscheidet, euch in Djerba niederzulassen, dann könnt ihr auf meine Unterstützung zählen.«

Petra und Noureddine schauten sich an. Damit hatten sie nun wirklich nicht gerechnet. Und Noureddine schien genauso überrascht zu sein wie Petra.

»Wie meinst du das, Vater?«

»Wie meine ich das, wie meine ich das? Boden, Haus, Einrichtung! So meine ich das. Oder dachtest du, ich würde für euch den Garten pflegen? Also, überlegt es euch und sagt Bescheid!« Darauf ging er hinaus, nachdem er sich von Petra mit einem langen Händedruck und den Worten verabschiedet hatte: »Sie scheinen eine Frau zu sein, die mit beiden Füßen auf dem Boden steht. So eine Frau täte ihm gut!« Dabei schaute er lächelnd zur Seite, wo sein Sohn stand. Dieses Mal war das Lächeln herzlich, freundlich, gut gesinnt, verständnisvoll und hoffend. Dann fügte er noch hinzu: »Machen Sie meinem Sohn keine Schande! Und wenn er Ihnen etwas anzutun droht, dann kommen Sie zu mir.«

Auf dem Weg zurück ins Hotel fragte sich Petra, ob dieser alte Mann mit dem listig schlauen, bisweilen hinterlistigen Blick, den kleinen Schlitzaugen und dem hageren Gesicht einen Witz gemacht hatte. Er wollte ihnen doch nicht etwa tatsächlich Land und Haus schenken? Aber Noureddine sagte: »Du kannst sicher sein, er meint es ernst. Das ist bei arabischen Eltern so: Sie schenken dir, sie helfen dir, aber sie verpflichten dich damit! Ich habe einen Film gesehen, als ich in der Schweiz war. Eine griechische Hochzeit, ich habe den Titel vergessen. Jedenfalls haben die reichen Amerikaner ihrem Sohn zur Hochzeit irgendwas Kleines geschenkt, aber der griechische Arbeiter hat seiner Tochter ein Haus geschenkt. Wir sind näher bei den Griechen als bei den Amerikanern!«

»Ich kenne den Film«, antwortete Petra. »Er hieß *My Big Fat Greek Wedding*.«

»Sollten wir denn auf so ein Angebot nicht eingehen?«, fragte Noureddine.

»Um Gottes willen, wie stellst du dir das vor? Soll ich Familie, Job und Freunde im Stich lassen, meine Habseligkeiten packen und hierher kommen?«

»Ja.«

Und Petra sah sich schon. Sie packte in Gedanken alles, was ihr lieb war, verabschiedete sich mit einem großen Fest von Freunden und Arbeitskollegen, löste Sparverträge und Guthaben auf, kaufte sich ein großes Auto, nahm das Fährenschiff »Habib Bourguiba« von Genua nach Tunis. Den Rest ließ sie sich per Schiff nachsenden. Dann sah sie sich nach Djerba fahren, das schöne eigene Häuschen auf dem schönen eigenen Fleckchen Boden, mit Blick aufs Meer, das Noureddine inzwischen gebaut haben würde, und sich niederlassen – nach der Heirat, versteht sich. Ihr Schwiegervater würde noch persönlich vor der Tür stehen und ihr den Eingang versperren, wenn sie nicht verheiratet wären.

»Lächerlich, unmöglich, keine Chance!«, antwortete sie. Sie wendete den Kopf und lächelte vor sich hin.

Am Mittwochabend trafen sich Ali und Elke mit Noureddine und Petra in Tunis, im Restaurant *Le Pacha* an der Avenue de Londres.

Noureddine und Petra saßen schon dort und warteten auf die zwei. Noureddine war gespannt auf die Freundin seiner Freundin. Er hatte sie noch nie gesehen. Und auf Ali war er sowieso gespannt. Würde ihn der Altersunterschied schockieren? Würde er womöglich lachen müssen? Noureddine war auch jünger als Petra, aber er vermutete ein paar Jahre, nicht zwanzig! Jedenfalls machte sich Petra eher Sorgen, ob morgen mit den Papieren alles klappen würde. Es war ihr bekannt, dass junge Männer wegen einer einzigen Kopie, die fehlte, nochmals zurückgeschickt wurden, um Tage danach wieder nach einem Termin zu fragen und wieder den langen Weg vom Süden nach Tunis zu machen.

Elke und Ali kamen mit einem großen Lächeln Arm in Arm auf den Tisch zu, an dem Noureddine und Petra saßen. Die Vorstellung ging schnell über die Bühne, denn Noureddine wusste von Ali und dieser von ihm, jeweils über Petra und Elke. Die zwei Männer waren zwar verschieden, verstanden sich aber sofort. Nach dem typischen Hin- und Herfragen, wie es der Familie ginge, wie es in der Arbeit sei und anderen belanglosen Worten kam Noureddines Frage – in Tunesisch – warum Ali um Gottes willen in dieses Europa wolle.

Dieser antwortete seinem Landsmann: »Schau mal, ich kann doch in diesem Djerba nicht weiterkommen, du weißt es. Soll ich jahrelang als Kellner arbeiten und jeden Monat gerade mal ein kleines Trinkgeld auf die Seite legen?«

»Mein junger Freund, du wirst in Europa nicht mal dieses bisschen Trinkgeld beiseite schaffen können, im Gegenteil, du wirst dich verschulden!«

Ali glaubte ihm nicht und war geneigt, zu mutmaßen, dass auch er – wie viele andere – ihn nur um die Begegnung mit Elke und die Chance auf Europa beneidete. Aber er wusste, dass Noureddine auch die Möglichkeit hätte, nach Europa zu gehen, diese aber nicht nutzen wollte.

Selber schuld, dachte er und sagte: »Lass das nur meine Sorge sein. Ich werde es schaffen, bestimmt!«

»Willst du nicht einen Tipp von einem Mann, der schon in Europa war?«

»Wie willst du mir Tipps geben? Du warst gerade mal zwei Jahre in der Schweiz. Und ich plane, meine ganze Zukunft in Europa zu verbringen.«

Noureddine wusste, dass Ali es Elke erzählen würde. Es war auch in Ordnung so.

»Aber, lieber Freund, das sind zwei Jahre länger als du je in Europa warst. Willst du nicht endlich einen Rat, einen einzigen? An deiner Stelle würde ich jeden um seine Erfahrung bitten, und wenn er nur einen einzigen Tag in Europa verbracht hätte.«

»Gib mir doch den Rat!«

»Lass dich vom ersten Tag an nicht fallen in diesem Luxus, diesem Überfluss! Er ist trügerisch. Nichts anderes währt als deine Arbeit, als der Schweiß deiner Stirn, wie wir bei uns sagen. Suche Arbeit, bilde dich weiter, lerne die Sprache und verlass dich nicht auf deine Frau! Lebe nicht auf ihre Kosten, zahle ihr alles zurück, was sie dir gegeben hat! Hoffentlich hast du schon angefangen, Buch zu führen. Nur so, mein Freund, kannst du den Respekt behalten, den deine Frau vor dir haben soll. Werde nicht zum heulenden, sich selbst bemitleidenden kleinen Araber, wie es schon so viele gibt! Das ist mein Ratschlag.«

Ali antworte: »Das weiß ich doch alles. Trotzdem danke für deine Hilfe. Ich werde bestimmt daran denken. Ich bin aus einer guten Familie. Das wird bestimmt auch in Europa hilfreich sein, denn ich werde genau das tun, was du sagtest, nur, ich hätte es auch getan, ohne dass du es gesagt hättest. Trotzdem danke.«

Dann wandten sich die Männer wieder ihren Freundinnen zu und redeten über dies und jenes, über Djerba und Tunis, Deutschland und Tunesien, Europa und Afrika. Und Noureddine erwähnte eine Nachricht, die er eine Woche zuvor im Fernsehen sah: »Es gab da einen Dokumentarfilm über Schwarzafrikaner aus dem Senegal oder aus Tschad, ich weiß nicht mehr, die alles taten, um nach Europa zu gehen. Sie wurden nachts in überfüllten Kleinlastwagen über die Grenzen geschmuggelt, hungerten tagelang, nur um an der spanischen Grenze erwischt zu werden und wieder nach Hause zu müssen. Doch kaum waren sie zu Hause, planten sie schon den nächsten Versuch. Unglaublich, wenn sie dabei noch erfuhren, dass fast jedes Mal, bei fast jedem Versuch, Tote zu beklagen waren. Sie verhungerten, ertranken, wurden aus Versehen erschossen, überfallen. Unglaublich, ganz Afrika scheint nach Europa zu wollen.«

»Und hast du von den zwei jungen Afrikanern gehört, die sich im Fahrwerk eines Flugzeugs versteckten? Sie wussten nicht, dass oben fünfzig Grad Minus herrschten. Sie kamen in Europa an, aber tot, erfroren.«

»Da hast du es einfacher, mein Schatz?«, sagte Elke und Ali lächelte.

Nachdem sie sich verabschiedet hatten, schüttelte Noureddine nur den Kopf. »Diese Frau vergöttert ihn. Hast du gesehen, wie sie ihn angehimmelt hat? Sie würde alles für ihn tun. Und er? Er ist nur scharf auf Europa. Das wird sie merken, sobald sie dort sind.«

»Ach was, es kommt schon gut. Er wird auf die Schnauze fallen, er wird aber aufstehen. Dieser Kerl scheint einen starken Willen zu haben. Ich glaube, die schaffen es.«

»Glaubst du! Ich sage dir, er hat nur Freiheit, tolle Kleider und bald ein Auto im Kopf. Er hat keine Ahnung, was ihn erwartet. Und wenn einer in seinem Alter Erwartungen hat, dann sind sie unglaublich hoch. Er fällt von ganz hoch oben! Ich weiß nicht, ob das gut kommt.«

Sie beschlossen, die Angelegenheit ruhen zu lassen und abzuwarten, was aus diesem Ali und Elke würde. Sie würden es bestimmt bald erfahren. Elke und Petra würden in Kontakt bleiben.

Am nächsten Morgen stellten sich Elke und Ali früh vor dem deutschen Konsulat in eine lange Warteschlage. Obwohl sie einen Termin hatten, wollte Ali wegen seiner Erfahrung mit Ämtern in Tunesien auf keinen Fall zu spät kommen. Er hoffte, dass sie überhaupt empfangen würden und nicht wieder wegen einer Kleinigkeit mit leeren Händen zurückfahren müssten.

Es klappte alles. Die Papiere wurden hinterlegt und sie fuhren mit einem zuversichtlichen Gefühl nach Djerba zurück.

Vier Monate später erhielt Elke die lange ersehnte Kurzmitteilung: »Schatz, Visum okay, kann nächste Woche nach Tunis Papiere holen und ich bin Inschallah in zwei Monaten bei dir!«

Europa!

Ali landete in München und stellte sofort fest, dass er in einer anderen Welt angekommen war.

Vier Stunden zuvor verabschiedete er sich im kleinen übersichtlichen Flughafen von Djerba von Freunden und Familie. Sogar mit den Polizisten und Zöllnern konnte er noch ein paar Worte wechseln. Diese kontrollierten seine Papiere peinlich genau und schienen nicht zu glauben, dass er tatsächlich ausreisen durfte. Seine Mutter konnte nicht mehr aufhören zu weinen, als sie sich von ihm verabschiedete. Ihr Mann redete auf sie ein: »Er ist ein Mann. Hör auf, zu heulen! Die Mutter seines Großvaters hat nicht mal so geheult wie du, als sie ihn in den Krieg nach Frankreich ziehen sah. Mach's ihm nicht so schwer!«

Sie hatte bereits einen Sohn an dieses Europa verloren, das sie sich wie ein großes Raubtier vorstellte, das junge Männer aus Nordafrika lockte und sie dann auffraß. Ihre Hoffnung bei der Ausreise ihres ersten Sohnes war groß und obwohl sie damals schon tagelang nur weinte, hatte sie anfangs die Illusion, er würde bald wieder zurückkommen und neben ihr bauen. Und nun war aus der Illusion eine Sicherheit geworden: Auch Ali würde nicht mehr zurückkommen. Auch ihn würde dieses Ungeheuer Europa binden und fesseln. Sie war drauf und dran, ihre beiden Söhne an dieses verlockende Europa zu verlieren!

Und nun war Ali in einer fremden Welt und hoffte, so schnell wie möglich das vertraute Gesicht von Elke zu finden. Zum ersten Mal in seinem Leben war ihm eine Umgebung fremd, feindlich, gefährlich und unverständlich. Und schon die Hauptstadt seines eigenen Landes kam ihm riesig und kompliziert vor. Er wollte sich aber diese Angst und diese leichte Panik, die ihn überfielen, nicht anmerken lassen. Er wollte, wie auf Djerba, den Coolen, Lockeren spielen, der alle und alles im Griff hatte.

Elke umarmte ihn lange und fest. Sie küssten sich nur flüchtig, denn er kam sich beobachtet vor. Es schien ihm, als wüssten alle, woher er kam, zu wem er ging und was er hier suchte. Er kannte Touristen, er kannte deutsche Männer und Frauen, er kannte sogar Leute aus Bayern, zu dem Augsburg gehörte, wie er erfuhr, und trotzdem: So hatte er sich Europa nicht vorgestellt. Der Flughafen München kam ihm vor wie eine Großstadt.

Als sie dann auf der Autobahn waren und der Tacho über 160 Stundenkilometer anzeigte, hielt sich Ali wider Willen fest, denn er war noch nie in seinem Leben eine solche Geschwindigkeit gefahren. Die Bäume und Strommasten sausten nur so an ihm vorbei. Er hatte noch keinen Führerschein und raste nun auf der Autobahn von München in Richtung Augsburg mit einer Frau, die er – so kam es ihm vor – erst gestern kennen gelernt hatte.

Er erinnerte sich an seine ersten Worte zu ihr: »Kaffee oder Tee, Madame?« Und nun saß er mit ihr in diesem kleinen und für seine Erfahrungen fabrikneuen Wagen und hörte ihr zu, was sie alles vorbereitet hatte.

Elke hatte für Ali schon mal Winterkleider gekauft, es war Ende September und die ersten Nebelschwaden kamen morgens schon bedrohlich hervor. Dann hatte sie für ihn einen kleinen Arbeitsplatz eingerichtet, damit er E-Mails und Briefe schreiben konnte. Sie besprach mit ihm im Auto schon das Programm der nächsten Tage, das sie zu seiner Ankunft aufgesetzt hatte: »Heute Abend machen wir es uns richtig gemütlich, zu Hause, in deinem neuen Zuhause. Aber ein paar Freunde von mir wollen dich unbedingt noch heute sehen. Ist es okay für dich, wenn wir kurz ins *Café Jeannette* gehen. Die Kinder sind bei den Großeltern. Morgen, am Sonntag, schlafen wir aus. Dann gehen wir meine Eltern und die Kinder besuchen. Sie sind alle so gespannt auf dich. Am Abend nehmen wir die Kinder und gehen in einen McDonald's. Das war ihr Wunsch. Isst du gerne Hamburger?«

»Ist das nicht Schweinefleisch?«

Es wurde ihr auf einmal bewusst, dass Ali noch nie in seinem Leben in einem McDonald's war. Woher sollte er wissen, dass die Hamburger aus Rindfleisch hergestellt wurden?

»Tut mir leid, mein Schatz. Es ist mir entgangen, dass du das gar nicht kennst. Nein, die Hamburger sind aus Rindfleisch. Leider nicht islamisch geschlachtet, die Rinder. Aber es gibt auch Fisch und Salat, Eis und Kuchen. Es wird dir gefallen. Aber es gibt auch sehr viele Kinder, kleine und ganz große!« Ali war leicht abwesend, als ihn Elke fragte: »Was ist los, mein Schatz?«

Er versuchte ihr zu erklären, dass er gerade an seine Familie und seine Freunde dachte, die ihn vor ein paar Stunden teils mit Tränen in den Augen verabschiedeten. Wenn die wüssten, wo ich hier gelandet bin, dachte er für sich.

Als sie nach der Autobahnausfahrt durch Augsburg fuhren und die Straßen, Ampeln und Häuserreihen nicht enden wollten, bemerkte Ali kurz: »Augsburg ist eine große Stadt!«

In der Tat, im Vergleich zu Djerba, Zarzis und sogar Medenine, die er kannte, war Augsburg eine Großstadt. Sogar Tunis kam ihm klein dagegen vor.

Sie fuhr mehrere Straßen nach rechts, nach links, bog mehrmals an Ampeln ab, bis sie in einen kleinen Stadtteil kamen und endlich am Talweg hielten. Er bewunderte seine Frau für die Fahrkünste, die Disziplin, die Ruhe, die Erfahrung – er, der nicht einmal den Führerschein hatte und sich nur gelegentlich auf einem Moped durch den Verkehr von Djerba schlängeln musste. Solche Hochhäuser, solche breiten Straßen, solche Mengen von Autos, von Werbetafeln, von Verkehrsschildern, das hatte er noch nie erlebt. Er hatte es bisher nur gelegentlich einmal in einem Film oder einer Dokumentarsendung des deutschen Fernsehens über eine westliche Großstadt gesehen. Und nun war er mitten drin! Seine Sinne waren verwirrt, sein Kopf voller Eindrücke, sein Herz voller Panik, obwohl er sich gut vorbereitet hatte auf diese Reise.

Als Erstes rief er seine Familie an. Er sagte Elke im Voraus, er fasse sich kurz, aber Elke beruhigte ihn: »Abends ist es günstiger, also sprich in aller Ruhe mit deiner Familie.«

Und so bestätigte er allen, dass er gut angekommen sei.

Auf die Frage seiner Mutter, ob er schon etwas gegessen hätte, sagte er, er habe noch keinen Hunger. Wie das Wetter sei, konnte er seinem Vater auch erklären. Wie die Wohnung seiner zukünftigen Frau aussähe, das konnte er nur mit undeutlichen Beschreibungen sagen, denn er hatte noch nicht das ganze Haus gesehen, jedenfalls sprach er von unglaublichem Luxus. Und dann versprach er, in den nächsten Tagen wieder anzurufen.

Danach zeigte ihm Elke das Haus. Das Badezimmer hatte zwei Waschbecken, eine Badewanne und eine Duschkabine. Der Glasschrank beinhaltete Hunderte von Produkten, jedenfalls kam es ihm so vor. Das WC war blitzblank. Der Steinboden fühlte sich warm an, so dass sie beide in Socken darauf standen. Die Hand- und Badetücher dufteten und waren von einer unglaublichen Zartheit. Er musste sie anfassen und an sein Tuch denken, das er als dünn, kratzig und alles andere als duftend in Erinnerung hatte. Dann das Wohnzimmer, es war riesig. Ein großer Fernseher stand da, ein Format, das er noch nie gesehen hatte. Er ging hinter den Apparat, um etwas zu prüfen, denn er schien ihm sehr knapp an der Wald zu stehen. Er war überrascht, dass das Ding flach war, und er konnte seinen Augen nicht trauen. Wie konnte so etwas funktionieren?

Die Möbel waren schön, schienen fabrikneu zu sein, obwohl ihm Elke beteuerte, sie seien mehrere Jahre alt. Der Teppich auf dem Boden dämpfte die Schritte und war angenehm, nicht nur unter den Füßen. Er konnte sich auch vorstellen, darauf zu schlafen, dazu benötigte er höchstens noch ein Leinentuch.

Dann das Arbeitszimmer mit dem Computer, den Regalen, den Ordnern und wieder einem kleinen Fernseher. So etwas hatte er noch nicht einmal in einem Büro gesehen. Ein Zweittelefon stand da und auf seine Frage antwortete Elke nur: »Wenn du mal in Ruhe telefonieren willst ...«

Daneben war noch ein Zimmer, das nach einem Frauenarbeitszimmer aussah: Bügelbrett, Wäsche, Bastelsachen, viele Bücher und allerlei Kram, den er gar nicht richtig einordnen konnte. Ein paar Fotos in alten Rahmen zeigten Kindheitsszenen, die er sofort verstand. Es war Elke mit ihrer Familie. Dann ein Bild, das ihn etwas aufschrecken ließ. Es stellte Elke mit ihren zwei Kindern dar und einem Mann, dunkle Haare, ein Schnauzer, blaue Augen. Ihr Mann … oder besser: Ex-Mann. Was machte das Bild noch hier?

Sie sah ihm die Frage an und stellte richtig: »Die Kinder sind manchmal bei mir in diesem Arbeitszimmer und sie wollten das Bild mit ihrem Vater nicht entfernen. Hoffentlich ist das in Ordnung für dich? Es ist nur für die Kinder da, glaub mir!«

Dann die Küche. Er war kein besonders guter Koch, aber als er dies sah, wusste er, dass er eine gewisse Zeit brauchen würde, um nur ein Spiegelei zu braten. Die Herdplatten sahen komisch aus. Keine Knöpfe dran. Wie konnte man das Ding anzünden? Und wie konnte man das Feuer regeln? Er hatte Gas erwartet, aber da war keine Flasche unter dem Herd. Der Backofen war auf Augenhöhe, also nicht unter dem Herd, sondern daneben. Der Kühlschrank war reichlich gefüllt und sauber, er roch nach gar nichts und alles war an seinem richtigen Platz. Butter, Eier und Milch hatte er erkannt, den Rest konnte er auf die Schnelle nicht identifizieren. Endlich sah er auch eine Spülmaschine, von der er nur immer gehört hatte.

Das Esszimmer gefiel ihm besonders, denn dort konnte er sich sehen, Musik hörend, Kaffee trinkend, arbeitend, lesend. Er wollte noch besser Deutsch lernen und genau hier an dieser Eckbank sah er sich sitzen und büffeln.

Dann zeigte ihm Elke den zweiten Stock. Er hatte noch nie ein zweistöckiges Haus betreten. Er kannte auf Djerba schon ein oder zwei Häuser, die mehrstöckig waren, aber man musste immer den zweiten Stock über eine Treppe außerhalb des Hauses erreichen. Hier ging die Treppe mitten im Haus hinauf. Zwei kleinere Zimmer mit vielen

Spielsachen gab es dort. Das eine hatte einen weiteren Computer, das andere einen Fernseher. Er fing an, die Computer und Fernseher zu zählen. Vielleicht gab es ja noch mehr davon?

Dann nahm sie ihn bei der Hand und machte die Tür zu ihrem Schlafzimmer auf. Sein Blick wurde etwas komisch, sie konnte es nicht einordnen. Ernst, voller Freude, Spannung und Neugier schaute er sich um. Ein wunderschöner großer Spiegelschrank, ein großes Bett mit schöner Bettwäsche, zwei kleine Nachttische, auf dem einen lagen ein paar Bücher, Taschentücher, eine Salbe, ein kleiner Radiowecker, ein Kugelschreiber und ein Telefon, schon wieder, auf dem anderen nichts. Das, dachte er, ist also meine Seite. Eine Kommode stand in der Ecke des Zimmers mit Kerzen und anderen Dekorationssachen drauf, die er nicht identifizieren konnte. Ein Bild an der Wand erfreute sein Auge besonders: ein Bild von Djerba! Eine kleine Vase stand noch auf der Kommode, mit einer Rose darin.

»Den Rest zeige ich dir morgen, okay?«

»Rest?«, fragte Ali staunend.

»Ja, den Keller, den Dachboden, die Garage und den Garten.«

Einen Garten hatte er zu Hause auch. Eine Garage hatte sein Onkel, es gab nur wenige davon an tunesischen Häusern. Aber einen Keller hatte er noch nie betreten und was ein Dachboden war, das wusste er auch nicht. Er kannte noch nicht einmal das Wort.

»Was ist Dachboden?«

»Das ist ein Raum oben im Haus, noch ein Stockwerk weiter oben. Da verstaut man Sachen, die man nicht täglich braucht. Winterkleider im Sommer und umgekehrt, Koffer, alte Sachen, Dinge, die man halt nur gelegentlich braucht. Alte Möbel, die man nicht wegwerfen will. Ich habe noch eine Matratze dort oben und eine kleine Spielecke für die Kinder. Manchmal verkriechen sie sich mit ihren Freunden stundenlang dort oben und rufen herunter, wenn sie Hunger haben.«

Ali war regelrecht erschlagen von diesen vielen Eindrücken und versuchte mit allen Mitteln, sein Staunen nicht zu zeigen. Aber Elke kannte sein Zuhause und konnte sich gut vorstellen, was in diesem Mann vorging. Er musste dieses Haus mit dem seiner Eltern vergleichen und feststellen: Was für eine andere Welt! Sie war sich nicht sicher, was er wirklich dachte: ›Ich habe den großen Coup gelandet!' oder ‚Was mache ich hier, um Gottes willen?‹

Sie schlug ihm vor, er solle ein Bad nehmen. Er traute sich jedoch nicht, zu sagen, dass er noch nie in seinem 26-jährigen Leben ein Bad genommen hatte. Sie nahm es aber an und ließ ihm ein Bad ein, wobei sie ihm immer alles zeigte. Er fragte sie noch, bevor er ins Badezimmer ging, ob es denn keinen Schlüssel fürs Badezimmer gab. Sie sagte, dass sie wohl einen hätte, irgendwo, den sie aber noch nie gebraucht hätte. Wenn er unbedingt wolle, würde sie ihn jedoch suchen.

Er bestand aber nicht darauf und begnügte sich damit, die Tür zu schließen und ins Bad zu steigen, vorsichtig wie ein alter Mann, innerlich über sich selber lachend. Er genoss es und kam lange nicht heraus. Als Elke anklopfte und hereinkam, war ihm das fast unangenehm. Aber er gewöhnte sich schnell an ihre Anwesenheit, versuchte jedoch, seinen Körper unter dem Schaum zu verstecken.

Elke wusste, dass es nur eine Frage der Zeit war, bis er diese komischen Hemmungen verlieren würde. Sie las darüber auf einer Internet-Seite. Arabische Männer baden nie in Anwesenheit ihrer Frauen, auch duschen konnten sie nur mit geschlossener Badezimmertür. Hemmungen? Respekt? Tabus? Wer weiß ... Jedenfalls wollte sie ihn nicht brüskieren und fragte ihn lediglich, ob er etwas bräuchte, legte ihm das Badtuch näher heran und ging wieder hinaus. Er starrte die Decke an, wo die Lampen eingebaut waren, staunte über das romantische Flackern der Kerzen, die Elke für ihn angezündet hatte, genoss das warme Wasser, das er immer wieder mit dem Fuß nachfließen ließ, und dachte an zu Hause.

Als er beschloss, das Bad zu beenden und das Wasser abzulassen, stellte er fest, dass er noch voller Seife war. Also nahm er noch eine

Dusche, trocknete sich mit diesem duftenden, zarten, nicht kratzenden großen Badetuch ab und zog sich an. Die kurzen Haare hatte er sich mit dem Kamm nach hinten gekämmt, den er noch von Djerba dabei hatte. Seine Mutter hatte ihm diesen noch im letzten Moment ins Zimmer gebracht, als er packte. »Ein Mann muss immer einen Kamm dabei haben, mein Sohn! Dein Vater verlässt niemals das Haus ohne den Kamm, trotz seines schütteren Haares. Ein Windstoß, Regen, wer weiß, was dich erwartet … Deine Haare müssen immer in Ordnung sein.«

Im Spiegelschrank suchte er nach einem Rasierwasser und fand tatsächlich eine Flasche, die mit »For men« beschriftet war. Das kannte er. Er strich es sich über das ganze Gesicht, das Haar und die Brust. Danach roch er stark und männlich. Er fühlte sich wohl und es kam ihm vor, als hätte er seine ganze Müdigkeit und Schlappheit in dieser Badewanne mit dem Wasser und der Seife hinuntergespült.

Als er aus dem Badezimmer kam, fand er Elke beim Auspacken vor. Sie verstaute all die Kleinigkeiten, die sie mitgebracht hatten. Dann ging sie kurz ins Badezimmer und duschte, während Ali ungläubig auf dem Sofa saß und immer noch nicht richtig wusste, wo er war.

Er schaute sich aus dem Wohnzimmerfenster die Umgebung an, die nun sein Wohnquartier war. Andere Häuser, Wohnungen, Straßen und Gassen, Menschen, Autos und Bäume. In der Ferne vermutete er Wiesen, Felder und Bauernhäuser, denn es war schon dunkel. Diese Welt draußen würde er ab morgen entdecken. Was barg sie wohl? Gutes oder Schlechtes? Diese Deutschen waren hier nicht die Touristen, die er in den Ferien in lockerer Stimmung zum Frühstück empfing. Er wusste von einem Freund, der in Deutschland lebte, dass er am Anfang große Probleme damit hatte. Er ging auf die Leute zu, als wenn er sie als Touristen in Zarzis ansprechen würde: »He, hallo! Wie geht's?« Aber die Leute reagierten ganz anders hier. Sie waren ernst, beschäftigt, hatten es immer eilig, wollten keine Zeit für ein Gespräch verschwenden.

Als Elke aus dem Badezimmer kam fragte er sie: »Darf ich noch schnell meinen Bruder in Belgien anrufen?«

»Aber sicher«, antwortete Elke, »das ist nun auch dein Telefon.«

Dann gingen sie aus.

»Magst du überhaupt noch ausgehen?«, fragte Elke und Ali antwortete sofort: »Ja, ja. Kein Problem. Kommen viele Leute?«

»Nein«, beruhigte ihn Elke. »Petra kennst du ja schon. Ralph, ein gemeinsamer Freund von uns. Dann sind noch Udo und Ulrike dabei, vielleicht auch ihre Kinder. Und Pierre und Isabelle, die sind ursprünglich aus dem Elsass. Vielleicht kommen auch meine Nachbarn, Klaus und Ulrike. Das ist unser Samstagabend-Treff. Wir machen uns nie richtig etwas aus, aber es sind immer welche dabei. Seit Jahren!«

»Dein Mann nicht, oder?«

»Mein Ex-Mann, meinst du. Nein, glaube ich nicht. Aber wenn er kommt, na und? Dann lernst du ihn auch kennen.« Sie bemerkte, dass es für Ali etwas unangenehm war, damit rechnen zu müssen, dass Sebastian auftauchen könnte. Aber wenn es ihr nichts ausmachte, konnte er auch damit fertig werden.

Er hätte sich das jedenfalls nicht vorstellen können, aus tunesischer Sicht. Einer seiner geschiedenen Cousins geht heute noch aus dem Café, wenn der zweite Mann seiner Frau auftaucht. Er ist aber seit Jahren geschieden, wieder verheiratet und beide sind nahe Verwandte. Diese Europäer haben schon ganz andere Gefühle als wir, dachte er. Aber er war entschlossen, nun hier zu leben und somit die hiesigen Sitten kennen zu lernen.

Sie gingen zu Fuß, denn das *Café Jeannette* war nur einige hundert Meter entfernt. Unterwegs wollte Elke noch etwas mehr über den Bruder Alis wissen. Es fiel ihr auf, dass weder er noch seine Familie große Worte zum Thema Rafik verloren hatte. Es hieß lediglich, er sei in Belgien. Und auch Petra bemerkte ihr gegenüber, dass da etwas nicht ganz stimmen konnte, denn normalerweise würde die ganze

Familie von einem Sohn im Ausland schwärmen, insbesondere wenn er regelmäßig Geld schickte. Das schien Rafik zu tun, aber dass er selbst zur Hochzeit seiner Schwester nicht heim kam, das war doch eine außerordentliche Sache für Südtunesier.

Und Ali rückte nach langem Zögern mit der Sprache heraus. Rafik sei seit bald zehn Jahren in Europa. Anfangs sei er jeden Sommer nach Hause gekommen. Dann, als er von seiner ersten Frau geschieden wurde und eine andere geheiratet habe, sei der Kontakt zu seiner Familie abgebrochen. Niemand wusste, wieso. Und auch auf Fragen seiner Eltern und Geschwister, wieso er nicht mehr nach Hause kommen wolle, antwortete er lediglich, er habe viel zu tun. In all den Jahren habe er jedoch die finanzielle Unterstützung nicht einen einzigen Monat vernachlässigt. Und bei jeder Gelegenheit wie Aïd, Hochzeit, Geburt im Quartier oder Tod eines Verwandten schicke er sofort Unterstützung in Form von Geld. Aber persönlich habe man ihn seit bald sechs Jahren nicht gesehen. Und telefonieren würde er auch nicht, nur im äußersten Notfall, wenn man ihm etwa schrieb, seine Mutter sei krank oder sein Vater müsste ins Krankenhaus. Er, Ali, verstünde das auch nicht, aber er habe Respekt vor seinem älteren Bruder und wolle ihn nicht drängen oder ihn belehren. Das sei seine Sache. Er habe heute Abend lediglich gesagt, dass er gut angekommen sei und dass es ihm gut ginge. Und Rafik habe nur gemeint, sein kleiner Bruder solle ihn anrufen, wenn er etwas bräuchte. Das fasse Ali auf wie: Im Notfall ruf mich an, sonst lass mich in Ruhe!

Rafiks Geschichte kannte niemand. Einige Freunde und Bekannte vermuteten zwar etwas, aber das waren eben nur Vermutungen. Alle wollten verstehen, wollten erfahren, wollten wissen, aber niemand erfuhr etwas. Er hatte in Tunis studiert, so, wie es seine Lehrer schon in der Primarschule voraussagten. Mathematik. Er war der Rechner in Person. Er konnte eine Menge Murmeln anschauen und exakt erraten, wie viele es waren, schon als kleiner Knirps. Er konnte Kopfrechnen wie keiner. Er half gelegentlich seinem Vater im Laden und während dieser mühsam die Zahlen auf dem grauen Papier mit einem Kugelschreiber zusammenzurechnen versuchte, sagte der Junge dem Kunden schon den Betrag. Die meisten Kunden warteten, bis der Vater bestätigte. Mit der Zeit glaubte man ihm mehr als dem Ladenbesitzer, auch dann, als der mit einem Rechner begann, die Summen auf dem immer noch grauen Halbkarton zu bilden.

Zahlen waren sein Ding und so absolvierte er ein außerordentlich gutes Studium. Und dann? Nichts. Keine seiner vielen Bewerbungen an Schulen, Instituten oder Staatsbetrieben fruchtete und so arbeitete er eine Zeitlang im Laden seines Vaters. Aus Frust und vielleicht auch als Provokation hängte er all seine Diplome im Laden auf. Er wurde krank vor lauter Enttäuschung. Und da beschloss er auf den Rat eines Freundes hin, einen Versuch zu wagen, nach Europa zu gehen, für ein weiterführendes Studium, eine Arbeit, was auch immer. Nur weg hier von diesem Lebensmittelladen!

Elke und Ali kamen beim Spazieren an einer Männerboutique vorbei, vor deren Schaufenster Ali mit weit offenem Mund anhielt und die Kleider anschaute. Tolle Freizeithosen, ein leichtes Hemd, das ihm so gut passen würde in diesem beigen hellen Ton, ein Blazer, der ihn abheben würde von all seinen Landsleuten, die er zu Hause ließ.

»Mein Gott, diese Preise! Das ist unmöglich!« Für einen Anzug könnte er seine Familie einen Monat lang ernähren, das versetzte ihm einen regelrechten Schock. Wenn ein Anzug so viel kostete, wie viel verdienten dann die Leute hier? Er konnte schon den Schock vom frühen Abend nicht verkraften, als er nicht mehr anders konnte, als Elke zu fragen, wie viel denn dieser tolle Flachbild-Farbfernseher mit einem unglaublich scharfen Bild kostete. Er rechnete kurz nach, wie er es im Laden seines Vaters tat, und hielt sich dann den Mund mit seiner Hand zu, als wenn er einen Schrei dämpfen wollte. Es war sein erster Abend und schon wurde er mehrmals wie vom Blitz getroffen, ein Mal wegen dieser enormen Preise, dann aber auch wegen dieses ungeheuren Luxus'. Das Badezimmer bei Elke, dieses Sofa, die Betten, die Kücheneinrichtung, das alles klang in ihm noch nach, als Elke sagte: »Wir sind da.«

Als sie in das Café hereinkamen und auf den Stammtisch zusteuerten, wurde es auf einmal totenstill. Alle beobachteten das Paar, als wenn es sich um Außerirdische handelte. Es fiel Elke sofort auf und sie fragte: »Was ist los? Ich bin's!«

Dann brach die Stille. Klaus und Ulrike standen als Erste auf, Elkes Nachbarn, und begrüßten die beiden. Ein Paar um das andere gab ihnen nun die Hand, fragte, wie es gehe, und setzte sich wieder. Alle warteten gespannt auf die ersten Worte dieses jungen schönen Mannes.

»Ich bin nervös«, sagte er und alle lachten darüber.

Dann wurde er von allen Seiten mit Fragen bombardiert. Elke machte alle darauf aufmerksam, dass er nicht alles verstehen würde, aber sie waren überrascht, wie gut seine Deutschkenntnisse waren. Sie bestellten etwas zu trinken und die Runde war erstaunt, dass Ali Bier trank. Sie redeten und diskutierten über allgemeine Themen. Niemand wagte es, Ali etwas Persönliches in Bezug auf Elke zu fragen. Sie versuchten nur alle, herauszufinden, ob er genau so verliebt in sie war, wie Elke in ihn. Und das bestätigte er ihnen immer wieder, indem er Elkes Hand nahm oder ihr über das Haar strich oder sie anlächelte. Er erzählte ihnen ein paar Sachen über seine Familie auf Djerba, über den Tourismus und das schöne Wetter und empfahl ihnen allen, ihre nächsten Ferien in Tunesien zu verbringen. Er war auch sehr interessiert an den verschiedenen Berufen der Männer, an der Anzahl der Kinder, die sie hatten, und daran, was die Frauen so machten. Mit Pierre und Isabelle wechselte er ein paar Worte auf Französisch. Als die anderen protestierten, sprachen sie wieder deutsch. Es wurde ein angenehmer, interessanter Abend. Als sie sich um elf Uhr abends verabschiedeten, waren fast alle noch da. Und sie versprachen, nächsten Samstag wiederzukommen.

»Hm. Und morgen wirst du meine Familie kennen lernen.« Elke sah Ali den gespannten, nervösen Blick an.

Bevor sie ins Bett gingen, fragte sie ihn, was er denn so zum Frühstück essen wolle.

»Hast du Frommage Président?«, fragte er lachend und sie antwortete, dass sie viele verschiedene Käsesorten im Kühlschrank habe, aber nicht diesen tunesischen Weichkäse, den es in jedem Lebensmittelladen auf Djerba in drei Sorten gab.

Nach anfänglichen Annäherungsschwierigkeiten wegen der neuen fremden Umgebung wurde Ali klar, dass Elke nun bald seine Frau sein würde. Sie liebten sich intensiv und Elke schlief schnell müde ein. Ali hingegen schlief nicht sofort ein. Während Elke noch seine Hand hielt und zufrieden da lag, stellte er sich vor, wie es sein würde, wenn er einen Job hätte, sein eigenes Geld verdiente, einen Teil davon seinen Eltern schickte. Er würde auch seiner Tante Selma, die seit vielen Jahren verwitwet war und keine Kinder hatte, mit monatlich hundert Dinar helfen. Es kamen ihm viele Menschen in den Sinn, die er unterstützen wollte, aber zunächst wollte er sich selber etwas leisten. Endlich schöne Kleider, coole Schuhe und – oh ja – ein Auto! Aber zuvor müsste er den Führerschein machen. Das würde ein aufregendes Leben werden!

Später schlief Ali wie ein Bär. Entweder war es die Müdigkeit oder die Ruhe oder die innere Zuversicht, dass er nun endlich eine wirtschaftliche Aussicht hatte, die viel versprechend war.

Am nächsten Morgen schliefen beide richtig lange aus. Als Elke aufstand, war Ali schon angezogen und wartete im Wohnzimmer. Er wusste noch nicht, wie die Kaffeemaschine funktionierte, und ließ sich geduldig alles erklären.

Als Elke wieder aus dem Badezimmer kam, sah sie ihn auf der Terrasse stehen, seinen Kaffee schlürfend, mit einer Wolldecke über den Schultern. Darunter hatte er über dem Hemd einen Pullover und eine Jacke. Als Elke im Trainingsanzug herauskam, sagte er: »Du wirst krank!« Er rannte hinein, um ihr auch eine Decke zu holen. Er hatte die Decken in einer Kommode entdeckt, als er am Morgen leise nochmals die Wohnung durchlief. Aber sie lehnte ab und machte ihn darauf aufmerksam, dass der Winter noch lange nicht da sei.

Nach einem üppigen Frühstück, bei dem Ali Elke überraschte, weil er von fast allem aß, machten sie sich auf den Weg zu ihren Eltern. Sie gingen zu Fuß, denn die Sonne schien schön. Ali fragte beim Frühstück lediglich immer beim Fleisch: »Kein Schwein, oder?«

Und sie versicherte ihm, dass das einzige Schweinefleisch der Schinken sei. Sie werde ihn aber zu ihren Eltern mitnehmen und danach kein Schweinefleisch mehr essen oder einkaufen!

»Danke.«

Am Gartentor schreckte Ali auf. Eine kleine Tafel mit einem Abbild eines Hundes und den Worten »Warnung vor dem Hunde« ließ ihn erstarren. Sein Blick war auf das Haus gerichtet und er machte keine Bewegung mehr. Trotz der Versuche Elkes, ihn zu beruhigen, es sein ein kleiner lieber Hund, stand er da und wollte am liebsten davonlaufen.

Als sie bei ihren Eltern klingelten, hörten sie schon, wie Kinderschritte schnell auf die Tür zu rannten. Elke umarmte ihre Kinder herzlich, danach sagte sie: »Das ist Ali.«

Die Kinder gaben ihm freundlich, aber etwas zurückhaltend die Hand und Ali lächelte sie mit einem netten »Hallo« an. Dann kamen ihre Eltern aus dem hinteren Teil des Hauses und die Stimmung wurde knisternd. Sie sahen sich für eine kurze Weile an, die allen unendlich lange vorkam, dann machte Elkes Mutter den ersten Schritt: »Herzlich willkommen.« Sie begrüßten ihn eher kühl und Ali wusste, dass hier die Zuneigung nicht zu suchen war. Aber er verstand auch die Eltern dieser Frau, die sich Sorgen machten. Sie müssen viel Schlimmes gehört haben über solche Ferienbegegnungen, so dass sie sich gar nicht erst an ihn gewöhnen wollten, in der Annahme, das Ganze ginge sowieso sehr bald in die Brüche.

Der Hund entpuppte sich tatsächlich als kleiner Dackel, der

niemandem etwas antun konnte. Trotzdem hielt Ali respektvoll Abstand zu diesem Tier, denn er wusste, in jedem Hund steckte der Rest eines Wolfes, sogar in diesem.

Sie saßen da, bei Kaffee und Kuchen, redeten wenig. Elkes Eltern fragten nicht groß nach Alis Herkunft und seinen Umständen. Sie erwähnten sogar im Laufe des Gesprächs Sebastian. Obwohl Elke ablenken wollte, bestanden sie darauf, ihr zu sagen, dass er gestern angerufen habe, es ginge ihm gut. Elke begriff nicht, wieso sie ausgerechnet jetzt von Sebastian reden wollten. Aber Ali verstand den Wink und wendete sich Kevin zu: »Hast du auch einen Computer zum Spielen?«

»Ja, klar.«

»Fußball auch?«

»Aber sicher! *Fifa 04*!«

»Ich habe einen Freund, er hat *Fifa* gespielt. Ich bin der beste Fußballer. Ich schlage dich.«

»Das wollen wir erst einmal sehen! Ich bin der Beste in unserer Nachbarschaft, nach Thomas.«

Ali fragte seine Frau mit den Augen, ob er mit Kevin eine Runde spielen dürfe. Und die Antwort war klar. Die zwei gingen ins Arbeitszimmer des Großvaters, wo ein Computer stand. Ali nahm einen kleinen Hocker und die beiden spielten eine Runde Fußball.

»Hat Sebastian eine Freundin?«, fragte Elke, nachdem sie allein mit ihren Eltern war.

»Ja, er hat eine, aber er wollte noch nicht viel dazu sagen. Jemand aus der Arbeit, glaube ich. Sie soll auch in Scheidung leben.«

»Schön für ihn. Er kann ja nicht ewig alleine bleiben.«

Elkes Vater sprach leise: »Und? Sucht ihr Arbeit für ihn?«

»Papa, er hat einen Namen. Ja, wir werden nächste Woche schon anfangen. Nächsten Mittwoch haben wir den Termin beim Standesamt. Er will so schnell wie möglich arbeiten, aber es wird bestimmt nicht einfach.«

»Wir wollen uns nicht in deine Angelegenheiten einmischen, aber sei bitte vorsichtig. Du kennst diesen Mann nicht. Dein Vertrauen könnte ein böses Ende haben«, sagte die Mutter.

»Mutter! Wenn du meinst, dass ich ihm eine Vollmacht für mein Konto gebe, dann kannst du beruhigt sein. Wir haben schon über alles geredet. Er wird bald sein eigenes Geld verdienen, aber am Anfang werde ich ihm wohl helfen müssen.«

»Ja«, sagte ihr Vater. »Fragt sich nur, wie lange ... Du weißt, wie es Simona erging, oder?«

»Ja, Vater, ich weiß, was Simona passiert ist. Aber das ist nicht dasselbe. Sie hat diesen Mann vergöttert, ich bin nur verliebt.« Elke lachte, aber ihr Lachen war leicht getrübt durch die Erinnerung an ihre ehemalige Nachbarin Simona. Sie hatte auch im Urlaub einen Marokkaner kennen gelernt und sich in ihn verliebt. Wie sich herausstellte, war er nicht im Geringsten in sie verliebt. Sie zahlte ihm jahrelang Schule und Unterhalt. Alle sagten es ihr voraus: »Simona, so begreif doch, der Mann ist zu jung für dich! Er wird dich verlassen. Er wird eine jüngere Frau nehmen. Er spielt dir das alles nur vor.«

Aber Simona blieb hartnäckig – und heute war sie medikamentenabhängig, depressiv und hatte zwanzig Kilo zugenommen, während sich Mokhtar, dessen Name bezeichnenderweise »der Ausgewählte« bedeutete, eine junge Frau nahm und inzwischen drei Kinder hatte, in der Nähe von Augsburg lebte und arbeitete.

»Du weißt, dass du jederzeit zu uns kommen kannst, wenn du Probleme hast.«

»Danke, Vater, ich werde bestimmt kommen. Aber um Gottes willen, wir haben keine Probleme! Wir sind frisch verliebt, haben Pläne und freuen uns. Wieso seht ihr denn alles so negativ?«

»Ach, Kind!«

Ali und Kevin kamen aus dem Arbeitszimmer und waren schon dicke Freunde. »Dein Sohn ist der beste Fußballer. Er hat den Meister von Djerba geschlagen!«

Auf dem Heimweg – die Kinder gingen voraus – wollte Elke erklären, aber Ali unterbrach sie: »Kein Problem. Ich verstehe schon. Sie denken, was will dieser Mann von unserer Tochter?«

Und er dachte an seine Eltern, wie sie damals auf seine Ankündigung reagierten, er wolle auch wie sein Bruder nach Europa. Sie redeten zunächst mit allen Mitteln auf ihn ein, er solle es bleiben lassen. Sie wussten nämlich, dass er nur durch eine Frau, eine Europäerin, nach Europa ausreisen konnte. Wie oft ging sein Vater verärgert aus dem Haus, nachdem sie dieses Thema wieder und wieder durchgekaut hatten. Immer, wenn er eine Europäerin kennen gelernt hatte, schwebte ihm dieses Europa vor. Und immer, wenn er zu Hause davon etwas erwähnte, kamen Hunderte von Argumenten dagegen: »Sieh doch, dein Bruder ist seit Jahren heimatlos! Er lebt unter Fremden!« Und: »Sei doch nicht kindisch! Hast du denn deine Freunde nicht gehen und mit leeren Händen wiederkommen sehen? Die meisten von ihnen haben während ihres Aufenthalts in Europa nicht einen Tag gearbeitet.« Oder etwa: »Stell dir vor, wenn du weg bist, dann ist der Laden da und keiner, der ihn übernehmen wird! Deine Schwester kann das nicht tun, ihr Mann ist nicht daran interessiert.« Und er erinnerte sich ganz gut, als er seinen Eltern mit sicherer, aber höflicher Stimme sagte: »Dieses Mal ist es ernst. Sie kommt heute vorbei, mit einer Freundin. Ich habe sie eingeladen, die Hochzeit von Nour mitzuerleben. Ich hoffe, ihr macht mir keine Schande.« Ihre erste Antwort war, dass sie kein einziges Wort mit dieser Frau wechseln würden, sie würden sie höflich, aber kalt behandeln. Doch dann kam es doch ganz anders. Elke wurde sofort in die Herzen dieser alten Leute geschlossen. Darum war er zuversichtlich, dass er auch den Zugang zu seinen Schwiegereltern finden würde. Er verstand allzu gut, wie sie fühlten. Sie würden sich denken: Diese Made setzt sich nun in den Speck und geht erst, wenn der Speck alle ist!

Er lächelte vor sich hin und wollte am liebsten in Richtung ihres Hauses zurückschreien: »Ich nicht! Ich bin keine Made!«

Am Mittwoch, pünktlich um 16 Uhr, standen beide festlich gekleidet mit ihren zwei Trauzeugen vor der Standesbeamtin und gaben sich das Ja-Wort. Ali dachte an die vielen Hochzeiten von Freunden, die er auf Djerba und in Zarzis miterlebt hatte, und er verglich die Räumlichkeiten, die Prozedur, die Stimmung. Er empfand nichts Besonderes bei diesem Akt, verstand aber wohl, dass es der offizielle Beginn eines neuen Lebensabschnitts sein würde. Er hatte keine Ahnung, wer die vielen schönen Blumen organisiert hatte.

Am selben Abend, direkt nach dem Standesamt, gingen sie in den »Augsburger Hof«, wo Ali sich wie im siebten Himmel fühlte. Eine perfekte Bedienung, die er aus keinem Hotel in Tunesien kannte, eine feine, delikate Küche, erlesene Getränke und ein schönes langes Gespräch mit seiner Frau und den Trauzeugen machten ihn zum glücklichsten Menschen der Welt.

Ein paar Tage später waren sie bei ihren Nachbarn eingeladen. Ali bestand darauf, etwas mitzunehmen: »Wir können doch nicht mit leeren Händen zu diesen Leuten gehen. Sie haben uns eingeladen. Auch wenn es zu einem Glas Wasser ist, wir müssen etwas mitbringen. Hast du etwas aus Tunesien, einen Aschenbecher oder so was?«

Und Elke versuchte ihm zu erklären, dass sie nichts mitzunehmen bräuchten, denn die Nachbarn seien früher auch oft bei ihr gewesen.

»Haben sie denn Kinder? Vielleicht nehmen wir etwas Süßes mit?«

Aber Elke sagte immer noch nein.

»Also gut, aber ich schäme mich jetzt schon«, sagte Ali und akzeptierte.

Im Laufe des Abends fragte Ulrike Ali, wieso er denn kein Schweinefleisch esse, aber Alkohol trinke. Einen Moment lang war er still, aber dann versuchte er zu argumentieren. Der Alkohol sei im Islam nicht gleichermaßen verboten wie Schweinefleisch, aber eigentlich eben schon. Er sei sich bewusst, dass er etwas falsch mache. Er habe sich schon lange überlegt, mit diesem Teufelsgetränk aufzuhören, im

Tourismus sei er erst darauf gekommen. »Ich habe vor der Arbeit im Hotel nie getrunken. Eines Abends haben mich ein paar Freunde aus dem Service zu Fathi mitgenommen. Er hatte eine Wohnung und da gab es für mich zum ersten Mal Bier. Es wurde mir am gleichen Abend so schlecht, dass ich eine Zeitlang nicht mehr getrunken habe. Aber es passierte halt wieder und beim zweiten Mal habe ich nicht so viel getrunken, dass mir schlecht wurde. Jedes Mal habe ich aber am nächsten Tag ein ganz schlechtes Gewissen gehabt.«

Und Klaus holte noch zwei Bier für sie. Als er mit Ali anstieß, sagte er: »Du bist jetzt in Deutschland, dem Land des Bieres. Du verdurstest, wenn du hier kein Bier trinkst!«

Die halbe Nacht beschäftigte ihn dieser Zwischenfall. Ali hatte nie die Gelegenheit, mit seinen trinkenden Freunden darüber nachzudenken. Jetzt stellte er fest, dass er einen großen Fehler, eine Sünde beging. Er betete und bat Gott um Vergebung. Er erinnerte sich nur an ein einziges Mal in Djerba, dass er gerügt wurde wegen des Alkoholkonsums. Es war nicht zu Hause, denn dort hätte er nie trinken dürfen. Seine Eltern wussten es nicht. Sein Vater vermutete es lediglich, traute sich aber niemals, eine Andeutung zu machen, aus Angst, er würde einem unschuldigen Moslem eine Sünde unterstellen. Aber Alis Vater wusste, dass in diesen Touristenzonen getrunken, geraucht, geflucht und sonstige Dinge gemacht wurden, die Gott verboten hatte. Dass viele nicht mehr fasteten, weil sich ihr Job den ganzen Tag um Lebensmittel drehte, und von Moscheebesuchen gar nicht erst zu reden. Diese jungen Menschen hatten alle möglichen Ausreden, um nicht zu beten.

Nein, es war ein junger Tunesier, der ihm eine Predigt hielt, als er ihn mit einem Bier in der Hand vor dem *Hotel Haroun* antraf. Am Straßenrand sprach er ihn an: »Bruder! Haram alik – das ist Sünde! Lass das Gesöff sein! Von den vielen Getränken, die Gott den Menschen gegeben hat, nimmst du ausgerechnet das einzige, das er dir verboten hat? Besinne dich, mein Freund!«

Er kannte den Mann nicht. Er sah nicht wie ein Islamist, ein Prediger oder gar ein Imam aus. Er hatte ihn auch nie wieder gesehen.

Aber heute, nach diesem Abend bei den Nachbarn, kamen ihm alle Erlebnisse rund um den Alkohol wieder in den Sinn. Er erinnerte sich daran, wie er einmal bei einem Freund das ganze Badezimmer vollgekotzt hatte, nachdem sie zu viert eine Flasche Whisky in aller Hast getrunken hatten, aus Angst, sie müssten mit dem noch angekündigten Besuch teilen. Er schämte sich plötzlich für etwas, das zwei Jahre zurücklag. Und dann kam ihm der Zwischenfall mit dieser Französin in den Sinn. Beim Gedanken an jenen Abend musste er die Augen schließen. Er versuchte, das Erlebnis zu verdrängen, am Strand mit dem vielen Bier.

»Yā Rabbi, aghfirli dhunubi (Mein Gott, vergib mir meine Sünden)«, bat er leise vor sich hin.

Nach diesem Abend mit den Nachbarn hörte er für ein paar Tage auf zu trinken. Es fiel seiner Frau zunächst nicht auf. Als sie aber nach Tagen an einem Abend in der Stadt einen Feierabenddrink einnahmen und Ali kein Bier, sondern Kaffee wollte, fragte sie ihn erstaunt: »Hast du aufgehört zu trinken?«

»Nein, nein«, war seine Antwort. »Ich habe nur Lust auf Kaffee.«

Und einige Tage später trank er wieder.

Die Jobsuche erwies sich schwieriger, als erwartet. Und die Abende, wo Ali länger in der Stadt war und leicht beschwipst nach Hause kam, vermehrten sich. Aber Elke war stets verständnisvoll, wartete mit dem Essen auf ihn und machte ihm keinerlei Vorwürfe.

Eines Abends aber spürte sie förmlich, dass er einen Vorwurf erwartete, damit sie endlich darüber reden konnten. Und so machte sie ihn vorsichtig darauf aufmerksam, dass Alkohol im Überfluss nicht gesund sei. Darauf stieg er sofort ein und beschwerte sich bei ihr, dass sie kein Verständnis für seine Lage hätte, dass sie keine Ahnung davon hätte, wie er litt. »Ich gebe mir alle Mühe, aber es gelingt nichts. Ich weiß nicht, ob es richtig war, hierher zu kommen. Es ist schwer in Deutschland. Ich halte es nicht mehr aus ohne Arbeit!«

Aber auch nach diesem Abend ging es wieder eine Weile gut, es gab keine Eskalation. Ali kam wieder regelmäßig früh nach Hause und hatte schon wieder mit dem Alkohol aufgehört.

Inzwischen hatten sie ein anderes deutsch-tunesisches Paar kennen gelernt, Jamil und Simone. Elke erfuhr von ihrer neuen Bekannten, dass es den meisten Nordafrikanern anfangs gleich gehe. Sie tranken aus Frust, das verstärkte sich mit der Zeit bis zum Problem. Dann aber hörten sie wieder auf, sobald sie eine sinnvolle Aufgabe hätten. »Jamil ist heute noch anfällig. Obwohl er regelmäßig beten geht, gibt es Phasen in seinem Leben, da trinkt er grenzenlos. Sie kennen eben kein Maß. Und dann hörte Jamil auch regelmäßig wieder auf und verteufelte den Alkohol. Was wir nicht alles wegschmeißen mussten, um es wieder einkaufen zu gehen!«

Und die nächsten Wochen beobachtete Elke ihren Mann. Mal trank er, mal ging er wieder regelmäßig in die Moschee und verachtete den Alkohol. Ein Mal hatte er ihr sogar den Vorwurf gemacht, dass sie immer noch trinke, während er aufgehört hätte. Es gab zwar keinen Streit zu diesem Thema, aber unterschwellig verlangte Ali immer, wenn er nicht trank, dass seine Frau auch keinen Tropfen anrühren sollte.

Ein paar Mal hatte sie es aus Respekt auch gemacht. Aber als er ihr an einem Geburtstagsfest ihrer besten Freundin Petra verbot, mit einem Glas Sekt auf sie anzustoßen, gab es die erste ernsthafte Auseinandersetzung zwischen ihnen. Aber auch diese legte sich nach ein paar Tagen, denn Ali trank schon wieder mit Freunden.

Es war an diesem Geburtstagsfest, als Petra ihre Freundin zur Seite nahm und mit ihr leise redete: »Lass dich nicht unterdrücken, Mädchen! Hörst du? Wenn du trinken willst, mach' das! Wenn er nämlich trinkt, was ihm grundsätzlich verboten wäre, und du machst ihn darauf aufmerksam, dann kriegst du alle Schande zu hören, von wegen es ginge dich nichts an, er sei ein Mann und wisse, was er täte und bla

bla bla. Also, hör auf mich, schieß zurück, sonst läufst du in einem Jahr verschleiert herum und wagst kein Wort gegen deinen Herrn Gemahl zu sagen!«

Elke hatte zum ersten Mal seit ihrer Heirat mit Ali ein paar Tränen in den Augen, aber sie wollte weder reden noch das Fest verderben. Und so schwieg sie einfach.

Petra nahm sie in die Arme und flüsterte ihr ins Ohr: »Ich werde nach Tunesien ziehen. Sag bitte kein Wort, ich will es heute noch nicht bekannt geben. Du bist die Einzige – nach Ralph –, die es erfahren hat. Nicht einmal meinen Eltern habe ich es gesagt.«

Elkes »Was?« war kaum hörbar. Zwischen ihren eigenen Tränen aus leichter Enttäuschung über Alis Verhalten und jenen der Freude für ihre Freundin konnte sie kaum ein Wort herausbringen.

»Ja, ich schmeiße hier alles hin, ich weiß, aber du kennst mich ja … Noureddine muss mich nur ein Mal schlecht behandeln und ich würde ihn wieder verlassen. Aber glaub mir, wir haben geredet und geredet und geredet, bis es nichts mehr zu bereden gab.«

Elke verspürte plötzlich eine leichte Panik. Ihre beste Freundin, der sie alles anvertraut hatte seit ihrer Kindheit, würde nicht mehr ein paar Straßenecken weiter wohnen, sondern auf der anderen Seite des Mittelmeeres. Sie hatte Angst, als wenn sie ohne ihren Rat, ihren zynischen, leichtsinnigen, natürlichen Humor nicht leben könnte. Zu wem sollte sie gehen, wenn Petra nicht mehr da wäre? Aber zum Glück gab es Internet und das günstiger werdende Telefon. Und überhaupt, vielleicht war es eine Gelegenheit, um immer wieder im Sommer zu ihr zu gehen? Sie flüsterte nur zurück: »Djerba oder Tunis?«

»Djerba.«

Die Ernüchterung

Es war schon der neunte Vorstellungstermin für Ali, diesmal bei einem kleinen Handwerksbetrieb, wo er als Hilfsarbeiter angestellt werden sollte. Der Chef und dessen Assistent empfingen ihn zum Gespräch.

Ali war schon auf der Hinfahrt mit dem Zug und dem Bus gereizt, hatte eigentlich kein Interesse an diesem Job, aber er wollte seine Frau nicht enttäuschen. Am liebsten wäre er gar nicht erst hingegangen und hätte seiner Frau gesagt: »Schon wieder nix.« Aber er wusste, dass sie es nachprüfen könnte. Sie hatte ihm schließlich die Anzeige gebracht und bereits angerufen, um sich die ersten Auskünfte einzuholen.

Anfänglich, wenn sie für Ali einen möglichen Job in der Zeitung oder über einen Bekannten fand, kam sie euphorisch nach Hause und sagte: »Schatz, hier musst du dich vorstellen gehen! Das könnte was werden.« Inzwischen sagte sie nur leise: »Probier' doch bitte, hier vorbeizugehen, man weiß ja nie.«

Und auch seine Erwartungen und seine Motivation wurden immer gedämpfter. Meistens hieß es: keine Erfahrung, passt nicht ins Team, bei besseren Jobs »ungenügende Deutschkenntnisse«. Und einmal sagte ihm sogar ein Vorarbeiter: »Ich habe nicht gewusst, dass Sie Araber sind.« Darauf antwortete er: »Haben Sie schon mal einen Bayern mit dem Namen Ali getroffen?«

Und nun saß er vor diesen zwei Männern. Der Inhaber der kleinen Werkstatt war ein älterer Mann mit dicker Brille, der Assistent ein jüngerer Mann, den er nicht für bayerisch hielt, nicht einmal für deutsch. Es könnte sogar ein hellhäutiger Türke gewesen sein. Jedenfalls wollte er sich des Gesprächs so schnell wie möglich entledigen und nach Hause fahren.

Der Inhaber redete langsam und klar: »Sie haben keine Erfahrung im Fensterbau, nicht wahr?«

»Nein, leider nicht.«

»Und Sie haben auch noch nie in Deutschland gearbeitet? Sie haben also keine Zeugnisse.«

»Nein.«

»Aber Sie suchen Arbeit und sind bereit, etwas zu lernen?«

Wie automatisch und ohne darüber nachzudenken, was die Frage sollte, antwortete Ali: »Ja, klar! Selbstverständlich.«

»Dann wollen wir es mit Ihnen versuchen. Sie sollten in vier Tagen anfangen, am 1. März.« Daraufhin gab der ältere Mann Ali die Hand, der aufstand und sich herzlich bedankte. Als er sich wieder hinsetzte, gab ihm der jüngere Mann noch einige Details über die Arbeit, die Arbeitszeiten und den Lohn. »Wir schicken Ihnen den Vertrag morgen zu«, sagte Herr Yildirim beim Abschied. Er hatte Ali am Schluss des Gesprächs erklärt, dass Herr Thomas Seiler, der Inhaber, ein ganz toller Mensch sei. Er selber sei vor vielen, vielen Jahren bei ihm eingestiegen, als ungelernter Hilfsarbeiter, frisch aus Istanbul eingereist, und dieser Mensch habe ihm alles beigebracht, geduldig und hartnäckig. »Wir Orientalen haben ja keine Ahnung von deutscher Arbeit.« Dabei lachte er laut. »Er hat zwölf Mitarbeiter«, fuhr Herr Yildirim fort. »Davon sind drei Türken, einer Iraker, zwei Albaner und nun Sie, Tunesier! Die Mehrheit ist somit ausländisch.«

Im Zug und im Bus konnte Ali sich vor innerer Aufregung nicht ruhig halten. Mein Gott, ich habe einen Job! Ich kann endlich arbeiten und Geld verdienen. El Hamdu li'Lläh (Gott sei gepriesen)!

Die letzten Monate wurde er von Tag zu Tag nervöser und trauriger. Es belastete sie beide, dass er nicht arbeiten konnte. Nicht – oder noch nicht – wegen des Geldes, denn mit dem Verdienst von Elke und dem Beitrag von Sebastian konnten sie gut leben. Aber der Beitrag von Sebastian war für die Kinder gedacht. Es war eher diese Ohnmacht, die er empfand. Er musste warten, bis seine Frau ihren Lohn erhielt, um sie dann in einem immer unangenehmer werdenden Gespräch um Geld zu bitten – für seine gelegentlichen Abende in der Stadt mit arabischen Freunden, die er kennen gelernt hatte. Es war diese Demütigung, die er empfand, beim Einkaufen nicht selber zu bezahlen, auch wenn es sich um Sachen handelte, die für ihn waren. Und es war diese Unmöglichkeit, selber Geld nach Hause zu schicken. Es war immer Elke, die nach Bezahlung aller Rechnungen entscheiden konnte, ob sie diesen Monat etwas nach Tunesien schicken konnten. Seine Familie rechnete schon mit Unterstützung und Elke glaubte heute noch, dass Ali seiner Familie verschwiegen hatte, dass er seit Monaten ergebnislos auf Arbeitsuche war.

Er war froh, dass er endlich auch mal etwas mit nach Hause nehmen konnte, etwas Süßes, das Elke gern hatte, etwas für die Kinder oder einfach etwas Kleines für den Haushalt und die Wohnung. All das konnte er nun tun. Also, er konnte es noch nicht sofort, aber es war nun absehbar. Und das gab ihm Mut und Kraft und Zuversicht. Er sah auf einmal wieder klar, nicht mehr so trüb. Er stellte sich einiges vor, wofür es halt Geld brauchte, in Tunesien wie in Deutschland. Dieser Job war ihm sehr wichtig. Einer seiner neuen Bekannten hatte es ihm eindringlich gesagt: »So lange du nicht arbeitest, wirst du kein richtiger Mann sein. Willst du ewig auf die Gunst deiner deutschen Frau angewiesen sein? Willst du wie ein Parasit an ihr hängen und sie aussaugen? Oder willst du ein Mann sein?«

Es war Mehdi, ein zwar noch junger Mann, aber einer, der den anderen Nordafrikanern, die er in einem orientalischen Café getroffen hatte, nicht glich. Den anderen Landsleuten wollte er eigentlich aus dem Weg gehen, lauter gescheiterte Existenzen. Der eine bot ihm an, etwas Haschisch zu verkaufen, damit könne man schön Geld verdienen. »Lass mich in Ruhe mit deinem Scheiß!«, war seine Antwort. Der andere forderte ihn auf, mit ihnen am Freitag in die Moschee zu kommen. »Was soll ich in der Moschee, wenn ich trinke?«

»Wir trinken doch alle. Du wirst dort auch gute Moslems treffen, die können dir helfen.«

Er brauchte nun keine Hilfe mehr. Er war selbstständig und ein Mann, wie es Mehdi ihm empfahl. Im Zug schrieb er noch eine SMS: »Mein Schatz! Habe den Job bekommen und fange nächsten Montag an! Heute Abend wird gefeiert. *Café Jeannette* um 18 Uhr?«

»Sooooo schön, mein Schatz! Freue mich riesig für dich! Ja, wir feiern. Muss aber vorher die Kinder abholen und nach Hause bringen. Küsschen!«

Dann dachte er über die letzten Monate nach. Die ersten zwei Wochen waren noch interessant. Er stand mit seiner Frau auf, half ihr beim Frühstück für die Kinder, begleitete sie beide in die nahe gelegene Schule. Dann setzte er sich regelmäßig ins gleiche Café und las Zeitung, insbesondere die Stellenanzeigen. Er kaufte ein, nach einer am Vorabend aufgestellten Liste. Er half seiner Frau im Haushalt, nur das Waschen mit dieser hypermodernen Waschmaschine traute er sich immer noch nicht.

In der dritten oder vierten Woche ging es leicht bergab mit seiner Motivation. Er stand zwar immer noch mit seiner Frau und den Kindern auf, war aber nicht mehr so gut gelaunt und wusste fast im Voraus, dass es Absagen in der Post und am Telefon geben würde. Er bewarb sich für alles, aber er bekam keinen Job. Das tägliche Kaffeetrinken wurde ihm zur fast peinlichen Angelegenheit, denn er war oft der einzige junge Mann im Café. Die meisten schienen in Pension oder Hausfrauen zu sein.

Er vergaß gelegentlich etwas Wichtiges auf dem Einkaufszettel und musste unter mürrischem und leisem Kommentar nochmals in die Stadt. Er vernachlässigte meistens die Suche nach einem Job, sah viel öfter fern.

Und irgendwann war er morgens so müde, dass er nicht mit der restlichen Familie aufstand. Das erste Mal war es ihm unangenehm, er entschuldigte sich und es ging wieder ein paar Tage gut. Aber zwei Wochen später war es regelmäßig vorgekommen, dass er bis tief in die Morgenstunden fernsah und morgens lange ausschlafen musste.

Irgendwann mussten sie darüber reden. Elke versuchte ihm Mut zu machen, indem sie ihm erklärte, er könne sich doch Zeit nehmen, es sei gar nicht zu erwarten gewesen, dass er nach so kurzer Zeit Arbeit finden würde. Er zweifelte aber langsam daran, ob er jemals einen Job finden könnte. Er habe so viele seiner Landsleute und andere Araber aus Nordafrika gesehen, die seit Jahren arbeitslos waren oder nur gelegentlich Arbeit hatten. Er fragte sich, wie die das machten mit ihren Verpflichtungen. Sie hatten es aufgegeben. Mein Gott, dachte er, wenn ich meine Mutter und meinen Vater über dieses Fiasko informieren müsste, was würden die von mir denken? Würden sie mir raten, nach Hause zu kommen, oder würden sie mich ermutigen, weiterzumachen? Und was würden all die Nachbarn denken, wenn sie erfahren würden, dass ich nun seit Monaten arbeitslos bin. Viele unter ihnen würden aus Schadenfreude innerlich grinsen: Haben wir ihm doch gesagt, aber er wollte nicht hören. Jetzt lebt er auf Kosten seiner Frau, dieser arme Mann. Wie lange kann er sich diese Demütigung antun? Wenn er ein Mann ist, dann findet er entweder eine Arbeit oder er kommt nach Hause zurück.

Und er fragte sich selbst: Bin ich nun einer dieser Parasiten, einer dieser Profiteure, die ihre Frau zur Arbeit schicken und sich in den Cafés herumtreiben? Bin ich nicht im Stande, meiner Frau etwas zu schenken oder für sie einen Monatseinkauf zu tätigen? Und wie lange kann ich meinen Eltern nichts schicken? Für sie habe ich schon versagt. Ich muss einen Job finden!

Und nun hatte er ihn, diesen begehrten Job. Er hatte wieder seinen Stolz und seine Würde gefunden. Er ging wieder mit erhobenem Haupt und wollte am liebsten allen Passanten sagen: »Was schaust du mich so an? Ich habe Arbeit!«

Im *Café Jeannette* gratulierten ihm alle zu dieser Arbeitsstelle und wünschten ihm Glück. Es wurde ein toller Abend. Ali kochte später zu Hause, half in der Küche und spielte mit den Kindern. Die Stimmung war auf einem noch selten da gewesenen Hoch.

Noch in derselben Nacht malte sich Ali alles genau aus: Er würde anfangen, monatlich einen Betrag auf die Seite zu legen. Nach ein, zwei Jahren würde er mit seiner Frau reden, vielleicht würde sie auch einen gleichgroßen Betrag investieren. Er könnte eine Hühnerzucht aufbauen. Djerba brauchte wegen der vielen Touristen Unmengen von Hühnerfleisch und Eiern. Er würde dann einige Monate auf Djerba verbringen, um sein Projekt zu überwachen, und einige Monate wieder in Deutschland sein. Das wäre ein tolles Leben, sie würden sorgenfrei und reich sein! Er würde als Geschäftsmann in den Hotels auf Djerba übernachten und allen zeigen, dass er es geschafft hatte. Das waren zwar erst Visionen und Pläne, aber er war sich ganz sicher, er würde sie realisieren.

Der Frust

Die Wochen und Monate vergingen.

Ali kam und kam nicht nach Hause. Elke hatte inzwischen mit den Kindern gegessen. Alis Teller blieb leer und unbenutzt. Die Kinder sahen ihrer Mutter die Trauer und den Stress an, versuchten zu verstecken, dass sie ihr alles von den Augen und den Gesichtszügen ablesen konnten. Was die Kinder traurig stimmte, war, dass sie diesen Gesichtausdruck ihrer Mutter schon früher einmal gesehen hatten, als es mit ihrem Vater nicht mehr so klappte. Dann kam bei beiden Jugendlichen alles wie ein Film wieder herauf: die endlosen wortlosen Abende, die Streitereien, die heftigen Diskussionen, die Tränen und das Ausrasten, das Knallen von Türen.

Elke versuchte ihnen im Laufe des Abendessens, von dem sie keinen Bissen hinunterbrachte, zu erklären, dass sie nun mal eine Krise mit Ali habe. Vielmehr habe er eine Krise mit sich selber. Sie würde mit ihm reden und dann würde es solche Abende nicht mehr geben. Er habe sich das Ganze etwas anders vorgestellt, als er diesen Job bekam. Er dachte, er könnte wirklich viel Geld sparen und nach Hause schicken. Aber seit Elke ihn aufgefordert hatte, sich mit einem Drittel an den Haushaltskosten zu beteiligen, stellte Ali fest, dass ihm reichlich wenig blieb, um seine teuren Kleider zu kaufen, seine Handy-Rechnung zu bezahlen und auch noch seine Eltern zu unterstützen. Er hätte auf die Kleider und im schlimmsten Fall auch auf das Handy, zumindest auf die teuren langen Gespräche mit Freunden in Tunesien, verzichten können, aber er konnte niemals seine Mutter anrufen und sagen, er könne ihr kein Geld mehr schicken.

Er lebte nun wesentlich einfacher als in den ersten Monaten, als er nach einer Probezeit fest angestellt wurde. Es blieben ihm für seine privaten Ausgaben keine 500 Euro mehr und davon sollte er auch noch seine Familie in Tunesien unterstützen. Das hatte ihm die Motivation wieder genommen. Und anstatt wie sonst immer sofort nach Hause zu kommen, mit seiner Frau und ihren Kindern zu essen und dann etwas zu unternehmen, Karten zu spielen, woran sich die Kinder gewöhnt hatten, oder Monopoly, das immer noch auf dem Tisch stand, ging er immer öfter und länger mit Arbeitskollegen auf ein Feierabendbier. Und in den letzten Tagen wurden es viele Biere. Gestern hatte ihm Elke vorgeworfen, er interessiere sich mehr für seine Kollegen als für sie. Und das mochte er nicht ertragen und schrie sie zum ersten Mal an. Sie war schockiert, er auch. Sie wusste nicht, wieso ihm eine solche Bemerkung so nahe ging. Sie wollte lediglich, dass er nach der Arbeit nicht mehr so lange wegblieb. Er könne problemlos mit Freunden etwas trinken gehen. Aber von halb fünf bis zehn Uhr abends, das war kein Feierabendbier!

Elke brachte die Kinder ins Bett und machte sich einen Tee, einen Wintertee, denn der Dezember kündigte sich kalt an. Sie setzte sich ins Wohnzimmer und machte sich gefasst auf einen betrunkenen Mann, der mit ihr kein Wort reden wollte, sondern direkt ins Bett gehen würde.

Als Ali torkelnd hereinkam, warf sie ihm nur einen vorwurfsvollen Blick zu. Zu ihrer Überraschung ging er aber nicht ins Bett, sondern setzte sich ihr gegenüber und fing an, drauflos zu reden. Er war erstaunlich ruhig und gefasst, lächelte zwischendurch, nahm seinen Kopf in die Hände und schwieg auch minutenlang. Er redete davon, dass er mit seinen arabischen Freunden etwas trinken wollte, es war nicht einmal so viel. Aber seine Stimmung sei nicht besonders gut. Fast hatte Elke Mitleid mit ihm, bis er ihr sagte: »Ich habe den Job verloren.«

»Schon wieder, Ali? Schon wieder?«

»Ja, schon wieder!«, schrie er.

»Nicht so laut, bitte!«, forderte ihn Elke auf.

Nach einer kurzen Pause erklärte Ali, sein deutscher Vorarbeiter wäre neidisch auf seine gute Leistung gewesen und hätte ihn immer wieder schikaniert und diskriminiert. Dieses Wort erwähnte er oft. »Nur, weil ich Araber und Moslem bin. Das ist der einzige Grund.«

Als Elke ihm zynisch vor Augen hielt, dass er bei seinem letzten Job einem jugoslawischen Chef dasselbe vorwarf und seinem Arbeitgeber davor, einem marokkanischen Moslem, auch Diskriminierung unterstellte, da sagte er nur: »Du verstehst das nicht! Du warst noch nie als Ausländerin in einem Land, wo man dich nicht haben will.«

Einige Tage später erfuhr Ali über einen anderen arabischen Arbeitskollegen, dass seine Frau den Vorarbeiter angerufen haben musste, denn er hörte, wie dieser ihr einiges erklärt hatte, das sich nur auf Ali beziehen konnte.

Ali fauchte seine Frau wütend an: »Du vertraust mir nicht! Was hat er dir gesagt? Nein, das interessiert mich nicht. Wenn du ihm glauben willst, dann mach' das! Das ist mir egal. Ich weiß, was passiert ist.«

»Ich wollte nur wissen, ob wir diese Kündigung anfechten können, aber das lassen wir lieber sein, du weißt schon, warum!«

»Okay, du glaubst ihm also, diesem Schwein! Du bist nicht besser als er. Anstatt mir zu helfen, stellst du dich auf die Seite dieses eifersüchtigen Typen. Ich habe verstanden und werde das nicht vergessen.«

Elke wusste, was das hieß. Das hatte ihr Ali schon ziemlich am Anfang ihrer Beziehung gesagt. Araber hätten ein Gedächtnis wie Elefanten. Täte man ihnen Gutes, würden sie ewig dankbar bleiben. Täte man ihnen aber Unrecht, könne man es kaum wieder gutmachen, denn sie würden immer auf eine Gelegenheit warten, um es dem Übeltäter oder dem Schlechtgesinnten heimzuzahlen. Und so stellte sie sich auf ein paar Tage Schweigen, knisternde Stimmung und Einsamkeit ein.

Und so kam es auch. Wochenlang kam Ali spät nach Hause, schlief lange, stand erst auf, wenn er wusste, dass seine Frau und ihre Kinder außer Haus waren. Dann machte er sich einen arabischen Kaffee, den er in einem marokkanischen Laden gekauft hatte, setzte sich vor den Fernseher und stand erst nachmittags wieder auf. Er duschte, aß etwas und ging hinaus, noch bevor die Kinder von der Schule zurückkamen.

Sie lebten sozusagen aneinander vorbei und gewöhnten sich sogar daran. Jeder machte sich so seine Gedanken über diese Beziehung, aber keiner traute sich, den anderen darauf anzusprechen. Schweigen war die Devise.

Wovon Ali in dieser Zeit lebte, auf der Suche nach einem neuen Job, das wusste Elke nicht. Er nahm kein Geld von ihr, hatte aber jeden Abend genug getrunken, um nur noch ins Bett zu fallen und einzuschlafen. Hatten ihn seine Freunde immer eingeladen? Wahrscheinlich schon. Denn Ali hatte ihr mal in einer guten Phase erklärt, dass sie alle solidarisch seien. Wenn einer arbeitslos oder pleite sei, finde er immer einen oder mehrere, der oder die ihn einladen würden. Sie fragte sich ständig, ob er nicht etwa Schulden machte, die sie eines Tages erfahren würde, deren Höhe sie erschlagen könnte, weil sie schließlich solidarisch sein müsste. Sonst würde ja Ali überall erzählen, seine Frau ließe ihn hungern und helfe ihm nicht. Sie hatte regelrecht Angst um ihn. Würde er womöglich noch mit irgendwelchen krummen Geschäften oder sonstigen illegalen Sachen seinen Lebensstil finanzieren? Das plagte sie jede Nacht und am Tage auch. Aber sie beschloss, ihn machen zu lassen. Er war erwachsen, er war jener, der immer behauptete, ein Mann zu sein, verantwortungsbewusst und selbstständig. Es gab dann auch zwischendurch Abende, da kam er etwas früher und tat so, als wenn alles in Ordnung wäre. Er las die Zeitung und fragte seine Frau immer wieder, ob dieser oder jener Job wohl etwas für ihn wäre. Sie merkte, dass es nur Ablenkung und Alibi war. Das war immer, wenn er mit ihr schlafen wollte. Und da sie es auch wollte, ging sie auf das Spiel ein. Sie hatten zwischendurch ganz schöne Abende und schöne Nächte und das gab beiden wieder Kraft für eine tagelange Krise.

Der Streit

»Ich streite nicht gern vor den Kindern. Lass uns warten, bis sie im Bett sind.« Das waren die ruhig, langsam und bestimmt ausgesprochenen Worte Alis, als Elke in der Küche mit Tränen in den Augen sagte: »Das kannst du mir nicht antun, Ali, nicht so etwas!«

Kevin und Jessica hatten schon des Öfteren mitbekommen, dass die Stimmung zwischen Ali und ihrer Mutter nicht gerade erfreulich war. Sie hatten oft wortlos zu Abend gegessen und Ali verschwand gleich nach dem letzten Bissen. Elke erklärte ihnen dann, dass er seine Landsleute vermisse, seine Kultur und Musik. Die Kinder hatten sich dafür interessiert und wollten schon einmal mit ihm in das Café gehen, aber Ali wollte sie nicht mitnehmen. Er befürchtete vielmehr die Fragen seiner Landsleute als die Fragen der Kinder. Was er aber einmal machte, das war, sie in ein arabisches Restaurant einzuladen – vielmehr bezahlte Elke, aber die Idee dazu hatte Ali. Er bat Elke ausdrücklich, die Kinder mitzunehmen, um ihnen ein typisch arabisches Restaurant zu zeigen. Die Kinder waren begeistert. Und nun dachten sie immer, dass er in solch ein Restaurant ging, und wollten mitgehen. Aber er ging in diesen Momenten nicht ins Restaurant *Pascha*, sondern ins *Café Oriental*, und dorthin, dachte Ali, könnte er sie nicht mitnehmen.

Heute verschwand Ali wieder einmal. Er versprach aber, nicht zu spät zurückzukommen, denn beide wollten endlich dieses wichtige Gespräch führen.

Nachdem Ali gegangen war, wollte Jessica ihrer Mutter in der Küche helfen, doch diese lehnte ausnahmsweise ab und wollte alleine sein. Sie überlegte sich, was sie denn falsch gemacht hätte. Sie gab sich ständig Mühe, half Ali, wo sie nur konnte, hatte ihn nie unter Druck gesetzt, kam ihm immer entgegen. Und oft erfüllte sie ihm einen Wunsch, noch bevor er ihn aussprach. So etwa, als er seiner Mutter und seinem

Vater das Schaf für das Opferfest schenken wollte. Sie erinnerte sich noch gut daran. Tagelang schien ihn etwas zu beschäftigen. Es war in der Zeit, als er noch nichts verdient hatte. Er war tagelang abwesend, still und nachdenklich. Er verschob jedes Telefongespräch mit seiner Familie, als ihn Elke immer wieder daran erinnerte, dass er schon lange nicht mehr mit seinen Eltern telefoniert hatte. Und eines Tages erfuhr sie es. Es war dank Petra, die ihr den Tipp gegeben hatte: »Weißt du, ich glaube, alle wollen jetzt ihren Eltern dieses Opferschaf schenken, aber das kostet bis zu 200 Euro. Und wenn er das für seine Eltern macht, dann sind vielleicht noch mehr nahe arme Verwandte da, die es erwarten oder zumindest wünschen würden. Und das weiß Ali. Aber ich glaube, er traut sich nicht, dir das zu sagen.«

Als sie ihn ansprach, diplomatisch, ob sie nicht seinen Eltern Geld für das Schaf zum *Aïd el Kebir* schicken sollten, da kam es ihm gelegen. »Ich werde bestimmt sagen, dass es von dir kommt. Gottes Segen wird dir zuteil, nicht mir! Sie werden für dich beten und natürlich auch für mich.« Und zum ersten Mal seit seiner Ankunft in Deutschland hatte Ali Tränen in den Augen, Tränen der Freude, der Dankbarkeit und des Stolzes auf seine Frau. Und natürlich rief er noch am selben Abend an und teilte die gute Nachricht mit.

Schon am Telefon hieß es: »Bitte, Sohn, sag deiner Frau, dass wir ihr dankbar sind und dass Allah ihr seinen Segen und seine Gnade schenken wird!«

Elke stand nun in ihrer Küche und zählte die Ereignisse und Gelegenheiten, bei denen sie diesem Mann und seiner Familie einen Gefallen getan hatte. Sie tat es gern, aber es war nicht so, dass es nichts kostete, dass es keinen Aufwand bereitete, dass es nicht sogar gelegentlich Überwindung brauchte. So etwa als Nour, Alis Schwester, mit ihrem Mann zu Besuch gekommen war. Es war eine enorme Prozedur. Elke musste Sicherheiten stellen, musste Papiere organisieren, mit Behörden reden und verhandeln und natürlich musste sie dem Paar bei der Finanzierung der Reise helfen. Und als sie da waren, musste Elke neben ihrem Job jeden Abend die Gäste bedienen, ausführen und sich um sie kümmern. Ali tat nur das Minimum.

Das ging ihr alles im Kopf herum. Warum verstand dieser Mann nicht, was sie für ihn und seine Familie und sogar seine entfernten Verwandten tat? Alle nahmen ihre Hilfe an, waren dankbar, aber niemals kam von der anderen Seite, von Ali, mehr zurück als »Das müssen wir machen, das sind halt meine Verwandten!« Und wer tat für ihre Verwandten etwas? War es, weil ihre Verwandten nichts forderten, nichts brauchten? Es ging nicht um Brauchen oder Fordern in diesem Leben, es ging darum, zu erkennen, ob jemand Hilfe nötig hatte, nicht nur materielle. Und hier war Elke sensibel, aufmerksam, sozusagen proaktiv. Sie schlug Ali vor, seiner Tante Halima, die ein paar Hühner hatte und von deren Aufzucht und Verkauf lebte, eine Hilfe in Form eines kleinen Stalles zu leisten. Ali war begeistert und übernahm gerne die Aufgabe, es ihr mitzuteilen. Er schlug seiner Tante vor, dass er für sie den Boden hinter ihrem Haus, den sie sowieso nicht brauchte, in einen richtigen Hühnerstall mit fünfzig Hennen und drei Hähnen verwandeln würde. Sie könnte dann die Eier und die Hühner verkaufen und so ihren Lebensstandard wesentlich verbessern. Seine Tante Halima war auch Witwe, so, wie seine Tante Selma, und hatte auch keine Kinder. Beide Frauen verloren früh ihre Männer und heirateten nie wieder. Sie war um die sechzig Jahre alt und hatte kein Einkommen. Und so schickten sie ihr das Geld, vielmehr seinem Vater, der die Aufgabe übernahm. Und nun lebte Tante Halima wesentlich besser. Niemand hatte diese Verbesserung je mit Elke in Verbindung gebracht. Alle dachten, Ali hätte es bewerkstelligt.

Sie hatte so viel in diese Beziehung investiert. Sie hatte so viel gegeben. Und was bekam sie zurück? Ein gelegentliches Danke. Aber das wollte sie nicht einmal, denn sie erwartete vielmehr Einsicht, Verständnis und gemeinsame Ziele mit Ali. Sie wollte noch viel mehr in diesem Land, für diese Familie und besonders für diesen Mann tun, aber er dachte immer mehr, dass es selbstverständlich war. Er erwartete immer mehr. Er ging sogar so weit, zu vergleichen, was andere Frauen für tunesische Familien ihrer Ehemänner getan hätten. Er wollte einmal, dass Elke dieses große Haus verkaufte, dass sie dann in eine Wohnung ziehen und den Erlös aus dem Hausverkauf in ein Projekt in Djerba investieren sollten. Sie könnten dann nach Djerba auswandern, die Kinder seien groß genug.

Sie hatte viele Argumente dagegen, aber als Ali sagte: »Und was ist mit mir? Soll ich mein Leben lang in einem fremden Land unter fremden Menschen leben?«, da konnte sie nur nachdenken und zustimmen, dass sie es genauso schwer hätte, in Südtunesien zu leben, mit Leuten, die eine ganz andere Kultur und Einstellung hatten als sie. Und trotz ihres Anpassungswillens, den ja Ali auch gezeigt hatte, wäre sie nicht im Stande, in Djerba zu arbeiten, ihren Lebensunterhalt zu verdienen und zu leben und gelegentlich, etwa an Weihnachten, nach Augsburg zu kommen. Sie sah ein, dass Ali eine schwere Phase seines Lebens durchmachte und sie zweifelte plötzlich an der Machbarkeit dieses Lebens. Aber natürlich war sie nicht einen einzigen Moment bereit, auch nur darüber nachzudenken, das Haus zu verkaufen. Was würde aus ihren Kindern, wenn sie auswanderten? Und was würde sie in Tunesien erwarten? Hier zumindest konnte sie mit den Schwierigkeiten, die ihr Ali und sein Verhalten bereiteten, umgehen. Sie hatte Petra, ihre Eltern, Freunde und Arbeitskolleginnen. Tja, dachte sie, das fehlt Ali halt. Was oder wen hatte er denn? Seine Familie fehlt ihm, Freunde hat er keine. Das sind keine Freunde, die er regelmäßig im *Café Oriental* sieht. Die kennt er erst seit Deutschland. Seine Freunde sind auf Djerba. Er hat kaum Arbeitskollegen. Aus diesem Grund kam sie ihm immer entgegen und beteuerte, dass sie seinen Frust verstand, dass er sich Zeit lassen solle, bis er mal echte Freunde hätte. Die gäbe es hier schon, wollte sie ihn immer wieder überzeugen, aber er solle sich aus diesen arabischen Cafés zurückziehen und mal ins *Café Jeannette* oder Ähnliches gehen, wo es auch Deutsche gab. Er solle sich nicht mit seinen Landsleuten verschanzen!

Es war ihr alles zu viel geworden. Alle forderten und verlangten und erwarteten. Und sie musste zurückstecken, geben und selten nehmen, schenken und helfen und unterstützen. Aber was bekam sie denn? Auf einmal zog sie Bilanz. Zehn zu eins, ja, das war das Verhältnis ihres Gebens zu ihrem Nehmen oder Erhalten. Und sie wusste, auf die Dauer ging das nicht. Es war nicht nur das Materielle, nein, auch das sich Sorgen, das Interesse, das Denken, das Kümmern. Sie war stets jene, die Ali dazu ermunterte, nach seiner Familie zu fragen. Sie war es, die kurzerhand anrief und fragte, was sie bräuchten. Sie war es, die an Altkleider, Geschenke und andere Dinge dachte und diese auch kaufte, als sie vor drei Monaten in die Ferien gingen. Sie rannte von einem Bekannten zum nächsten und fragte, ob sie Kleider, Spielzeuge oder Schulmaterial hätten, das sie nach Tunesien mitnehmen konnten. Sie war es auch, die Ali vorschlug, seinem Vater einen Augentest und eine Brille zu empfehlen. Der alte Mann, hatte sie festgestellt, musste jede Büchse in die Hand nehmen und an sein Gesicht drücken, um zu wissen, ob es Tomatenpüree oder Harissa war. Er musste mit dem Kopf ganz nahe an das graue Papier herangehen, um die Zahlen zu sehen, die er schrieb.

Sie wartete auf Ali in ihrer Küche, trank einen Tee und war sich nicht sicher, ob er noch früh genug zurückkommen würde, um mit ihr zu diskutieren, oder ob er wieder einmal dem Gespräch aus dem Weg gehen wollte und sehr spät nach Hause kommen würde. Sie schaute sich die hellbraune Brühe an, die sie gar nicht mochte. Sie hätte lieber ein Glas Rotwein getrunken. Sie hatte im Keller noch einige Flaschen *Cabernet Sauvignon* von Robert Mondavi, die sie fast verschenkt hatte, seit sie Ali versprochen hatte, dass sie – aus Rücksicht auf ihn und seinen Glauben – nicht mehr trinken wollte. Wieder einmal versprach sie, sich ihm anzupassen, vielmehr seiner Phase. Und heute war sie sich sicher, er würde wieder betrunken sein. Wie schwer hatte es sie getroffen, als er vor einigen Wochen schon wieder heftig zu trinken begann! Sie war schockiert und wollte ihm nicht schon wieder eine

Szene machen. Dabei hatte er zuvor einen Monat lang keinen Tropfen getrunken, einen Monat, weil Ramadan war. Während des Ramadans betete er auch jeden Tag und er ging freitags in die Moschee. Es war ihre beste Zeit miteinander, Ali war friedlich, lieb und zuvorkommend mit ihr. Dass er den ganzen Tag Probleme mit dem Fasten hatte, weil seine Arbeitskollegen aßen, tranken und rauchten, das konnte er noch einigermaßen verkraften, er schöpfte seine Kraft dafür im Gebet. Aber am Ende des Ramadans ging es los. Er traf sich wieder mit ein paar Arabern in *Café Oriental* und aus dem Kaffee wurde wieder Bier.

Der Alkohol wirkte auf ihn wie auf jeden Menschen. Er ließ ihn vergessen, trübte die Realität, verzerrte sie, ließ sie mal weniger schlimm erscheinen, mal tragischer, als sie wirklich war. So sagte er stets seiner Frau, dass er todunglücklich sei, dass er keine Zukunft sähe für sich in diesem Land, dass er seine Familie vermisste, seine Freunde, Djerba und Tunesien und überhaupt die ganze arabische Welt. Alle Gefühle verstärkten sich bei ihm, die guten und die schlechten, wenn er trank. Und Elke musste hilflos zusehen, wie ihr Mann nach dem Ramadan zum regelmäßigen Trinker wurde. Es schien, als könnte er keinen Tag überleben und keine Nacht einschlafen, wenn er nicht betrunken war. Er konnte mit dem Alkohol nicht umgehen. Er konnte nicht zwei, drei Bier trinken oder zwei, drei Gläser Wein. Es mussten immer Unmengen sein, jedenfalls genug, um in einer heiteren, lockeren Stimmung eine düstere, dunkle Seite seines Wesens hervorzuholen. Er wurde auch schon einige Male aggressiv, niemals handgreiflich zwar, aber er redete lauter, schlug eine Tür hinter sich zu, schwieg stundenlang oder beschimpfte seine Frau, bezichtigte sie des Unwissens, des mangelnden Verständnisses für seine Situation, falscher oder fehlender Gefühle für ihn.

Und sie erinnerte sich auf einmal wieder an diese eine Situation, wo er ihr sogar verbieten wollte, mit ein paar Arbeitskolleginnen und Kollegen zum Abendessen zu gehen. Sie versuchte mit allen Mitteln, ihm zu erklären, dass es hier halt üblich sei, gelegentlich einen solchen geschäftlichen Anlass zu organisieren. Er wollte mitkommen und sie hatte ihre liebe Mühe, ihn davon zu überzeugen, dass es nur Angestellte ihrer Firma waren, die sich trafen. Niemand kam mit einem Partner oder einer Partnerin. Und ständig kam sein Argument: »Aber es sind Männer dabei, oder?«

»Ja«, antwortete sie.

»Also darfst du nicht gehen. Basta!«

Das war das erste Mal, dass sie ihn so richtig auf den Boden der Realität zurückbrachte. »Hör zu, Ali! Ich weiß, dass das in Tunesien undenkbar ist, wobei ich schon von Petra gehört habe, dass es in Tunis ganz anders zu- und hergeht als in Djerba. Jedenfalls will und muss ich als Mitarbeiterin an diesem Event teilnehmen. Damit musst du leben lernen.«

»Ich muss gar nichts!«, schrie ihr Ali nach. »Vielleicht bin ich nicht mehr da, wenn du zurückkommst.«

Natürlich war er da, als sie gegen elf Uhr abends wieder zurück war. Und obwohl sie ihm schwor, sie hätte die anderen noch alleine in eine Bar ziehen lassen, aus Rücksicht auf ihn, wollte er ihr kein Wort glauben und redete wieder einmal eine Weile lang nicht mehr als absolut notwendig.

Sie verspürte bei all diesen Erinnerungen und Gedanken immer mehr eine Wut, einen Hass auf Ali und eine Verachtung. Sie fragte sich, wie ein Mann das Schaf für das Opferfest seiner Familie von ihrem Geld nehmen konnte und dabei zu Weihnachten nichts, aber auch gar nichts von seinem Geld für ihre Eltern oder ihre Kinder kaufen wollte. Sie wollte diese Angelegenheit mit einem Imam besprechen, um Ali einen Spiegel vorzuhalten. Sie kannte sich immer mehr aus mit dem Islam. So wusste sie im Zusammenhang mit dem Opferfest, dass ein Moslem, der sich kein Schaf leisten konnte, auch ein anderes Tier opfern durfte, etwa eine Ziege, sogar ein Huhn, wenn es sein musste. Und wenn auch das nicht drin war, dann sollte er etwas Fleisch kaufen. Sie wusste, dass Gott es nicht akzeptieren würde, wenn dieses Opferlamm aus unsauberen Geschäften kam oder gar gestohlen wurde. Sie fragte sich, was der Imam ihr antworten würde, wenn sie die provokante Frage stellte: »Darf ein Moslem, der mit einer Christin verheiratet ist, von ihrem Geld, das er laut islamischen Regeln nicht antasten darf, das Opferlamm finanzieren? Gilt das vor Allah?« Sie empfand nun erst recht Wut auf sich selbst, dass sie diese Frage dem Imam nie gestellt hatte.

Und nun saß sie da, zog Bilanz, wartete, konnte nicht anders, als die negativen Seiten dieses Mannes und dieser Beziehung aufzulisten. Sie sah ihn schon, während sie in der Küche hin und her ging, wie er mit Freunden anstieß, lachte, ein unbeschwertes Leben vorspielte, denn bei aller Krise, er wollte seinen Freunden gegenüber nur eine heile Welt darstellen. Er wollte stets zeigen, dass es ihm gut ging, dass es in seiner Beziehung gut ging. Er sprach wenig mit seinen Bekannten über Elke. Er redete nur stets darüber, was er alles für seine Mutter und seine verwitweten Tanten getan hatte, und er verschwieg immer, wer eigentlich die Ideen und die Mittel hatte. Sie stellte ihn sich förmlich vor, wie er prahlte mit dem Stück Land, das er gekauft hatte, damit er bald ein Haus darauf bauen konnte. Und Elke wurde fast übel beim Gedanken, dass sie es war, die ihm diesen Vorschlag gemacht hatte. Vor etwa einem Jahr, als sie beide wieder einmal ein paar Tage auf Djerba verbrachten. Sie hatte durch Petra einen Tipp bekommen, vielmehr kam der Tipp von Noureddine. Ein schönes Stückchen Land, das sie für später, wann auch immer das sein sollte, vorsah. Und nun konnte sie nicht nachvollziehen, wie ihre Gefühle noch vor einem Jahr waren, voller Hoffnungen und Ziele. Sie wollte doch tatsächlich eines Tages mit Ali nach Djerba ziehen, wenn die Kinder erwachsen waren, und sich ein kleines Häuschen bauen, Arbeit suchen und es wie Petra machen. Heute zweifelte sie mehr denn je an einer solchen Zukunft. Dennoch wusste sie, dass Ali das Land sein Eigen nennen würde. Er würde niemals sagen: »Meine Frau hat für uns das Land gekauft.« Sie hatte das Land auch auf seinen Namen eintragen lassen.

Ihr taten nicht die paar tausend Euro weh, ihr tat weh, dass er immer in der Einzahl redete: mein Land, mein Geld, mein Auto, mein Haus. Sie hatten nichts mehr gemeinsam. Alles schien ihm zu gehören, alles schien er alleine getan und erreicht zu haben.

Sollte er ihr heute Abend ein einziges falsches Wort an den Kopf werfen, würde sie ihn zum Teufel jagen, sie würde ihn auffordern zu packen und zu einem seiner Freunde zu ziehen, über alles nachzudenken und erst dann wieder zurückzukommen, wenn er sich entschieden hätte, entschieden für ein echtes gemeinsames Leben, nicht für zwei parallel laufende Alltage. Und dieses Mal würde sie nicht schwach werden, wenn er auf einmal wie ein umgedrehter Handschuh innerhalb von Minuten zu einem anderen Menschen würde. Ob er zärtlich sein würde, weinen würde, schreien oder winseln würde, sie wollte nicht schwach werden und ihm wieder eine Chance geben und seinem Versprechen glauben. Das hatte sie schon so oft gemacht und sein freundliches Verhalten hielt dann gerade mal eine Woche an, bis er wieder anfing, an ihr herumzunörgeln, angefangen beim nicht genug gewürzten Essen bis hin zum nicht fertig gebügelten blauen Hemd mit den feinen weißen Streifen. Nein, heute hatte sie es satt bis oben hin. Heute genügte ein falsches Wort, eine Geste, ein Blick, eine Mimik in seinem Gesicht und er wäre draußen!

Ihr Handy piepste. »Hast du meine E-Mail erhalten? Grüße aus dem sommerlich warmen Djerba. Petra.«

Ohne große Lust und ohne großes Interesse, nur aus reiner Höflichkeit und Freundschaft zu ihrer Freundin, schaltete sie den Computer ein und las:

Liebste Elke!

Wie geht's euch? Wie geht's dir? Wir haben einen wunderschönen Abend auf unserer Terrasse verbracht, obwohl es auch hier langsam kalt wird. Endlich sind alle weg. Endlich bin ich allein mit meinem Mann, in meinem Haus. Wir haben eine Art Einweihungsparty veranstaltet. Noureddines Eltern konnten leider nicht kommen, sie haben aber versprochen, uns später einmal zu besuchen. Ich habe mich vollständig tunesisch angezogen. Ich sah aus wie auf einem Folklorefest für Touristen, aber alle hatten daran ihre helle Freude. Es geht uns gut. Wir haben viele Pläne. Noureddine möchte ein schönes kleines Restaurant eröffnen und wird darum mit seinem Vater über die Finanzierung reden. Banken sind hier nicht so investitionsfreudig, wenn es um kleine Projekte geht. Morgen will ich nach Guellala fahren und mir für den Garten schöne große Töpfe kaufen. Eine kleine Palme steht mitten im Garten, sie wird eines Tages Datteln tragen, jedenfalls sagte das der Freund von Noureddine, Jamel, der sie besorgt hatte. Er habe sie extra aus Gabes geholt und uns versprochen, bald mit uns die ersten honigsüßen Datteln zu ernten.

Ich bin in Verhandlung mit dem Hotel »Dar El Manara« wegen eines Jobs. Es ist alles so aufregend, wenn man ein Leben hier aufbaut. Die Behördengänge sind ja schlimmer als bei uns und wenn du nicht wie ein Tourist nur gerade mal Geld wechseln musst, sondern als »Einheimische« zur Bank gehst, dann ist auch Geduld angesagt. Aber es ist interessant und manchmal echt lustig. Noureddine ist der liebste Mann der Welt. Er liest mir jeden Wunsch von den Augen ab, obwohl ich selbstständig leben will. Er will alles für mich organisieren, aber ich lasse ihn nicht, ich will mich selber versorgen. Er soll sich auf seinen Job konzentrieren und ich will ihm nicht zur Last fallen. Ich kann mich frei bewegen, im Gegensatz zu ein paar Frauen, Europäerinnen, die ich kennen gelernt habe und die schon länger hier leben. Anscheinend werden sie auf Schritt und Tritt beobachtet. Sie dürfen nur an gewisse Strände und zum Markt werden sie meistens begleitet. Das wäre nichts für mich. Und Noureddine weiß das, wir haben ausführlich darüber geredet. Dieser Mann hat eine ganz besondere Gabe: Er hält sich an Vereinbarungen! Er ist nicht mit allem einverstanden, so akzeptiert er beispielsweise nicht, dass ich abends alleine in ein anderes Hotel als ins »Dar Djerba« gehe, einfach weil es die Männer hier mit Europäerinnen nicht so genau nehmen. Ich meine, es ist ihnen egal, ob sie verheiratet sind oder nicht. Immerhin, sobald ich meinen tunesischen Namen sage, behandeln sie mich mit viel Respekt und Distanz.

Ich freue mich heute schon drauf, wenn du zu mir kommst in meinen Garten! Schreib mir bitte bald, wie es euch beiden geht und deinen Kindern, okay?

Bis dann, ganz liebe Grüße!

Elke klickte auf »Beantworten« und schrieb:

Liebe Petra!

Es geht uns nicht gut. Es geht mir nicht gut. Alles, was Noureddine seinerzeit gesagt hat, ist eingetroffen. Ali hat sich verwandelt, langsam, schleichend, in kleinen Schüben und mit Abständen, wo er wieder der liebste Mann war. Zunächst ging das los mit der Arbeitssuche, dem Scheitern an verschiedenen Jobs wegen seiner Einstellung und seinem teils unmöglichen Verhalten. Er soll einem Chef gesagt haben: »Du bist doch ein Bush-Freund! Bush ist ein Moslem-Hasser! Er will uns alle loswerden, er will uns entweder mit Krieg töten oder mit Sanktionen verhungern lassen. Und du bist sein Freund!« Und das hat mein Mann diesem Vorgesetzten an den Kopf geworfen, nur weil er Ali gesagt hatte, er sollte bitte nicht während der Arbeitszeit über Amerika und die Araber, über Bush und Saddam Hussein reden, das könnte er nach Feierabend machen.

Ich warte eben auf ihn. Irgendwann wird er auftauchen, betrunken, wie so oft in letzter Zeit. Er wird mir Vorwürfe an den Kopf schmeißen und dann ins Bett gehen. Aber heute will ich das nicht schlucken. Heute werde ich ihm ein Ultimatum setzen: Entweder er bemüht sich oder wir müssen uns trennen. Ich liebe ihn sehr, aber er behandelt mich wie Dreck. Er sagt zwar, dass er mich auch liebt, aber zwischen dieser Aussage und den Taten klafft ein großer Graben. Die Kinder haben mich auch schon gefragt, was los sei. Wahrscheinlich erinnerte sie meine Stimmung an alte Zeiten mit Sebastian.

Ach, Petra, ich wollte, du wärst jetzt da und ich könnte mit dir ins »Café Jeannette« gehen und reden, reden, reden. Wer weiß, vielleicht kommt es ja auch wieder gut und wir könnten nächstes Jahr zu euch kommen, endlich deinen Garten und deine Terrasse genießen …

Mach's gut und bis bald wieder. Ich halte dich auf dem Laufenden, Elke

Ali kam erst nach Mitternacht nach Hause. Elke wartete immer noch und explodierte förmlich, als er zur Tür hereinkam. Sie drohte mit Trennung, versuchte, leise zu argumentieren, dass es so nicht weitergehen konnte, dass sich Ali sofort überlegen sollte, wie es mit ihnen weitergehen würde. Sie wollte von ihm Zugeständnisse, Versprechen und Taten.

Ali saß jedoch nur wortlos da und war wie abwesend. Das war die erste Nacht, welche Ali nicht in seinem Ehebett, sondern auf dem Sofa im Wohnzimmer verbringen musste, weil Elke mit einem kurzen »Gute Nacht!« in ihr Zimmer verschwand und es klar war, dass sie allein sein wollte.

Der Freund

Ali wartete seit einer Viertelstunde auf Mehdi. Im *Café Jeannette* waren nur ein paar wenige Gäste beim nachmittäglichen Kaffeetrinken. Einige ältere Herren hatten bereits ein großes Bier vor sich stehen und redeten über Gott, die Welt und vor allem Politik. Ali fragte sich, was sie wohl noch beschäftigen würde. Sie hatten keine anderen Sorgen mehr als die Erhöhung der Mehrwertsteuer und die Senkung der Renten. Nichts anderes konnte ihr Leben so sehr beeinflussen, außer natürlich der Tod ihrer Partnerinnen. Ansonsten hatten sie es eigentlich geschafft: lange und hart gearbeitet und jetzt der wohlverdiente Ruhestand, dieses tägliche Biertreffen mit Gleichgesinnten und Leidensgenossen. Wenn sie mal jammerten, dann meistens über irgendwelche Rückenschmerzen oder Schlaflosigkeit. Keiner redete mehr über Arbeit, Geld, Investieren, Sparen, Vorsorgen, Urlaubspläne, Familie. Selten fiel der eine oder andere Enkel in Ungnade und wurde von allen wegen seines Verhaltens – Scheidung oder Arbeitsverlust – kritisiert. Aber meistens wollten diese alten Menschen gar nicht mehr so sehr teilnehmen an diesem hektischen Leben der jungen Generation, die täglich rannte, zur Arbeit, von der Arbeit nach Hause, von zu Hause in die Bars und Clubs. Rennen, rennen, rennen, das mochten diese Menschen nicht mehr. Sie kamen ihm vor wie die »Copains«, die George Brassens besang: »Wenn einer unter ihnen fehlte, dann weil er gestorben ist …«

Ali wollte Mehdi treffen, weil er endlich einen Rat haben musste von jemandem, der beide Welten kannte. Mehdi schien sich wohlzufühlen in Deutschland, hatte einen guten Job, eine Frau und zwei Kinder, eigene Kinder. Er konnte aber auch seine eigene Kultur und seinen Glauben behalten, seine Sprache beherrschte er auch noch. Ali wollte dieses Rezept erfahren. Wie hatte es Mehdi geschafft, sich in dieser scheinbar so fremdenfeindlichen Welt zu behaupten? Er, der kaum mehr überleben konnte, brauchte jetzt einen Rettungsanker. Entweder er stellte nach diesem Gespräch fest, dass er schleunigst nach Hause gehen sollte, oder aber er würde auf eine Idee kommen, wie er mit seiner Frau neu anfangen konnte, eine Idee, die ihm selber nicht kam, die aber Mehdi haben könnte. Er musste doch auch durch diese Hölle des Zweifels gegangen sein. Alle anderen Landsleute hatten dieselben Sorgen, sie gaben zu früh auf, sie machten es sich einfach, indem sie weder ihre Frauen verließen noch zu ihnen zurückfanden. Sie gingen ihnen einfach aus dem Weg, so oft und so lange es ging. Sie saßen abends in den Cafés, unter sich, hörten ihre Musik, aßen ihre Gerichte, sprachen ihre Sprache. Und das taten sie nicht gelegentlich, sondern täglich. Und wenn einer mal nicht kam, fragten sich die anderen, ob ihm wohl etwas zugestoßen war.

Die letzten Monate war Ali stets zu diesen informellen Treffen gegangen. Er hörte sich das Jammern seiner Landsleute an und stimmte fast allem zu, was sie sagten: Er fühlte sich wie sie, unglücklich, einsam, heimatlos, unverstanden, allein gelassen. Aber heute wollte er nicht in eines dieser Lokale, wo die Stimmung beim Eintreten zwar noch lustig und orientalisch-locker war, sich dann aber von Stunde zu Stunde verdüsterte und verschlimmerte. Heute wollte er mit einem positiven Menschen reden, einem, der schon mal gesagt hatte: »Scheiße, Mann! Ich bin selber schuld, dass ich keinen Job hatte nach so vielen Monaten! Meine Frau kann doch für mich nicht immer die Verantwortung tragen wie für ein Baby!«

Von diesem Mehdi konnte er etwas lernen. Er kam – wie Ali – nach Augsburg mit einer deutschen Touristin, die er in Hammamet kennen gelernt hatte. Er hatte – wie Ali – keine anerkannte Ausbildung. Und alles, was er von ihm wusste, war, dass er nach ein paar Jahren schon Teamleiter in einer kleinen Informatikfirma war. Wie hatte dieser Teufelskerl das gemacht? Mit wem hatte er geschlafen, dass er so weit gekommen war in nur fünf Jahren? Jetzt hatten sie das zweite Kind bekommen und sie waren immer noch zusammen, sie verstanden sich immer noch gut und sie gingen immer noch miteinander aus, außer wenn Mehdi gelegentlich in diese arabischen Cafés kam. Da ließ er seine Frau zu Hause. Aber er war stets der Erste, der ging. Er konnte ohne diese Landsleute, diese Sprache und Musik nicht leben, aber er wollte auch seine neue Familie nicht vernachlässigen. So hatte man ihn auch schon in guten Restaurants gesehen – mit Deutschen. Und der Kerl behauptete immer, es ginge. Er sagte, dass es funktionieren sollte, ein Doppelleben sozusagen. Ein Fuß hier, ein Fuß dort. Ein Spagat. Er sollte einmal zu einem ziemlich extremistisch eingestellten Landsmann gesagt haben: »Was meinst du, was unsere arabischen, wohlverstanden islamischen, Vorfahren taten, als sie von Bagdad nach Spanien auswanderten? Was war das wohl, wenn nicht ein Riesenspagat. Sie hatten damals nichts im Gepäck als ihr Wissen und die Bereitschaft, es zu verbreiten. Und heute jammern wir wegen der schwierigen Integration, obwohl sie uns hier alles dafür bieten. Meinst du, unsere Vorfahren hatten Kulturzentren, arabische Cafés, Integrationsbeauftragte, die ihnen halfen? Sie hatten gar nichts. Sie waren Pioniere. Und sie waren bereit, die christliche Kultur, die sie vorfanden, erst einmal zu verstehen, bevor sie sich niederließen. In jener Zeit entwickelten sich die größten Geister und Wissenschafter und heute bringen wir es kaum weiter als zu einem Mechaniker, vielleicht einem Informatiker. Was soll so schwierig sein an der Integration? Sie ist nicht schwierig, wenn du bereit bist, Auge und Geist zu öffnen. Wenn du nicht dazu bereit bist, dann frage ich dich, was du hier machst. Wer den Spagat wegen einer möglichen Verletzung nicht wagen will, der sollte die Beine schön zusammenhalten!«

Ali wollte sich sein Konzept anhören. Nur mal so, er würde es ihm nicht nachmachen, aber eigentlich, insgeheim, beneidete er ihn um diesen gelungenen Spagat. Und Mehdi soll immer gesagt haben: »Wie soll ich vor meiner Frau stehen, ich als Mann, wenn sie es schafft, sich in meine Familie, mein Land und meine Kultur zu integrieren, wenn wir dort sind, ich aber nicht? Dabei sind wir nur in den Ferien in Hammamet, leben tun wir hier. Wer also sollte sich integrieren?

Meine Frau für die drei Wochen Urlaub oder ich für die restlichen 49 Wochen im Jahr?«

Das leuchtete zwar allen ein, aber meistens kam die Antwort: »Ach was, du bleibst Tunesier, was du auch immer machst. Und wenn du zu weit gehst mit deiner Integration, dann verlierst du deine Seele!«

Ali wollte seine Seele nicht verlieren, aber er wollte auch nicht mehr von der Hand in den Mund leben, Monat für Monat nur auf den Zahltag warten, um festzustellen, dass er mehr gearbeitet als verdient und mehr ausgegeben als eingenommen hatte. Er wollte in seinem Leben etwas ändern, so konnte das nicht mehr weitergehen. Seine Frustphasen mehrten sich und die Phasen dazwischen, wo er locker und frohen Mutes war, verkürzten sich ständig.

Dann kam Mehdi, er war ganz außer Atem.

»Bitte entschuldige, mein Freund, ich habe den Bus verpasst. Ich wollte wieder einmal umweltfreundlich sein und auch dem Stadtverkehr aus dem Weg gehen und da verpasse ich den Bus. Ich bin gerannt, damit du nicht denkst, dass ich unserem Treffen zu wenig Bedeutung beimesse. Entschuldige.«

Sie setzten sich wieder und bestellten Kaffee.

»Was ist los, Ali?«

»Tja, was ist los? Los ist, dass ich es nicht mehr aushalte hier. Ich schufte und bringe es zu nichts. Aus dem anfänglichen zuversichtlichen Gefühl sind nur düstere Zukunftsvisionen geworden. Ich bin unglücklich, ich kann nichts Gutes in dieser Gesellschaft finden und ich bringe nichts zustande. Das ist los, Mehdi.«

»Das haben wir alle durchgemacht. Das musst du als Erstes wissen. Keiner von uns war anfangs unglücklich. Wir alle hatten diese Illusion von Europa in uns und sie hielt eine Weile, bis der Alltag sie verdrängte und umwandelte in das, was du jetzt empfindest. Aber da ist ein Unterschied zwischen jenen, die es geschafft haben, und jenen, die aufgegeben haben.«

»Den Unterschied will ich eben von dir erfahren, denn du gehörst für mich zu den wenigen, die das richtige Rezept gefunden haben.«

Mehdi lächelte. »Ich weiß nicht, ob es das richtige Rezept ist. Es schmeckt meiner Familie in Tunesien nicht so gut, es schmeckt auch gewissen Freunden und Landsleuten nicht so gut, aber mir passt es und meiner Frau auch. Eben, wie ich schon sagte, wir gehen alle durch deine Phase. Aber am Ende dieser Phase gibt es eine Kreuzung, an der stehst du nun. Ein Weg führt in den exzessiven Alkoholkonsum, zu Drogen, zu Kriminalität oder gar Ausweisung aus Deutschland, der andere führt zu weniger spektakulärem Leben: Weiterbildung, Arbeit, Sparsamkeit, Anpassung, Kompromissbereitschaft, Partnerschaft. Aber die meisten unter uns wollen spektakulär leben. Sie halten Anpassung für Selbstaufgabe, Partnerschaft für Schwäche, Weiterbildung für nutzlos und Sparsamkeit für Armut.«

Ali flüsterte: »Mehdi, ich kann das alleine nicht durchhalten! Meine Frau hat keine Ahnung, was ich durchmache. Ich kann in den Nächten nicht einschlafen, weil ich an zu Hause denke, an all meine Pläne, die sich wie Sand durch meine Hände verflüchtigen. Ich kann ihr das nicht erklären. Sie versteht das nicht.«

»Wie soll sie das denn verstehen? Sie war noch nie in deiner Lage. Erwartest du nicht zu viel von ihr? Die einzigen Menschen, die dich verstehen und dir nachfühlen können, sind deine Landsleute. Sie haben diese Erfahrung gemacht, mussten weg von zu Hause, ließen Vater, Mutter und Geschwister zurück, Freunde, vertraute Plätze und Dörfer, Städte und Gebiete, in denen sie dieses Wohlbefinden gefühlt haben. Deine Frau wird das nie nachvollziehen können, mein Freund.«

»Wie schaffst du das?«, fragte Ali.

»Das schaffe ich, weil ich der Stärkere bin. Ich gehe mit meinen Problemen nicht zu meiner Frau, nicht mit jenen Problemen, bei denen sie mir nicht helfen kann, mit denen ich sie nur sinnlos belaste. Ich muss die breiteren Schultern haben. Sie kann nichts dafür, dass ich da bin, entwurzelt und heimatlos, sie nicht. Ich war es, der mit ihr nach

Europa wollte, freiwillig. Sie hat mich bestimmt nicht gezwungen.« Mehdi lächelte wieder. Und Ali sagte: »Ich bin auch stärker als meine Frau.«

Daraufhin schaute ihn Mehdi ernst an und sagte: »Bist du nicht! Sonst würde sie nicht unter dir leiden. Du hast mir am Telefon schon gesagt, dass deine Frau unglücklich ist. Du hast sie unglücklich gemacht, ob du willst oder nicht. Sie trägt deine Sorgen mit, sie fühlt deinen Kummer, sie versucht, deine Probleme zu verstehen. Du bist nicht stärker als sie.«

Ali wurde nachdenklich. Will der mir jetzt auch noch den Kopf waschen? Ich dachte, er würde mich bestätigen in meinen Annahmen und Gefühlen, stattdessen macht er mir Vorwürfe, ich würde meine Frau belasten.

»Ich will dich was fragen«, sagte Mehdi. »Stell dir vor, du hast eine Frau, die für dich kocht, obwohl sie den ganzen Tag arbeitet, die deine Wäsche perfekt macht, dir sogar Geld gibt, wenn du knapp bei Kasse bist, dir hilft, wenn du mit einem Amt oder einer Behörde oder einem Arbeitgeber Probleme hast, und dich auch noch liebt.«

Ali schaute fast gelangweilt, das kannte er doch alles.

»Und jetzt«, sagte Mehdi, »stell dir vor, es wäre eine Tunesierin!«

Ali war plötzlich wieder konzentriert, überlegte kurz und schüttelte lachend den Kopf.

»Siehst du?«, sagte Mehdi. »Du weißt genauso gut wie ich, dass eine Tunesierin das niemals für dich täte. Was jammern denn alle hier, dass sie lieber eine Frau aus ihrer Heimat hätten? Die würde dich schuften lassen, von dir alles abverlangen und wenn du dich beschwertest, dann würde sie zu ihren Eltern und dann zu deinen rennen. Und alle würden mit dem Finger auf dich zeigen und sagen, dass du unfähig seiest, eine Frau zu unterhalten.«

Ali senkte leicht den Kopf, das hieß bei ihm stets, dass er einverstanden war mit dem, was er hörte. Elke hatte ihm immer angesehen, wenn er etwas einsah, aber dennoch nicht zugeben konnte, dass er es einsah. Es genügte ihr jeweils, wenn er den Kopf leicht senkte und seinen Blick nach unten richtete.

Mehdi erklärte weiter, dass die Europäerinnen ihre arabischen Männer eben liebten. »Sie lieben uns auf eine Art, die wir nicht kennen, verstehst du? Wir sind hinter Europa her, aber sie sind hinter uns und unserer Liebe her. Auf dieser Basis, mein Freund, entsteht keine langfristige Beziehung. Erst wenn du eingesehen hast, was deine Frau für dich alles gemacht und durchgemacht hat, erst dann wirst du Liebe für sie empfinden!«

Ali hörte immer noch wortlos zu.

»Und eines Tages hast du die Erkenntnis. Es trifft dich wie der Blitz, im Bus, auf der Straße, im Wohnzimmer, in der Arbeit. Irgendwann trifft sie dich, die Erkenntnis, dass du von einem Menschen so viel bekommen hast, dem du so wenig gegeben hast. Und warum? Weil du denkst: Ein Jahr, vielleicht noch eins, na ja warum nicht drei Jahre, aber dann will ich nach Hause! Aber wo bist du denn zu Hause? Du bist dort zu Hause, wo du dein Brot verdienst, mein Freund. Und das ist hier. Verstehst du? Du wirst deine Familie weiterhin lieben, dein Land schätzen, deine Freunde vermissen, ja, aber du hast eine neue Familie, eine Frau, für die du mitverantwortlich bist. Ein Land, das du entdecken kannst.«

Ali nickte. Besonders die Aussage »eine Frau, für die du mitverantwortlich bist« gab ihm zu denken. Was hatte er schon für Elke getan? Nichts, gar nichts. Anfangs kochte er für sie, räumte ein bisschen auf, so das Gröbste, als er noch nicht arbeitete, aber später? Später hatte er gar nichts mehr gemacht. Und er erinnerte sich wohl, wie das bei ihm daheim im Quartier war, bei seinen Onkeln, seinen Nachbarn, seinen Bekannten. Die Männer trugen die Verantwortung für sich, ihre Frau und ihre Kinder. Und wenn einer diese Bürde nicht mehr tragen konnte, wurde er schnell mal angesprochen, er solle doch seine männliche Rolle spielen. Es kam Ali hier alles so schwer vor. Es gab niemanden, der ihn auf Fehler im Umgang mit seiner Frau aufmerksam gemacht hatte, niemanden, der ihm einen Weg wies. Er musste alles alleine entscheiden, er, der noch bis in die zweite Primarklasse nicht ohne seine Mutter zur Schule ging. Die Verantwortung gab er gerne seiner Frau ab, aber die männliche Rolle – bei diesem Gedanken ertappte er sich – die wollte er lieber behalten.

Ali merkte langsam, worauf Mehdi hinaus wollte, aber er war es, der ihn um Rat und Hilfe bat, also hörte er weiter zu.

Mehdi hatte diese arabische Art der Erzählkunst, die einen in den Bann zog. Auch wenn er etwas Hartes gegen Ali sagen würde, er würde es sich doch anhören. Und bis jetzt konnte er nichts verneinen, nichts widerlegen. Es stimmte einfach, dass er lange auf Kosten seiner Frau gelebt hatte. Es stimmte auch, dass er oft wegging, ohne ihr zu sagen, wohin und wie lange er wegbleiben würde. Und es stimmte auch, dass er in allem, was er dachte, plante und tat immer nur an sich dachte. Er dachte niemals an sie beide als Paar, als wenn sie keine Zukunft hätten, sondern nur eine Gegenwart, die irgendwann einmal Vergangenheit sein würde. Das alles musste er sich von diesem Mann anhören, der in Deutschland Fuß gefasst zu haben schien, der es zu etwas gebracht hatte, der es nicht mehr nötig hatte, zu prahlen und zu bluffen, wie so viele seiner auf irgendeine Art erfolgreich gewordenen Landsleute. Die meisten dieser Landsleute prahlten mit Dingen, die ihnen ihre Frauen oder ihre Schwiegereltern gaben, aber Mehdi war einer, der alles selber erreicht zu haben schien. Sein Auto gehörte ihm, er bezahlte seine Wohnung und seine Kleider, er lud seine Frau zum Essen ein, er unterstützte aus eigenen Mitteln seine Familie in Tunesien. So wollte Ali auch sein.

Nach einer Pause sagte Mehdi: »Du kommst mir vor wie ein Mann, der die Wüste verlässt, wo er sich wohlfühlt und sich auskennt, um aufs Meer hinaus zu fahren. Er kann nicht schwimmen, sein Bötchen ist klein und alt und löcherig. Wie lange überlebt so einer?«

»Nicht lange«, lächelte Ali. »Er wird wohl ertrinken.«

»Tja, das tun die meisten. Weil sie ständig von der vermeintlich sicheren und schönen und ungefährlichen Wüste schwärmen. Sie fragen sich nicht einmal mehr, warum sie diesen sicheren Ort verlassen haben, um sich auf das gefährliche Meer zu wagen.«

»Das erinnert mich an Nizar Gabbani: ›Wenn ich gewusst hätte, wie tief das Meer ist, wäre ich nicht zur See gefahren …‹«, brachte Ali ein. Und Mehdi ergänzte: »Wenn ich gewusst hätte, wie schmerzhaft die Liebe ist, ich hätte nicht geliebt.«

»Und wenn ich das Ende geahnt hätte, hätte ich nicht angefangen«, schloss Ali ab. »Aber nun sind wir auf diesem Meer mit einem kleinen reparaturbedürftigen Boot und es ist stürmische See. Was tun?«

»Unser Wüstensohn, der zum Matrosen wurde, hat eine Lösung! Er muss sein Boot seetüchtig machen.«

»Auf voller Fahrt?«

»Auf voller Fahrt, du hast es begriffen. Du kannst nicht mehr in die Wüste zurück und ein neues Schiff bauen. Du musst hier auf hoher See sehen, dass dein Boot seetüchtig wird. Dazu brauchst du Hilfe. Jemand, der neben dir auf einem besseren Boot fährt, der dir hilft, denn dieser Jemand kennt sich aus auf dieser stürmischen See. Das ist deine Frau! Sie hat dir ihre Hand angeboten, aber statt dass du dein Boot reparierst, fährst du mit ihr nur eine paar Meilen, du lernst nichts, du lässt sie alles für dich machen. Die Fahrt ist noch lang, mein Freund, sie kann dich nicht ewig tragen. Repariere dein Boot, frisiere es, mache es zum Katamaran, verstehst du, Ali? Zum schnellsten Boot der See!«

Ali nickte nachdenklich, dabei biss er sich auf die Lippen. Auch das tat er seit seiner Kindheit, wenn er etwas bereute, etwas, was er früher hätte tun sollen, etwas, wovon er wusste oder zumindest glaubte, es könnte zu spät sein, um es wieder in Ordnung zu bringen.

Als wenn Mehdi seine Gedanken gelesen hätte, sagte er: »Es ist nie zu spät. Wenn du entschieden hättest, wieder in die Wüste zu gehen, dann wäre es zu spät. Aber du bist da, auf See, du strampelst, vielleicht bist du schon am Ertrinken, aber es ist noch nicht vorbei.

Du kannst es noch schaffen! Denk an die alten Seefahrer! Sie gaben niemals auf, bevor sie endgültig ertranken oder ein Hai ihnen die Beine ausriss. Doch auch dann strampelten sie weiter. Wir schulden ihnen diesen Kampf. Einer, der aufgibt, ist einer, der niemals gewinnen kann.«

Sie bestellten nochmals zwei Kaffee.

»Liebst du deine Frau?«, fragte Mehdi überraschend.

»Was heißt lieben? Ja, ich habe sie gerne, aber lieben … Ich weiß nicht.«

»Kein Problem, Ali. Glaubst du etwa, ich habe meine Frau geliebt, als ich sie in Hammamet traf? Ich war verliebt, wie sie auch, mir gefielen ihre wunderschönen blauen Augen. Sie hatte Komplexe wegen ihres Gewichts. Tja, die Europäer stehen auf magere, hagere, knöcherige Frauen, aber wir wollen an den Knochen noch was haben, oder? Jedenfalls waren wir verliebt. Und bei den ersten Krisen hat dieses Verliebtsein versagt. Es genügte eben nicht. Verliebtsein reicht nicht lange. Das ist ein kleiner Krug Wasser, den du für eine Strecke mitnimmst, von der du keine Ahnung hast, wie lang sie wird. Also haben uns die Krisen zum Glück und mit Gottes Hilfe zusammengeschweißt. Heute kann ich sagen: Ja, ich liebe sie, von ganzem Herzen. Wir haben zwar immer noch unsere Krisen, aber verstehst du, der Krug ist inzwischen groß. Es ist ein Brunnen geworden. Wir werden nicht verdursten auf dem langen gemeinsamen Weg.«

Ali war begeistert und tief beeindruckt von den Erfahrungen und Erklärungen dieses Mannes. Endlich sagte ihm einer nicht, dass er mit ihm einverstanden war, endlich war einer anderer Meinung, hatte eine andere Erfahrung gemacht! Endlich zeigte ihm einer einen anderen Weg und bekräftigte ihn nicht in der Einstellung, dass er als arabischer Mann tun und lassen durfte, was er wollte! Endlich widersprach ihm jemand! Er wusste mit jedem Satz, den Mehdi aussprach, mehr über sich selber, seine eigene Frau, seine mögliche Zukunft. Und plötzlich war dieser Moment da, den er schon so lange ersehnt hatte, diese

Sekunde, dieser Augenblick, in dem man glaubt zu wissen, definitiv zu wissen, was man zu tun hat.

Nach einer kurzen Pause fragte Ali: »Wie hast du aus deinem Bötchen einen Katamaran gemacht?«

Mehdi lächelte. »Als ich hierher kam, hatte ich die dritte Sekundarklasse in Tunesien absolviert und einen zweijährigen Kurs in Service und Hotelfach. Die ersten Jobs waren dann auch entsprechend: Hilfsarbeiter, Handlanger, Abwäscher – alles habe ich gemacht. Und dann sprach mich mein Schwiegervater an, ob ich denn nicht eine Weiterbildung machen wollte. Tja, ich antwortete nur so, um das Gespräch zu beenden: ›Ja, klar!‹ Als er dann fragte, was mich denn interessiere, kam mir Informatik in den Sinn. Du wirst lachen, der alte Mann hat doch ein paar Tage später Unterlagen besorgt. Zuerst ging es in einen intensiven Deutsch-Kurs, dann Englisch, dann Informatik. Heute bin ich Programmierer, habe eine führende Position inne und verdiene anständig. Ich arbeite in einer sauberen Umgebung, habe Aufstiegsmöglichkeiten und bin mit meiner Arbeit sehr glücklich. Und weißt du was? Dieser alte Mann, mein Schwiegervater, hat mir keinen Cent geschenkt. Er hat mir aber alles vorgeschossen, mir vertraut, an mich geglaubt.«

Sie schwiegen wieder eine Weile.

»Und jetzt sage ich dir noch etwas, was dir vielleicht nicht passen wird«, sagte Mehdi. »Deine Frau sollte die einzige Frau in deinem Leben sein und es bleiben, bis ihr tot oder rechtlich geschieden seid. Das ist Gottes Gesetz, mein Freund. Die Freiheit hier ist nicht besonders förderlich, wir können damit nicht umgehen. Lass dich nicht verführen, bleib standhaft!«

Ali schaute ihn verwirrt, erstaunt und etwas betroffen an. Wie konnte dieser Mann davon wissen? Wer hatte es ihm gesagt? Er sagte lediglich: »Klar …«, aber es war ein leises schuldiges Geständnis.

Ali wusste, worauf Mehdi hinauswollte, aber er hatte keine Ahnung, wie er diese Geschichte mit der Barmaid erfahren hatte. Elke hatte es ja auch nur vermutet. Sie würde es ihm doch nicht etwa erzählt haben? Und überhaupt, es war ja gar nichts passiert, sie hatten rechtzeitig aufgehört mit dieser »Affäre«. Dieses Wort kam ihm so protzig vor, Affären kannte er nur als Staatsaffären. Seine Geschichte war keine Affäre, es war einfach einer dieser Abende, wo er einsam und allein war. Eine Barmaid war es auch. Und als letzter Gast musste er fast anbieten, mit ihr noch in die nächste Bar zu gehen. Na ja, dachte er, der Rest ist ja wohl »normal«. Aber Mehdi unterbrach seine Gedanken: »Niemals, mein Freund, lässt sich so etwas rechtfertigen. Nicht vor dem Menschen und vor allem nicht vor Gott! Stell dir vor, deine Eltern erführen davon! Stell dir vor, deine Frau würde weinend deiner Mutter erzählen, dass du mit einer anderen Frau – und noch dazu aus einer Bar – ausgegangen bist, mitten in der Nacht!«

Ali versuchte erst gar nicht, sich diese Szene vorzustellen. Es wäre die Katastrophe gewesen, er könnte niemals wieder seinen Eltern gegenübertreten.

»Wenn du keine Angst hast vor den Menschen, dann fürchte dich vor Gott!«, schloss Mehdi diese leidige Geschichte ab. »Weißt du, was dir jetzt fehlt? Dir fehlt eine Vision der Zukunft. Und sag nicht, dass Gott allein das wüsste. Ja, Er weiß es, aber bitte Ihn um dieses Wissen! Du musst dir vorstellen, wo du in fünf, zehn und in zwanzig Jahren sein willst. Natürlich wirst du nicht genau dort landen, wohin du gezielt hast, aber glaub mir, die Richtung zu kennen, ist für jeden, der einen Weg beschreitet, das Mindeste! Stell dir vor, wie blind wir manchmal durchs Leben gehen. Wir warten auf morgen, wir bedauern das Gestern und das Heute lassen wir ungenutzt vorbeiziehen. Mach' Pläne, mein Freund, und halte deine Meilensteine im Auge! Und wenn du befinden solltest, du willst nach Hause zu deiner Familie und in die Heimat zurück, dann tue es! Vergeude nicht deine Jahre! Aber dazu braucht es Mut, nicht wahr? Wir wollen das Unmögliche: Wir wollen gemütlich vor uns hin leben und doch reich werden. Wir wollen möglichst wenig arbeiten und gleichzeitig als gemachte Leute zurückkehren. Vergiss es einfach! Das ist eine absurde Idee. Und die stammt auch nicht von unseren Vorfahren, sie waren fleißige Menschen, unermüdlich, der Natur trotzend und ihr alles abgewinnend. Ich weiß nicht, wie es deiner Mutter erging, aber meine musste drei Kilometer zu Fuß gehen, um Trinkwasser zu holen. Das tönt so einfach, aber mach' das mal im Sommer und im Winter, tagtäglich. Du und ich meckern schon, wenn wir ohne Auto zum Einkaufen müssen, mit Klima und Heizung, versteht sich. Sie gingen zu Fuß, unsere Mütter und Großmütter. Was hast du und was habe ich denn für eine Mühe, unsere Arbeit zu tun? Sind wir solche Memmen geworden? Besinne dich, mein Freund! So hart du arbeitest, so unglücklich du bist, so ungerecht dir alles vorkommt, das ist nichts im Vergleich zu dem, was deine Eltern mitgemacht haben. Weißt du, ich sage den Leuten nie, was sie zu tun und zu lassen haben, aber wenn mich einer fragt, muss er die Wahrheit von mir hören. Ich heuchle nicht. Ich lasse jeden den Dreck seiner Ohren hören, wie wir so schön sagen, auch wenn es ihm nicht gefällt. Aber du hast mich um dieses Gespräch gebeten. Nimm dir Zeit, und wenn es fünf Minuten sind, viel mehr brauchst du nicht, und finde heraus, was du willst, wo du sein willst eben in fünf, zehn oder zwanzig Jahren. Denk an Omar Khayyams Worte: ›Die Tage sind gleich Wolken‹ – sie vergehen schneller, als du glaubst, Ali!«

Mehdi schaute auf einmal auf seine Uhr und rief: »Oh Mann, diese schlechten Gewohnheiten! Wir plaudern hier und meine Familie wartet mit dem Abendessen auf mich. Typisch!«

Sie lachten und verabschiedeten sich mit einem kräftigen Händedruck. Ali saß noch eine Weile da und dachte nach: Wenn mich diese Vision bloß treffen, erhellen, erleuchten würde! Wenn ich bloß wüsste, was ich zu tun habe! Ich muss mich an jemandem orientieren! Und an wem, wenn nicht an Mehdi? Eins ist sicher: Ich will nicht nach Hause, mittellos und mit einer gescheiterten Beziehung. Ich will auch nicht hier bleiben unter diesen Umständen, mit Gelegenheitsjobs, unselbstständig, abhängig, isoliert. Also was, Ali? Was? Mein Großvater kämpfte in diesem Europa und verlor fast das Leben dabei. Er meldete sich freiwillig. Ich bin doch hier nicht im Krieg gegen die Deutschen. Ich habe eine von ihnen geheiratet, also wo ist das Problem, verflucht? Oh, ich weiß schon, wo das Problem liegt. Es ist mein Ego, meine tief in mir liegende arabische Seele, die mich davon abhält, mich hier wohlzufühlen, unter Menschen, die einen anderen Glauben haben als ich, eine andere Sprache, eine andere Haut-, Haar- und Augenfarbe. Warum habe ich ein anderes Verhältnis zu ihnen als jenes des Kellners zu Touristen? Tja, damals bewunderte und beneidete ich sie. Heute stecke ich in ihrem Alltag und strampele wie die meisten unter ihnen. Sie schaffen es bei uns als Touristen oder Ingenieure oder Regierungsberate, Professoren. Wir kommen hierher als Handlanger und schaffen nicht einmal das! Unsere Vorfahren würden uns belächeln oder gar bespucken, wenn sie daran denken würden, dass sie damals den Europäern Wissen und Kultur brachten, und wir – ihre Nachfahren – den Europäern heute Drogen, Kriminalität und Scheinehen bringen. Was für eine Schande! Wie Recht hat doch dieser Mehdi: Was mache ich mir für unnötige Gedanken von wegen es sei schwierig, ich würde diskriminiert, ich hätte die falsche Herkunft? Ich will endlich aufhören, mich als Opfer zu betrachten! Ich bin freiwillig hierher gekommen. Und niemand behandelt mich rassistisch, das ist eine Ausrede. Und wenn, dann sollen sie es doch! Sind wir zu Hause nicht auch rassistisch gegenüber den Europäern und Christen? Jammern hilft da nichts. Wenn ich jammere, bin ich in guter Gesellschaft mit den meisten meiner Landsleute. Aber es gibt welche, die das Jammern aufgegeben haben. Es gibt solche, die Ziele und Visionen haben. Zu ihnen will ich gehören! Es gibt so vieles zu entdecken. Deutschland ist so viel größer als Tunesien. Und was kenne ich schon von Tunesien? Ich will mehr sehen! Ich will mehr erleben! Ich will eines Tages in ein gutes Restaurant gehen und das Essen dort genießen und es nicht ständig mit unserem *Couscous* vergleichen. Ich werde niemals einen guten *Couscous* verweigern, aber das ist kein Grund, die europäische Küche zu verachten.

Ich will Städte und ländliche Gebiete sehen, ich will Europa bereisen, ich will anfangen zu lesen! Das letzte Buch, das ich in der Hand hatte, war ein Geschichtsbuch der dritten Sekundarklasse. Ich will, ich will, ich will! Ich will diesen Spagat wagen!

An diesem Abend kam Ali verändert nach Hause. Sein Gesicht strahlte auf eine Art, als wenn er eine Erleuchtung gehabt hätte. Es strahlte Mut, Entschlossenheit, Sicherheit und Zuversicht aus. Er hatte einen Blumenstrauß hinter dem Rücken, den er wie ein Zauberer schnell hervorholte, als Elke ihm gegenüber stand. Sie freute sich riesig, aber war etwas verunsichert, denn es war schon lange her, dass er ihr Blumen mitgebracht hatte. Immer wenn sie in dieser Hinsicht Andeutungen gemacht hatte, brachte er ein: »Das machen wir nicht in unserer Kultur!« Und heute stand er ihr gegenüber mit einem schönen Rosenstrauß in der rechten Hand, den er im Blumenladen des Bahnhofs gekauft hatte, und einem großen Lächeln auf dem Gesicht.

Sie wusste nicht recht, ob es ein ehrlich gemeinter Versuch der Versöhnung war oder aber nur eine kurze Verschnaufpause darstellen sollte, eine Art vorläufiges Friedensabkommen, eine Feuerpause. Und Ali erklärte: »Ich will mich weiterbilden, endlich richtig deutsch lernen, ich meine auch schreiben. Ich will einen richtigen Beruf erlernen, ich bin noch nicht zu alt dafür. Und ich will, dass wir es zusammen schaffen. Was habe ich für Blödsinn gemacht bisher! Diese kleinen Jobs, diese langen verlorenen, verschlafenen wertvollen Wochen und Monate. Ich muss das alles nachholen! Und ich will die Zeit mit dir genießen.«

Sie schwiegen beide eine Weile. Elke wusste nicht, ob sie das alles glauben sollte. Hatte ihm jemand irgendwelche Ratschläge gegeben, die ihm so einfach zu verwirklichen schienen, dass er jetzt fast euphorisch wirkte? Oder hatte er sich wirklich endgültig verändert? Hatte er tatsächlich gecheckt, wie es hier in Europa funktionierte, und hatte er definitiv beschlossen, hier zu bleiben und nicht mehr von seiner

Heimat und seinen vielen Freunden auf Djerba zu schwärmen? Hatte er begriffen, dass er im Leben selber durch musste, nicht auf Freunde und Verwandte zählen durfte, wenn er es zu etwas bringen wollte? Hatte Ali nur mal wieder Lust, mit ihr zu schlafen, und hatte er darum die offenen Streitpunkte beiseite gelegt? Oder war er bereit, in den nächsten Tagen über so viele Sachen zu diskutieren, deren Umsetzung gar nicht so einfach sein würde? Denn sie hatte Forderungen, sie verlangte einiges. Sie schlitterten nämlich in letzter Zeit in so eine Art Ungerechtigkeit, dass sie nun die Waage umkippen wollte in Richtung Gleichgewicht. Sie konnte dabei nur gewinnen. Ali war jener, der nachgeben, Verantwortung übernehmen und Kompromisse eingehen sollte. Und Ali hatte Verständnis dafür, dass Elke ihm nicht alles sofort glaubte, denn er hatte so oft davon gesprochen, sich zu verändern, so oft versprochen, dass sie nun ein neues Leben anfangen würden, wieso sollte sie ihm dieses Mal glauben?

Er dachte an die Anekdote, die ihm sein Vater erzählte, als er Ali beim Lügen ertappte. Er nahm ihn auf seinen Schoß und redete leise: »Es war einmal ein junger Schäfer, nicht viel älter als du, der in der Steppe die Tiere seines Vaters hütete. Ihm wurde langweilig und da schrie er: ›Ein Wolf, ein Wolf! Helft mir, ihr Männer!‹ Die Männer strömten aus ihren Zelten heraus, mit Stöcken und Säbeln bewaffnet. Als sie außer Atem bei dem Schäfer ankamen, fanden sie ihn jedoch lachend und singend. Er hatte sich einen Spaß gemacht. Einige Tage später hörten die Männer die Stimme des jungen Schäfers wieder: ›Helft mir, ihr Männer! Die Wölfe reißen all meine Schafe!‹ Die Männer lachten jedoch nur und blieben bei ihrem Tee sitzen. Am selben Abend kam der junge Schäfer alleine nach Hause. Alle Schafe wurden von den Wölfen gefressen oder getötet.«

Aber Ali war sich sicher, ganz überzeugt und felsenfest entschlossen, diese Änderung in seinem Leben mit allen zu erwartenden und nicht vorhersehbaren Problemen zu meistern. Das gab ihm diesen ruhigen zukunftssicheren Anblick.

»Weißt du noch, Ali, als wir uns zum ersten Mal in meinem Hotelzimmer geliebt haben?«

Ali schaute verlegen zur Seite und lächelte. »Ja, ich erinnere mich!« Dann stand er auf und ging zur Tür hinaus, während Elke perplex wartete. Dann hörte sie ein schnelles nervöses Klopfen und sie verstand. Er klopfte noch einmal. Elke wartete immer noch. Dann klopfte er lauter. Sie stand auf, ging auf die Tür zu und riss sie auf. Er drängte hinein, schloss die Tür hinter sich und nahm sie in die Arme. Sie küssten sich leidenschaftlich. Dann nahm sie ihn an der Hand und ging mit ihm ins Schlafzimmer.

In der Schlafzimmertür sagte Ali: »Wir haben deine Eltern schon lange nicht mehr besucht. Wie wäre es mit diesem Wochenende?«

Weitere Werke des Autors:

Romantik und Problematik der bikulturellen Beziehungen

Viele Ehen zwischen Europäerinnen und Nordafrikanern gehen in die Brüche – aber bei Weitem nicht die Mehrheit. Einige Tragödien nach einer traumhaften, verliebten, alles gebenden Zweisamkeit hinterlassen Kinder und Mütter, allein stehend, vor einem Scherbenhaufen. Aber auch junge Männer stehen nach einigen Jahren Europa-Aufenthalt vor dem Nichts. Sie gehen mittellos, lediglich um eine bittere Erfahrung reicher, in ihre Heimat zurück und müssen dort viele Fragen beantworten und sich Vorwürfe machen lassen.

Amor Ben Hamida beschreibt einfühlsam die Hintergründe, die Geschichte und die Motive dieser jungen Männer, aber auch die Einsamkeit, Verzweiflung und Naivität mancher Touristin. Er zeigt, dass hinter jeder Geschichte eine Fülle von Hoffnungen, Erwartungen und Enttäuschungen verborgen ist. Im Zentrum steht dabei der Tunesier Fathi, der von kurzen Liebschaften nichts hält, sondern eine auf Dauer angelegte Beziehung sucht, als er auf Djerba die Schweizerin Claudia kennen lernt …

Broschiert: 135 Seiten
Verlag: Glare Verlag; Auflage: 3. unveränderte Auflage (März 2006)
Sprache: Deutsch
ISBN-10: 3930761513
ISBN-13: 978-3930761517

Kulturverständnis statt Kulturkonflikte!

Mit arabischen Grüßen
Ein kultureller Annäherungsversuch

Dieses Buch ist ein Versuch, die vermeintlich so verschiedenen Welten von Nordafrika und Europa ein kleines Stück näher zu bringen! Es richtet sich in erster Linie an Tunesien-Reisende und bikulturelle Paare in Europa. Aber auch der in Europa lebenden und arbeitende Araber findet viele Tipps und Erklärungen, die ihm nur ein Araber mit 36 Jahren Europa-Erfahrung geben kann.

Amor Ben Hamida beschreibt aus nordafrikanisch-arabischer und islamischer Sicht mehr als fünfzig Alltagsthemen, die für bikulturelle Beziehungen, aber auch für den allgemein an arabischen Ländern interessierten Europäer von großer Bedeutung sind.

Broschiert: 228 Seiten
Verlag: Books on Demand; Auflage: 1 (April 2007)
ISBN-10: 3833490594
ISBN-13: 978-3833490590

Eine Ferienbegegnung, aus der eine Beziehung wird …

Dies ist die Geschichte einer deutschen Frau, die sich nach zwanzig Jahren Ehe in einer Krise befindet: zwei Kinder, ein Mann, der selten da ist, mangelnde Zärtlichkeit und Aufmerksamkeit, zermürbender Alltag. Als sie mit einer Freundin cinc zehntägige Urlaubsreise nach Djerba (Tunesien) antritt, denkt sie nicht im Geringsten daran, dass sie einem jungen exotischen leidenschaftlichen Mann begegnen wird, der ihr Leben verändert …

Amor Ben Hamida, geboren 1958 in Medenine (Süd-Tunesien), wuchs im Kinderdorf Pestalozzi in Trogen auf, wo er mit Kindern aus vielen verschiedenen Nationen, Religionen und Sprachen gelebt und schöne Kindheitserinnerungen behalten hat. Sein Leben ist durch diese Erfahrung von Toleranz und multikultureller Umgebung geprägt worden. Ben Hamida arbeitet in Zürich als Business Analyst bei einer großen Schweizer Rückversicherung. Seine Erfahrungen und Gedanken gibt er in Büchern, Lesungen und Diskussionen weiter.

Homepage des Autors: www.benhamida.ch